KB045989

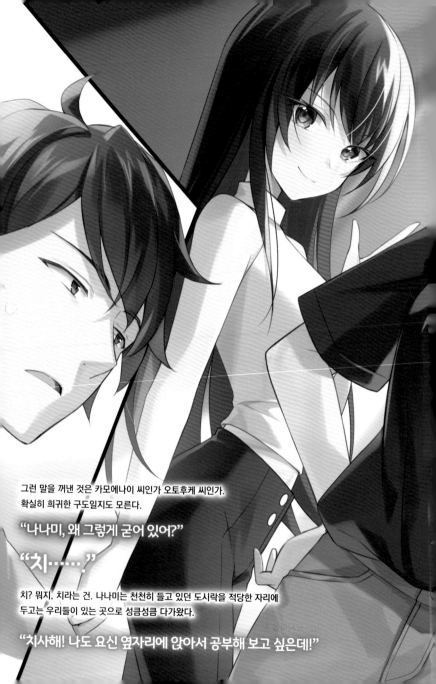

그런 말을 꺼낸 것은 카모에나이 씨인가 오토후케 씨인가.
확실히 희귀한 구도일지도 모른다.

"나나미, 왜 그렇게 굳어 있어?"

"치……."

치? 뭐지, 치라는 건. 나나미는 천천히 들고 있던 도시락을 적당한 자리에
두고는 우리들이 있는 곳으로 성큼성큼 다가왔다.

"치사해! 나도 요신 옆자리에 앉아서 공부해 보고 싶은데!"

"요~신~, 나 왔어~. 보충 수업 열심히 하고 있어~?
 도시락도 싸왔······."

"······오오, 희귀한 구도네."

나나미가 교실로 들어왔다.
그런데 어째서인지 나나미는 도시락을 들어올린 포즈로 굳어 있었다.
굳어진 나나미의 뒤에서 오토후케 씨와 카모에나이 씨가 얼굴을 내밀었다.

"흐에……?"

내가 나나미 부채를 집어서 정면에서 부채질을 하려는 순간……
그…….
나나미 유카타 오비가 풀려버렸다.

유카타 앞이 완전히 열린 상태가 되고 말았다. 새하얀…… 새하얀
무언가가 내 눈앞에 나타났고. 내가 움직인 것과 나나미가 움직인
것은 거의 동시였다.

커버 그림, 본문 일러스트 | 카가치 사쿠

Contents

프롤로그 **끝났어야 할 벌칙** ⋯⋯⋯⋯ 009

제 1 장 **하복과 노래방** ⋯⋯⋯⋯ 024

막 간 **그의 노래를 들으며** ⋯⋯⋯ 069

제 2 장 **노력을 위한 계기** ⋯⋯⋯⋯ 079

막 간 **보험실의 밀담** ⋯⋯⋯⋯ 136

제 3 장 **여름 방학의 약속** ⋯⋯⋯⋯ 154

막 간 **의외의 현실** ⋯⋯⋯⋯ 212

제 4 장 **밝혀진 진상과 새로운 문제** ⋯⋯⋯ 228

막 간 **산 넘어 산** ⋯⋯⋯ 309

후기 ⋯⋯⋯⋯⋯⋯⋯⋯⋯⋯⋯⋯⋯⋯ 316

사람은 나쁜 일에 직면했을 때 그것을 순순히 누군가에게 보고할 수 있을까? 내 생각이지만 대부분은 나쁜 일은 숨기지 않을까.

아마 만화 등에서 흔히 있는 전개라 그렇게 생각하는 것일지도 모른다. 등장인물이 협박을 받거나 해서 단독 행동을 벌이는, 뭐 그런 거다.

협박에 굴복해서라기보단, 주위에 폐를 끼치지 않기 위해 스스로 어떻게든 해결하자는 생각에 단독 행동에 나서는 경우가 많은 것 같다. 주위를 생각한 결과 나온 행동인 거다.

하지만 결과적으로는 그 단독 행동에 의해 주위에 폐를 끼치게 된다. 드라마에서도 나왔던 것 같다. 섣부른 단독 행동으로 인해 위기에 빠지는 등장인물이라든가.

시청자가 보기에는 조마조마하고 대체 왜 저러는 건가 싶겠지만, 분명 그 등장인물로서는 필사적으로 고민해서 나온 결과겠지.

그런 상황에서는 냉정하게, 적절한 행동을 취하는 것도

어렵지 않을까.

　나도 비교적 생각이 안 좋은 방향으로 흐르기 쉬운 편이고……. 분명 나쁜 일이 생겼을 땐 누군가와 상담하는 게 가장 좋을 것이다. 그러기 위해서는 용기를 내야 한다.

　백지장도 맞들면 낫다는 속담도 있으니, 혼자서는 생각하지 못했던 해결책이 나올 것이다. 안 좋은 일이라도 모두 함께 생각하면 극복할 수 있다.

　"하지만 이건 예상 밖인데……."

　나는 나나미가 보여준 편지 하나를 앞에 두고 중얼거렸다. 아니, 이걸 과연 편지라고 불러도 될까?

　『벌칙 게임, 아직도 계속되고 있나요?』

　종이에는 이 한 줄만 적혀 있었다.

　봉투에 들어 있던 것도 아니다. 적어도 편지지였다면 편지라고 생각했을 텐데, 단순한 복사 용지였다. 편지라고 한들 사태가 나아지는 것은 아니지만.

　글씨도 손글씨가 아니라 컴퓨터로 쳤는지, 지극히 평범한 명조체였다. 상대가 남자인지 여자인지조차 알 수 없었다.

　손글씨가 아니라는 점도 무기질적이라 오싹하게 느껴졌다……. 아니, 손글씨가 더 오싹했으려나? 이런 편지를 받아본 경험이 없어서 모르겠다.

나는 옆에 있는 나나미에게 힐끔 시선을 보냈다. 나나미는 살짝 고개를 숙이고 있었다. 기분 탓인지 안색도 안 좋아 보였다. 아니, 기분 탓이 아닌가. 아마 정신적인 거겠지.

돌아가는 길에 발견한 것이 불행 중 다행이었다. 만약 이걸 아침에 발견했다면 학교에서는 제대로 위로하기도 어려웠을 테고, 계속 우중충한 기분을 느꼈을 것이다.

그리고 또 하나 다행인 점은 나나미가 이 편지를 발견하자마자 나에게 이 존재를 털어놓았다는 것이다. 혼란스러웠을 텐데 솔직하게 상담해 준 것은 무척 기뻤다.

하지만 나도 이것을 보는 순간 등줄기에 한기가 서렸다. 무심코 소리치지 않은 게 용하다 싶을 정도였다.

무섭겠지, 갑자기 이런 일을 당하면. 모처럼 즐겁게 들떠 있던 마음이 엉망이 되었다. 서로 돌아갈 때는 대화도 없었다.

지금도 모처럼 나나미 방에 같이 있는데, 공기가 조금 무거웠다. 좀 기분 전환을 할까?

"나나미는 괜찮지 않겠지."

"괜찮…… 어? 이미 확정한 거야?"

괜찮다고 대답하려던 나나미였지만, 그녀가 말한 대로 나는 괜찮다고 물은 것이 아니라 괜찮지 않다고 단언했다. 묻지 않았다.

그도 그럴 게 아무리 봐도 괜찮지 않잖아. 이럴 때 괜찮아?

라고 물어봐야 나나미는 애써 괜찮다고 대답할 것이 분명하다.

그리고 나는 편안하게 있던 다리를 모아 정좌했다. 정좌하면 신기하게도 자연스럽게 등이 펴지고 꼿꼿한 자세가 된다.

내 속내를 아는지 모르는지, 의아한 표정인 나나미를 바라보며 내 무릎을 툭툭 쳤다.

좀 부끄럽지만 아무렇지 않은 척, 최대한 부드럽게 미소 지으며.

몇 번 툭툭 무릎을 치자 나나미는 내 생각을 헤아렸는지, 천천히 다가와서 내 무릎 위에 머리를 얹었다.

지금까지 자주 했는데, 이렇게 망설이는 건 처음이었다.

나는 나나미의 머리를 부드럽게 쓰다듬었다. 나나미는 한동안 말없이 얌전히 있었다. 조금 시간이 지나자 진정이 됐는지 표정이 풀렸다.

"……요신이 먼저 권유한 건 처음 아냐?"

"그런가? 무릎베개를 하도 많이 해서……."

무심코 굉장한 발언을 했다. 하도 많이 해서 기억이 안 난다니…….

나나미는 내 대답이 불만이었는지 조금 못마땅한 듯 볼을 부풀렸지만…… 곧 안도의 미소를 지었다.

나나미는 머리를 쓰다듬던 내 손을 양손으로 잡더니 그

대로 손가락을 끼웠다. 그러고는 양손으로 마치 주무르듯 내 손을 가지고 놀았다.

간지럽기도 하고, 조금 아프기도 하고, 묘하게 기분 좋은…… 등골이 오싹오싹하지만, 얼굴에 티 내지는 않았다.

"……진정 좀 됐어?"

"응, 고마워. 괜찮아."

아까는 안색이 안 좋았는데, 지금은 많이 좋아졌다. 내 무릎베개로 정신적인 피로가 조금이라도 풀렸다면 다행이다.

하지만 나나미는 내 손을 만지는 것을 멈추지 않았다. 손톱을 만지고, 손가락을 만지고, 손바닥을 만지고…… 손의 형태를 확인하듯 내 손을 만져왔다.

음…….

"왜 그래?"

나나미는 내 물음에 말없이 시선을 맞췄다. 잠시 침묵이 흐른 후, 시선을 떼더니 다시 내 손을 바라보았다.

일단 마음이 풀릴 때까지 놀게 놔둘까. 나도 말없이 그녀를 지켜보았다. 간지럽지만 참자…….

이윽고 손을 끌어당기는 감각이 느껴졌다. 그녀는 내 손을 잡아당기더니 그대로 입술을 손에 가져갔다.

갑자기 말랑한 감촉과 촉, 하는 젖은 소리가 들렸다. 당황한 나는 순간적으로 손을 빼고 말았다.

"앙……!"

내가 손을 빼내는 동시에 나나미가 묘하게 요염한 목소리를 냈다. 손을 뺄 때 이상한 부분을 만진 건가?! 나는 손을 위로 올린 채 몸을 굳혔다.

아니, 그럴 리가 없다. 그저 나는 순간적으로 손을 뺀 것뿐이다.

"으우…… 싫었어?"

볼을 부풀린 나나미는 도망친 내 손을 쫓듯 두 팔을 뻗었다.

"아니, 조금 놀라서……."

"고작 뽀뽀 정도로? 새삼스럽지 않아?"

그야 뽀뽀는 새삼스러운 일이지만, 갑자기 하면 놀랄 수밖에 없다. 애초에 왜 갑자기 손에 키스를?

내 의문을 아는지, 나나미는 손을 뻗은 채 웃음 지었다.

"요신이 쓰다듬으니까 그렇게나 불안했던 마음이 사라지는 게 신기해서. 내가 남자의 손으로 안심하는 날이 오다니."

"그래서 키스한 거야?"

"입으로 요신을 섭취하면 불안이 더 없어질까 하고."

섭취라니…… 그건 키스가 아니라 포식 아닌가? 설마 그런 의도가 있었을 줄은 몰랐다. 너무나도 예상 밖의 말에 나는 아무 대꾸도 하지 못했다.

나나미가 나를 올려다본 채 입을 아~ 벌렸다.

사람의 입속을 본 적은 별로 없었지만, 고른 치열이었다. 나나미는 혀를 쏙 내밀더니 흔들흔들 아주 살짝 움직였다. 그러더니 아~, 하고 작게 소리를 냈다. 입안이 떨리는 것 같은 착각에, 나는 왠지 모르게 심장이 두근거리고 말았다.

나나미는 입을 벌린 채 한동안 혀나 목소리로 노나 싶더니, 꾹 입을 다물고 누운 채로 재주 좋게 고개를 갸웃했다.

"손가락, 안 넣어?"

심장이 두근거리는 말이었다. 아니, 내게 뭘 바라는 거야. 손가락을? 입에? 나나미는 대체 뭘 시키고 싶은 걸까…….

"……사양할게."

나는 거절의 뜻으로 두 손을 들었다. 그러자 나나미는 살짝 짓궂은 미소를 지었다.

"망설인 걸 보니 조금 더 했으면 넘어왔을 거 같은데?"

마치 이 행동에 악의가 있었다는 듯, 나나미는 입꼬리를 올리며 빙그레 웃었다. 악의가 아니라 악동 같은 마음일까. 똑같이 악이라는 글자가 붙었는데 의미가 상당히 다르다.

나나미는 손가락을 V자로 만들더니 입을 감싸듯 대고는, 마치 뱀처럼 손가락 사이로 쏘옥 혀를 내밀었다.

나나미가 뱀이라면 잡아먹히는 나는 쥐나 알이 되는 건가. 뭔가를 강조하는 듯한 움직임에 나는 얼굴을 붉히며 나나미의 이마를 가볍게 때렸다.

아으, 하며 과장된 신음을 내는가 싶더니, 기쁘다는 듯 내가 때린 이마를 만지며 에헤헤 하고 작게 웃었다.

"정말이지……. 이상한 방향으로 대담해진 거 아냐?"

"그럴지도? 요신이 나한테 손댈 생각이 별로 없어 보이니까, 이런저런 방법을 써서 유혹해 보려고."

"내가 그런 말을 하긴 했지만, 아무리 그래도……."

"좀 부끄럽지만, 노력해 볼게요."

가슴 앞에서 손을 모으고 결의를 다지는 나나미에게 차마 노력하지 않아도 된다고 할 수는 없었다.

나의 침묵을 긍정으로 받아들인 것인지, 나나미는 부끄러워하면서도 "유혹하는 건 어렵단 말이지……"라는 둥, 또 대답하기 곤란한 말을 중얼거렸다.

아까까지 침울해하던 사람은 대체 어디로 간 건지. 뭐, 기운이 난 것 같아서 다행이다.

"이 종이 말인데. 일단 토모코 씨에게 상의해볼까?"

"어? 가족한테 말하자고?"

"응. 놔둬도 별일 없을 것 같지만, 혹시 모르니까."

정보 공유는 중요하다. 우리끼리만 알고 있다가 무슨 일이 생겨서 뒤늦게 후회해도 아무 소용없다.

그래봤자 학교 내에서 일어난 일이니, 별일 없을 거 같지만…….

내가 그렇게 생각하는 건 이 편지의 내용 때문이다. 이상하게도 이 편지는 상대의 목적이 불분명하다.

협박할 생각이었다면 목적이 적혀 있었을 것이다. 예를 들면 나나미를 노리고 있다거나, 나와 나나미의 무언가를 알아내고자 한다거나, 어디로 나오라고 하는 식으로. 하지만 이 편지에는 그런 목적이 없다. 뭐, 목적을 알 수 없어서 더 오싹했던 거지만…….

그래도 노골적인 악의는 느껴지지 않는다. 문장만 보면 단순히 벌칙이 계속되고 있는지 물어보는 것뿐이고. 물론, 이 편지를 보내서 나와 나나미를 불편하게 하려는 것 자체가 목적일 가능성도 있지만…… 이렇게 정보 공유를 해 버렸으니 그것도 수포가 된 셈이다.

다만 대비해서 나쁠 거 없으니, 벌칙 게임에 대해 아는 사람들에게는 이야기해 두는 편이 좋을 거다.

나의 부모님, 나나미의 부모님, 오토후케 씨 일행, 그리고 선배님께도 혹시 모르니까 말해둘까.

지나치게 경계하면 피곤하겠지만, 굳이 도움을 요청하지 않을 이유는 없다. 나중에 후회하지 않기 위해 할 수 있는 것은 다 해야 한다.

"그래? 그럼 갈까?"

나나미가 내 무릎에서 일어났다. 우리는 토모코 씨가 있는 거실로 이동했다. 사야와 겐이치로 씨도 마침 거실에 있었다.

세 사람이 하나같이 의아한 얼굴로 우리를 바라보았다.

평소에는 밥 먹기 전까지 노닥거리느라 방에서 나오질 않기에 의아했다나. 그런 식으로 생각하는 줄은 꿈에도 몰랐다.

우리는 이들에게 편지에 관해 이야기했다.

반응은 각양각색이었다. 눈살을 찌푸린 토모코 씨, 초조한 눈치의 겐이치로 씨, 화를 내는 사야……. 다들 반응은 달랐지만, 우리를 걱정했다.

"그래서 두 사람은 어쩔 생각이야?"

"일단은 상황을 지켜보려고요."

나의 대답에 토모코 씨는 그렇겠지, 하고 한숨을 내쉬었다. 사야는 대응이 불만스러운지 범인을 잡아야 한다고 주장했다.

겐이치로 씨는 심란한 얼굴로 팔짱을 끼고 침묵했다. 아마 심정은 사야와 같겠지만, 뾰족한 수가 없으니…….

우선 나는 사야를 달래기 위해 쓴웃음을 지으며 사정을 설명했다.

"잡고 싶어도 이름이 없으니 누군지 알 수가 없어. 학교 현관에 감시 카메라도 없고. 설령 있다고 해도 보여주지 않겠지."

학교 밖에는 있겠지만 교내에는 없을 것이다. 있다 해도 수상한 사람에 대비한 거지, 학생을 감시하려는 목적은 아닐 거다.

편지에는 이렇다 할 특징은 없었고, 애초에 찾으려면 이 편지의 존재를 외부에 공개해야 한다. 공개한들 목격 정보를 얻을 수 있을지도 미지수다.

그러니 우리가 할 수 있는 건 관계자들에게 이야기한 후 사태를 관망하는 것뿐이다.

느슨한 조치지만 달리 할 수 있는 것이 없다. 물론 경계는 하겠지만…… 너무 과하게 신경 쓰면 피곤할 뿐이다. 그래서 관망이다.

내 설명에도 사야는 여전히 볼을 부풀리며 알기 쉽게 화를 냈다. 이런 부분은 나나미랑 똑같다니까.

"뭐, 달리 방법이 없겠지. 현재로서는 아직 아무런 피해도 없고…….."

"그렇죠. 무슨 일이 생긴 뒤에는 늦으니까 여러모로 경계는 하겠지만……. 세 분께 어쩌면 도움을 받을지도 몰라요. 그때는 잘 부탁드리겠습니다."

고개를 숙이는 나에게 세 사람은 흔쾌히 협력을 허락했다. 내 개인이 할 수 있는 범위…… 나나미만큼은 꼭 지키겠지만, 나나미를 도와줄 사람을 많이 모아둬서 손해는 없었다.

물론 나의 안전도 중요하다. 가끔은 나한테 무슨 일이 있어도 나나미를 지키겠다는 생각도 들지만, 보호받는 쪽에서는 분명 부담스러울 것이다.

그러니까 나와 나나미…… 두 사람 모두 안심할 수 있도록 행동하는 것이 좋겠지. 자기희생은 미덕일지 모르나 너무 지나치면 좋지 않다. 요즘의 난 그렇게 생각하게 되었다.

내 결심과는 상관없이 토모코 씨가 신경 쓰이는 말을 중얼거렸다.

"게다가 둘 다 당분간은 그쪽에 신경 쓸 겨를이 없잖니?"

신경 쓸 겨를이 없다니……?

나나미도 '그렇지' 하는 얼굴로 토모코 씨의 말을 이해한 듯 여러 번 고개를 끄덕였다.

나나미는 토모코 씨의 말에 짐작이 있는 것 같았다. 뭐지? 무슨 가족 간의 이벤트라도 계획되어 있나? 아니, 그렇다면 '둘 다'라고 말하지 않겠지.

내가 토모코 씨의 말에 감을 잡지 못하자, 직후에 그 대답이 떨어졌다. 눈치채고 싶지 않았던…… 대답이.

"곧 기말고사니까……."

기말…… 고사……?

기말고사……!

내 머릿속에 그 단어가 여러 번 반복되었다. 완전히 까맣게 잊고 있었는데…… 그렇지, 시험이 있었지…….

"요신…… 잊고 있었구나?"

약간 낮은 나나미의 목소리에 나는 몸을 움찔 떨었다. 그렇지 않다고 말하고 싶지만, 이미 태도로 다 들통났을 것이다. 네, 잊고 있었어요.

시선만을 움직여 나나미를 힐끔 쳐다보자 그녀는 게슴 츠레한 눈빛으로 나를 아래에서 지그시 노려보고 있었다. 너무 가까운 거리에 나는 또 한 번 몸을 움찔 떨었다.

이 눈앞에서 거짓말은 할 수 없다. 아니 거짓말을 해도 달라질 게 없다. 시선에 이미 졌다. 나는 시선을 스르륵 돌린 채 힘없이 중얼거렸다.

"네…… 잊고 있었어요."

완전히 혼나기 직전의 아이가 된 심정이었다. 아니, 딱히 혼날 것도 없었지만, 그래도 나는 뭐가 오더라도 받아들일 각오를 다졌다.

"정말~, 어쩔 수 없다니까. 기말고사에서 낙제점을 받으면 여름 방학에 보충 수업이라구! 잔뜩 놀아야 하니까 힘내자."

"아니…… 자신 없는데…….'"

"내가 공부 알려줄 테니까 괜찮아, 괜찮아."

나나미가 톡톡 나를 위로하듯 머리를 토닥였다. 힘이 들어가 있지 않아 톡톡 닿을 때마다 어딘가 편안한 느낌이었지만…… 그건 그거대로 마음이 무거웠다.

확실히 나나미가 알려준 덕분에 전보다는 수업을 잘 따라갈 수 있게 됐지만, 정기 시험은 아직 자신이 없었다.

지금까지 대충 흘려 넘겨왔던 부분도 있었을지도 모른다.

그런 나를 나나미 이외의 3명도 어쩔 수 없다는 듯 따뜻한 시선으로 바라보고 있어……. 낯부끄러운 얘기다.

나나미에게 배우고 있으니 꼴사나운 모습은 보일 수 없겠지. 어쩐지 전도다난해 보이기도 했지만, 우선은 학생답게 공부를 열심히 해야겠다.

나는 일단 눈앞에 세워진 목표에 손을 가볍게 쥐고 마음을 다잡았다.

그런 나에게 어느샌가 다가온 나나미가 귓가에 속삭였다.

"나나미 선생님의 개·인·수·업, 잔뜩 해줄게?"

어딘가 요염한 그 속삭임에 나는 아까와 다른 의미로 몸을 떨었다. 귀가 간지럽고, 오싹오싹 몸이 떨리고…… 응, 무조건 중독되면 위험한 거다, 이거.

나나미는 이내 내게서 떨어지며 손을 뒤로 돌리더니, "기합 좀 들어갔어?"라며 어딘가 천진해 보이는 미소를 나에게 향해 왔다.

정말로 여자의 양면성은 무섭다. 둘 다 좋아하지만.

네, 기합 들어갔습니다. 더할 나위 없이.

편지에, 기말고사에, 여름 방학까지…… 여러 일들이 있지만, 우선은 할 수 있는 부분, 해야 할 부분부터 시작해 보자.

그건 그렇고…… 편지에 대한 부분만큼은 좀 찜찜하긴 하다. 뭐, 생각해도 어쩔 수 없긴 하지만…… 대체 뭐가 목적일까……?

내가 그 편지의 진상을 알게 된 것은…… 그렇게 멀지 않은 날의 이야기였다.

나나미와의 교제도 무사히 2개월째에 접어들었고, 이제부터는 마음껏 둘이서 오붓하게 지낼 수 있겠지…… 솔직히 말하자면 그런 생각이 없었던 것은 아니다.

나도 남자고. 조금은 그렇게 생각해도 어쩔 수 없잖아. 나와 같은 마음이라는 걸 알기도 했고.

모든 부담도, 장애도, 걱정도, 방해도, 온갖 불안 요소는 다 사라졌다……라고 생각했는데, 갑자기 여러 일들이 일어났다…….

호사다마란 정말 맞는 말이다. 확실히 선인의 말에는 무게가 있었다.

일이 잘 풀리고 있을 때일수록 생각지도 못한 함정이나 방해…… 나쁜 일이 일어난다는 뜻을 가진 말이다. 달리 비슷한 말도 또 있었던 것 같다.

요즘은 잘 풀리는 일이 많아서 방심하고 있었다. 나의 마음가짐이 여러모로 허술했던 것도 사실이다.

어쩐지 나쁜 일이 계속되는 기분이다. 편지 사건도 그렇고, 기말고사도 그렇고……. 갑자기 둔기로 머리를 얻어맞은 것 같은 충격이었다.

"아니, 기말고사는 나쁜 일이 아니잖아…….."

어이없다는 듯 나나미가 중얼거렸다. 실로 정론이다. 전에 나는 쇼이치 선배에게 정론을 내뱉은 적이 있었는데, 실제로 정론이란 사람에게 상처를 주는 법이다. 실감했다.

힐끔, 옆을 걷는 나나미를 보았다.

나나미는 살짝 어이없다는 얼굴로 쓴웃음을 짓고 있었다.

드물게도 나나미의 얼굴에는 빨간 안경이 걸려 있었다. 헤어스타일은 땋아서 하나로 묶은 머리……. 느슨하게 땋은 머리카락이 어깨에서 가슴에 걸쳐 내려와 있었다.

나는 시선을 나나미의 얼굴에서 아래로 내렸다. 평소와 같은 교복……과는 조금 다른 새하얀 셔츠가 내 시야에 들어왔다.

미묘하게 나쁜 일이 이어지는 와중에 이는 일종의 청량제라고 해도 좋을 것이다.

그렇다. 옷이 바뀌었다.

이전까지는 블레이저를 입던 것이 반팔 셔츠가 되었고, 치마는 플리츠스커트에 색감도 하늘색이라 화사했다.

뭐, 치마의 차이는 사실 잘 모른다. 다만 나나미는 평소보다 짧은 기장으로 다리를 대담하게 드러내고 있었다.

물론 나도 반팔에 바지도 전보다 옷감이 얇아지긴 했지만, 남자 교복은 여름이든 겨울이든 변화가 거의 없다. 아니, 변화가 있을지도 모르지만 별로 흥미가 없달까……

여자 교복은 어쩐지 남자에 비해 화려한 느낌이었다. 기분 탓일지도 모르지만.

참고로 여름 스웨터 같은 것도 있는데 나는 별로 안 좋아해서 입어본 적이 거의 없다. 집에는 있지만. 나나미도 오늘 그것은 입지 않았다.

오늘의 나나미는 리본 같은 것도 달지 않고 셔츠 단추도 살짝 풀어서 그쪽의 노출도 꽤 눈이 부셨다. 솔직히 말해 가슴 계곡이 언뜻언뜻 보였다.

여름이 얼마 남지 않은 탓인지 기온도 조금 높아져서 활짝 열어젖히고 싶은 마음은 충분히 이해한다. 나도 넥타이도 안 하고 단추도 좀 풀었으니까.

"요신, 요신. 좀 숙여봐~."

나에게 시선을 보내던 나나미가 문득 그런 말을 했다. 숙이라니…… 숙여? 어째서 그런 말을 할까 생각하면서도 나는 나나미의 말대로 상체를 조금 숙였다.

혹시 빤히 바라보는 시선이 좀 불쾌했나?

"오오…… 좋다."

나나미가 갑자기 감탄을 흘리기 시작했다. 어? 뭐가 좋은데?

그러자 평소에는 향하지 않는 곳에 시선을 느꼈다.

어? 셔츠의 틈이 보이는 건가? 나는 무심코 반사적인 움직임으로 셔츠 틈을 재빨리 가리고 말았다. 아니, 난 또 왜 순진한 소녀 같은 반응을 보이는 거야…….

그보다 아까까지 나도 나나미 쪽을 보고 있었으면서 난 대체 뭐 하는 걸까. 스스로가 생각해도 어이가 없었지만, 나나미는 대놓고 실망한 표정을 지어 보였다.

"아, 숨겨버렸다."

"아니, 뭘 보는 거야……."

이번에는 내가 어이없어할 차례였다. 나나미는 한 걸음 내게 다가오더니 내 셔츠 틈새로 손가락을 찔러 넣었다. 등줄기가 반사적으로 꼿꼿해졌다. 그 순간 그녀가 손가락을 오므렸다.

"셔츠 틈새로 보이는 가슴팍이 섹시하다 싶어서. 요신, 단련하고 있어서 흉근이나 복근이 갈라져 있잖아."

칭찬하는 건가……? 나는 자신이 섹시하다고 생각한 적이 없었기에 무심코 셔츠의 틈새로 내 몸을 내려다보았다.

"나나미에게 이 정도 근육은 익숙하지 않아? 겐이치로 씨라든지, 소이치로 씨도 그렇고……. 두 사람이 더 근육질이잖아."

"음, 그런 게 아니야. 물론 둘 다 근육은 있지만, 마초를 좋아하는 건 아니니까. 안심감은 들지만."

그렇구나.

느낌이지만, 나나미가 나를 선택한 것엔 그런 면도 있지 않았을까. 주위에는 비교적 근육질인 사람이 많았고, 나도 단련하고 있었으니 그 부분이 안심감을 줬던 걸지도……. 뭐, 분석해봤자 새삼스러운 얘기일지도 모르겠지만.

"그래서, 나는 어때?"

나나미는 그 자리에서 손을 쭉 펼치더니 치마가 젖혀질 듯 아슬아슬한 속도로 천천히 회전했다. 즐겁게 도는 그녀는 자신의 교복 차림을 보여주는 것 같았다.

그러고 보니 아직 내가 아무 소감도 말하지 않았나?

"하복, 잘 어울려. 너무 귀여워."

"고마워. 요신도 하복이 잘 어울려. 언뜻 보이는 가슴팍이 섹시해."

뒤늦은 나의 소감에 나나미가 웃음을 터뜨렸다. 그와 동시에 나를 칭찬해 주었는데…… 섹시하다는 남자를 상대로도 쓰는 말인가? 거의 들어본 적 없는 말이라 간지러운 기분이었다.

"귀엽다고 말했는데 섹시함은 어때? 아까 힐끔 봤지?"

나나미는 보란 듯이 열려 있는 셔츠를 두 손으로 집고는 가슴 쪽을 팔랑거리며 내게 보여주듯 움직였다. 여러모로 움직이는 곳을 향해 나의 시선이 유도되었다.

아니…… 이미 들켰었구나. 힐끔이 아니라 좀 대놓고 보긴 했지만.

"……귀엽고, 아주 섹시합니다."

칭찬 호화 세트 같은 말이 나와버렸다. 나나미는 내 말에 만족한 것인지 무척 기쁜 듯 장난기 어린 시선을 나에게 보내왔다.

우리의 말이 끝나자 바람이 휘익 불었다. 봄바람이지만 아직 차갑고 서늘한 느낌이었다. 그런 바람이 우리의 피부를 스치고 지나갔다.

그 바람을 받은 나나미는 두 손으로 자신의 몸을 감싸며 가볍게 몸을 떨었다. 노출이 좀 많아서 그런가.

"옷은 바뀌었지만, 아직 좀 쌀쌀하네."

"하긴. 옷이 바뀌는 시기는 늘 기온과 맞지 않지."

"아, 좋은 생각이 난 것 같아."

나나미는 폴짝폴짝 뛰듯이 내 옆으로 돌아오더니 그대로 내 팔에 자신의 팔을 휘감았다. 딱 달라붙었는데, 평소보다 거리가 더 가까웠다.

아니, 거리가 가깝다기보단 접촉 면적이 늘어나서 그렇게 느껴지는 걸까.

반팔이니 당연히 팔의 노출이 크다. 그 상태에서 팔짱을 끼니까 피부와 피부가 직접 맞닿는 형태가 된 것이다.

수영장 때도 피부와 피부가 맞닿는 건 경험했지만, 그때는 나이트풀이라는 특수한 상황이었기에 두근거리긴 했어도 특별함을 핑계로 어떻게든 평정을 가장할 수 있었다.

근데 이렇게 평범하게 교복을 입은 상태에서 피부가 맞

닿으니, 노출은 수영장 때가 더 많았는데도 그때보다 더 두근거리는 것 같았다.

옷을 입고 있는데 피부가 맞닿아 있다니…… 어쩐지 표현 자체도 좀 위험하네.

닿은 곳이 열기를 띠면서 땀이 조금 났다. 그래서 그런지 괜히 피부와 피부가 더 달라붙었다. 나나미가 살짝만 몸을 비틀면 닿은 곳이 떨어지니 그곳이 묘하게 시원해졌다.

왠지 평소보다 떨어진다는 감각이 선명했다.

떨어졌다고 해도 나나미는 몸을 비틀었을 뿐이라 이내 다시 피부와 피부가 밀착되어 그녀의 열이 느껴진다. 온도차까지 생기니 아까보다 더 뜨겁게 느껴졌다.

설산에서 조난했을 때 피부와 피부로 서로 따뜻하게 하면 좋다는 이야기, 정말일지도 모르겠다.

"붙으면 따뜻해……. 기분 좋아."

나나미는 나에게 몸을 기댄 채 걷기 시작했다. 나도 나나미에게 이끌리는 형태로 걷기 시작했는데, 서서히 익숙해져서 우리는 곧 나란히 걸어갈 수 있었다.

이럴 때 생겨나는 주위의 시선도 이미 익숙하긴 한데……. 오늘은 묘하게 시선이 더 느껴지는 것 같은데……?

최근에는 주위 사람들도 우리의 모습에 익숙해져서 시선을 보내는 사람도 줄어들었을 텐데. 하복 차림으로 팔짱을 끼고 있어서 그런가? 변화가 있으면 더 시선이 가기 쉬운 법이다.

우리들은 한동안 이런저런 이야기를 나누면서 걸어갔고, 그 순간 나는 한 가지를 깨달았다. 그것은 무척 중요한 일이었다.

나와 나나미의 키는 별반 다르지 않다. 내가 아주 조금 큰 정도라서 팔짱을 낄 때는 내가 몸을 옆으로 돌리면 나나미 얼굴이 바로 옆에 있다.

하지만 그 탓에 내가 시선을 내리면, 그…… 나나미의 가슴이 바로 코앞에 보인다. 가슴을 내려다보는 꼴이 되는 것이다.

거기까지라면 평소와 같다. 아니, 평소와 같다는 말은 조금 어폐가 있지만, 어쨌든 내가 나나미를 살짝 내려다보는 높이라는 것은 이미 알고 있는 일이다.

문제는 오늘의 복장이다. 하복이다.

변명하자면 이건 불가항력이다.

나는 몇 번을 불가항력이라고 말해야 성이 차는 걸까. 이건 이미 불가항력이라고 해도 되는 건지 모르겠지만, 어쨌든 불가항력이다. 불가항력이 게슈탈트 붕괴할 것 같다.

딱히 일부러 보는 것은 아니다. 단지 나나미와 이야기할 때 그녀 쪽을 보면 자연스럽게 바로 근처에 있는 가슴으로 눈이 가버린다.

단추가 풀린, 그 가슴팍으로.

예전에는 가슴에 리본 같은 걸 달고 다녀서 신경이 안 쓰였는데, 이번에는 그걸 빼 버려서 그런지 무척 신경 쓰인다. 신경이 쓰이고 만다.

수영복 차림으로 같이 걸어놓고 새삼스럽다고 할지 모르지만, 이런 건 약간의 변화로도 받아들이는 방법이 달라진다. 이번에는 하복이다. 하복이라는 단어도 게슈탈트 붕괴할 것 같다.

힐끔힐끔 시선이 가는데, 그때마다 나는 의식적으로 시선을 돌렸다. 무의미한 짓이라는 것은 알지만, 거기까지가 움직임의 한 세트였다.

아까까지 조금 멀리 바라보던 때와는 사정이 달랐다. 바로 그곳에 있다는 생동감은 상당했다.

그리고 움직이는 것에 시선이 간다는 인간의 본능에는 거역할 수 없다. 본능에 거부하는 훈련이라는 것이 세상에는 있다는데, 그걸 진지하게 고민해봐야 하나.

내가 보고 있다는 걸 나나미는 분명히 알 것이다.

눈은 입만큼이나 많은 말을 한다고 자주 말했으니, 상대방이 어디를 보고 있는지 알아차리는 경험을 나도 방금 한 직후였다. 설마 직접 체험할 줄은 몰랐지만.

주위의 시선을 받을 때는 그런 생각이 들지 않았었는데, 실감할 때가 올 줄이야.

"역시 신경 쓰여?"

그 한마디에 나는 몸을 경직시켰다. 역시라고 말하는 것을 보니 이미 눈치채고 있는 것이 분명했다. 하지만 상상했던 것보다 나나미는 어딘가 여유로워 보였다.

아니, 여유라기보다는 어쩐지 납득하는 기색이 강했다.

그대로 나나미는 다시 셔츠 깃을 잡더니 그곳을 팔랑팔랑 움직였다. 피부 노출이 늘었다 줄었다……. 아까보다 더욱 시각적으로 위험한 동작이었다.

아까는 멀었던 덕분에 어떻게든 견딜 수 있었지만, 근처라면 좀……. 뭔가 좋은 냄새도 나는 것 같다. 내가 생각하기에도 기분 나쁘다.

"나도 아까 요신이 몸을 숙였을 때 그 틈새가 엄청 보고 싶었거든. 하복은 시원하고 귀엽고 좋지만, 노출이 늘어나니까 보면 두근두근하지."

마치 내가 할 법한 대사였다. 어떻게 그런 남자 시점으로 말할 수 있는 걸까 했는데, 아까 내 것을 봤을 때 생각한 걸지도 모르겠다.

"나는 거기에 동의해야 할지, 그렇지 않다고 부인해야 할지, 어느 쪽일까……."

"음…… 요신은 이 모습에 안 두근거려?"

나나미는 아까보다 조금 더 과감하게 셔츠 깃을 드러냈다. 속옷은 보이지 않았지만, 나나미의 예쁜 피부가 보였다.

여러 번 말해서 미안하지만, 노출은 수영장 때보다 적어졌고, 솔직히 피부는 수영장 때 제대로 봤었다.

그런데 지금 이 상황이 유독 선정적으로 보이는 것은 어째서일까.

나는 나나미의 손을 가볍게 잡고 그녀가 벌리고 있는 옷깃 부분을 조용히 원래대로 되돌렸다. 나나미는 좀 기쁜 얼굴로, 그렇지만 내가 가린 것 때문인지 부끄러워 보이기도 했다.

"두근거렸어?"

"했어, 그것도 엄청나게."

"에헤헤, 나도 요신한테 두근거렸으니까 똑같네."

나나미는 내 셔츠에 손을 뻗더니 옷깃 부분을 살짝 만지작거렸다. 내 피부를 보는 게 뭐가 재미있는 걸까. 의외로 나나미도 나에 대해 비슷하게 생각하고 있을지도 모르겠다.

그러고 보니 하복이라고 하면······.

"셔츠는 혹시 안 비쳐?"

나는 셔츠를 만지작거리는 나나미를 보며 나도 모르게 그런 말을 던졌다. 아니, 흑심으로 물어본 것이 아니라 좀 떠오른 게 있어서.

1학년 때, 하복으로 갈아입던 환절기에 있던 일이다. 반의 남자애들 사이에서 소란이 있었다. 누구의 셔츠가 비쳤느니 어쨌다니 하면서.

당시의 나는 그 화제에 끼지 않았다고 할까, 교류 자체가 없었다. 그래서 별로 기억이 나지 않지만, 나나미의 하복을 보니 떠올랐다.

어떤 속옷을 볼 수 있을까, 사춘기 남자답게 그런 화제가 나왔던 것 같다. 여자는 어이없을지도 모르겠지만, 남자로서 심정은 조금 이해가 갔다.

그때 나나미가 화제에 올랐는지 안 올랐는지는 별로 기억나지 않지만, 그래도 나나미가 주목받지 못했을 리는 없었을 것이다.

그런 걱정이 나도 모르게 확인을 하게 만들었다.

비치는 게 좋다거나 하는 얘기가 아니라, 남자친구로서 그녀의 그런 모습을 다른 사람에게 보여주고 싶지 않다는 독점욕과 기우 때문이었다.

그렇다고 해도 이 대사는 좀 아니었나, 하는 생각도 들었다.

왜냐하면 나나미의 얼굴이 새빨개졌거든. 셔츠를 펼쳐 드러내는 것은 아무렇지도 않으면서, 예상치 못한 부분을 지적받는 것엔 약한가 보다.

"음…… 미안해……."

"사과하지 마! 괜히 더 부끄러워지니까!"

나나미는 고개를 숙이고 나를 제지하듯 한 손을 내밀었다. 그대로 뻗은 손을 재주 좋게 등에 두르더니 몇 번 등을 어루만졌다.

그러고는 마음을 가다듬듯 작게 헛기침을 한 다음 가슴팍을 가리켰다. 나는 무의식적으로 시선을 움직였다.

"밑에 캐미솔을 입어서 아마 안 비칠 거야. 별로 귀엽지는 않지만, 비치지 않으려면 수수한 색밖에 없으니까."

"그렇구나. 그렇다면 안심……."

"사실 1학년 때 하츠미네랑 엄청 비치는 걸 입었다가 혼났었거든."

"안심할 수 없는 얘기가 나왔다?!"

대체 뭘 한 거야, 작년의 나나미. 오토후케 씨네랑 사이좋게…….

게다가 우리 학교는 성적만 좋으면 별일이 없는 한 거의 혼나지 않잖아. 그런데 혼났다니, 도대체 어떤 걸 입고 왔었길래……?

의문이 얼굴에 드러났는지 나나미가 혀를 살짝 내밀더니 당시 일을 설명하기 시작했다. 궁금하긴 하지만 속옷에 관한 일을 묻는 것은 좀 부끄러웠다.

"아니, 하츠미네랑 귀여운 걸 사러 갔다가 맞춰 입고 등교하자는 이야기가 나와서……. 노출 브라라고 하나? 어설프게 비칠 바에야 차라리 다 비치는 편이 덜 부끄럽지 않을까 하고……."

"그, 그런 게 있어?"

"응, 귀여운 거. 하지만 뭐, 역시 너무 보였달까…… 지금 와서 생각하면 내가 생각해도 지나쳤던 것 같아. 셋이 너무 흥분했었지……."

그렇다면 분명 1학년 때 있었던 소동은 십중팔구 너희였 겠구나. 이 세 사람이 비치는 브라를 입고 등교했다면 당 연히 소동이 날 수밖에…….

그 시기에 나도 소동에 참여했다면 혹시 뭔가 달라졌을 까. 그렇게 생각하면 그 소동과 엮이지 않았던 것은 현명 한 판단이었다고 할 수 있다.

"그때는 부끄럽지 않았어?"

"엄청 부끄러웠지."

"근데 왜 한 거야?!"

그때가 떠올랐는지 나나미는 두 뺨을 물들이며 고개를 숙였다. 그대로 눈이 빙글빙글 돌아가며 당황한 듯 난처한 표정이 되었다.

"들뜬 나머지 그만 입어 버렸어……! 너무 창피해서 바 로 조끼 입었고……."

"그때부터 자폭 기질이 있었구나……."

"자폭 기질이라니, 뭐야?! 하지만 반박할 수 없어……! 아, 하츠미네는 조끼 안 입고 그날은 계속 그러고 있었나?"

뭐 하는 거야, 그 두 사람은?!

……혹시 두 사람, 일부러 그런 건 아니겠지? 소동에 모 여들어 속옷이 비치는 모습을 보려는 남자는 리스트에서

배제되었다든가……?

내가 복잡한 표정을 지은 것을 나나미는 뭔가 다른 방향으로 해석했는지, 멈춰 섰을 때 빠른 어조로 작게 속삭여왔다.

"그렇게 보고 싶으면 다음에 방에서 보여줄까?"

정말 순식간에, 나는 나도 모르게 휙 나나미를 바라보았다. 나나미는 뺨을 물들이면서도 짓궂은 미소를 지으며 윙크를 보내고 있었다. 그 모습에 왠지 당한 기분이 들었다.

나를 향한 나나미의 유혹이 점점 대담해지는 것 같다. 기분 탓일까. 퇴로를 끊고 점점 포위망을 좁혀오는 듯한……. 대체 어떤 식으로 좁혀오면서 행동에 옮길 생각이지?

과연 나는 어디까지 견딜 수 있을까? 애초에 견딜 필요가 있을까? 여러 가지 생각들이 빙글빙글 머릿속을 맴돌았다.

비치는 속옷을 보고 싶다거나 그런 걸 떠나서, 무슨 생각으로 말했는지 나나미의 표정에서는 아무것도 읽을 수 없었다.

……긁어 부스럼일지도 모르니까 너무 파고들지 말자.

그리고 그런 생각을 하는 와중 학교에 도착해 버렸다. 눈 깜짝할 사이였던 것 같으면서 동시에 길었던 것 같은, 묘한 기분이었다.

오늘 하루도 학교생활을 열심히 해볼까.

그렇게 마음을 먹었건만, 나도 나나미도 신발장을 시야에 넣은 채 동시에 움직임이 멈춰 버렸다.

……오늘도 이상한 게 들어있지는 않겠지?

그 편지는 하교 시간에 나나미의 신발장에 들어 있었다. 아침부터 없다고는 할 수 없는 것이다. 나와 나나미는 얼굴을 마주 보았다. 묘하게 긴장한 듯 둘 다 얼굴이 굳어 있었다.

"……내가 대신 열어볼까?"

나나미에게 제안했지만, 그녀는 조용히, 느리게 고개를 저었다. 무리할 필요 없다고 생각했는데, 불쑥 중얼거리는 소리가 내 귀에 와 닿았다.

"……안에 들어 있는 실내화 보는 거 창피하니까 직접 열게."

아무래도 나나미는 이상한 것이 들어 있을 가능성보다 내게 실내화를 보이는 게 더 싫은 것 같다. 기준이 좀 이상하지 않나 싶었지만, 저 나이대의 여자라면 그것이 당연한 걸지도 모르겠다.

전에 언뜻 아빠한테 들은 적이 있는데, 신발이라는 것이 사람을 알 수 있는 일종의 잣대라고 했다.

신발은 아무래도 쓰다 보면 더러워지고 해진다. 그 신발 손질은 어떻게 되어 있는지, 얼룩은 어떻게 묻어 있는지, 신발 뒤꿈치가 구겨지진 않았는지. 그런 부분에서 그 사람의 내면을 볼 수 있다는 것이다.

나로서는 전혀 감이 오지 않았지만, 장래에 혹시 도움이 될지도 모르니 신발은 신경 써서 관리하면 좋다고 했던가.

그런 신발을, 남자친구라고는 해도 남자에게 보이는 것은 거부감이 들겠지. 단순히 창피하다는 마음도 있겠지만.

"무슨 일 있으면 주저하지 말고 말해줘."

"응, 고마워."

그리고 나도 나나미도 나란히 본인의 신발장으로 손을 뻗었다. 천천히, 느리게 손을 뻗어 문에 손을 걸었을 때, 마치 짠 것처럼 두 사람 모두 움직임이 딱 멈췄다.

서로 얼굴을 마주 보고 조용히 고개를 끄덕이고는 천천히 신발장 문을 연다. 점점 실내화에 빛이 비쳐들면서 내부가 드러나고…….

신발장 안에 이상한 것은 없었다.

나도 나나미도 크게 숨을 내쉬고 안심했다. 오늘도 편지가 있으면 어쩌나 생각했는데…….

특히 나나미는 어제 들어 있었던 만큼 느끼는 안도감도 더 남다르겠지. 방심할 수는 없지만, 연속으로 들어있는 사태만큼은 생기지 않았다. 그럴 가능성은 적다고 생각하긴 했지만 다행이야.

가슴을 쓸어내린 나나미와 함께 나는 그대로 교실로 들어갔다. 교실 내에는 드문드문 아이들이 있었고, 우리를 본 순간, 왠지 모르게 교실이 소란스러워졌다.

그 반응에 나도 나나미도 무슨 일인가 싶어 순간 걸음을 멈춰 버렸다. 몇 명이 나와 나나미를 번갈아 쳐다보고 있다. 무슨 일일까 싶어 고개가 기울어졌다.

"음…… 다들 왜 그래?"

내가 입을 열자 다들 어딘가 거북한 얼굴로 대답을 망설였다. 오토후케 씨와 카모에나이 씨도 아직 오지 않았기에 무슨 일이 있었는지 알 수 없었다.

나는 거기서 하나의 가능성에 생각이 미쳤다.

그 편지를 받은 게 과연 나나미뿐이었을까?

혹시 나나미 이외의 사람에게도 보냈다든가? 구체적으로는 교실에 나돌았다거나 하는 일이 있었던 건 아닐까?

그런 일이 있어도 이상하지는 않다. 어제 그럴 가능성도 생각해 봤어야 했는데. 뭘 느긋하게 있었던 거야.

가능성 중 하나를 떠올리며 칠판을 봤지만, 거기엔 아무것도 없었다. 지운 흔적도 없었으니 적어도 여기에 직접 적혀 있지는 않았을 것이다.

"저기, 미스마이……."

그중에서 한 남학생이 우리들 앞에 와서 머뭇머뭇 입을 열었다. 어딘가 불안한 기색으로, 말을 꺼내려다 멈추기를 반복한다. 그리고 가까스로 나온 말은 가히 충격적이었다.

"너, 바라토랑 사귀고 있던 거 아니었어?"

"뭐?"

나도 옆에 있던 나나미도 입을 쩍 벌리며 동시에 말이 나왔다. 나도 모르게 얼굴을 마주 보고, 완전히 동시에 고개를 갸우뚱했다.

그리고 천천히 얼굴을 남자애 쪽으로 돌린다. 나는 고개를 연신 갸웃거리며 그 말의 의미를 곱씹다가 입을 열었다.

"사귀고 있는데……?"

"그럼 옆에 있는 여자는 누구야?"

"……나나미인데?"

"어?"

그러자 남학생뿐만 아니라 교실에 있던 반 아이들 대부분이 경악했다.

그중 여학생 몇 명이 나나미에게 다가와 얼굴을 빤히 쳐다보았다. 너무 다가오는 탓에 나나미도 약간 멈칫했다.

"정말이다, 나나미야!"

여자들이 놀란 얼굴로 고개를 들었다. 나나미는 얼이 나갔다고나 할까, 다들 눈치채지 못했다는 것에 약간 충격을 받은 듯한 표정이었다.

아니, 왜 그렇게……?

여자들은 나나미를 둘러싸고 까르르 소리를 지르고 있다. 어쩐지 즐거워 보인달까…… 보기 드문 광경을 본 것 같은 반응이었다.

왜 이런 반응을 보이는 건가 싶었는데, 그녀들에게서 들려오는 말을 들으니 아주 약간 납득이 갔다.

"안경으로 이미지 변신한 거야? 처음 봤는데 완전 잘 어울려~. 귀한 집안 아가씨인 줄 알았잖아~."

안경만으로 인상이 바뀌는 건 만화에서나 보던 건데, 현실에서도 효력이 있는 건가?

아니, 아무리 그래도 그건 과장이겠지. 다들 안경을 쓰고 땋은 머리를 한 나나미를 처음 봐서, 그녀라고 생각하지 못한 것 같았다.

평소 나나미는 교복도 헐렁하게 입고, 땋은 머리에 안경 쓴 스타일을 한 적은 거의 없었을 것이다. 평소의 나나미라면 하지 않을 그런 스타일을 보고 한눈에 그녀라는 것을 알아보지 못한 것이다.

자세히 보면 알겠지만, 멀리서 보거나 순간적으로 보면 알 수 없다.

나는 안경을 쓴 나나미도, 땋은 머리의 나나미도, 얌전한 복장을 한 나나미도 본 적이 있었기에 위화감이 없어 그것을 변화라고 생각하지 않았다.

단순히 본 적이 있으니까 알아차린 것이다. 그런 나도 처음 안경을 쓴 나나미를 봤을 때는 한눈에 알아보지 못했다. 바로 눈치채긴 했지만.

그러니까 다른 사람한테 왜 몰라보는 거냐고 말할 수가

없었다.

당연히 내가 나나미 외에 다른 사람과 팔짱을 끼고 있거나 손을 잡고 있으면 놀라겠지. 그런 관계가 될 수 있었다는 것도, 그 사실을 이제는 모두가 알고 있다는 것도 조금 기쁘게 느껴졌다.

거기서 불현듯 깨달았다. 혹시 등교 도중에 느꼈던 시선도 내가 나나미가 아닌 다른 여자와 팔짱을 꼈다고 생각해서 그랬던 건가?

나나미 본인은 꽤 유명해서 눈에 띄는 편이다. 그런 그녀가 그녀로서 받아들여지지 못한 채로 평소와 같은 행동을 했다면······.

우와, 그건 좀 위험할 것 같은데······. 또 이상한 소문이 돌진 않을까. 앞서서 뭔가 조치할 수 없다는 것이 답답했다. 또 고민이 하나 늘어난 기분이었다.

어쩔 수 없지······. 소문이 돌면 그때 대처하기로 하자.

뭐, 나나미의 이 모습이 알려지면 곧 가라앉겠지만.

더 이상 문제가 늘어나지 않기를 바라며 나나미를 보는데, 어느새 등장한 오토후케 씨와 카모에나이 씨도 여자들과 함께 나나미를 둘러싸고 떠들고 있었다. 즐거워 보이네.

"저게 마스마이의 취향이야? 처음 봤어, 안경 쓴 바라토."

아아, 역시 안경 쓴 나나미는 처음인가. 하긴 처음은 누구에게나 낯설지. 다들 떠드는 것도 이해가 갔다.

그건 그렇고 취향…… 내 취향 말인가. 사실 나나미는 차분한 스타일도 좋아한다. 하지만 이 반응을 보면 거의 알려지지 않았다는 뜻이겠지.

부정하기는 쉽지만, 나나미가 차분한 스타일도 좋아한다는 건 본인 외에 다른 사람 입으로는 하지 않는 편이 좋을 것 같았다. 적당히 얼버무려 둘까.

"응, 내 취향이야."

"좋겠다, 여자친구가 자기 취향대로 꾸며주다니. 안경도 완전 잘 어울려."

거짓말은 아니다. 내 취향도 다분히 들어있다. 나나미는 항상 내가 좋아하는 모습을 해주니까. 머리 스타일 같은 것도 일부러 내 취향에 맞춰주고.

그건 그렇고, 여자는 몰라도 남자는 좀 반응이 과한 거 아닌가…….

"1학년 때는 속옷이 비친 상태로 등교해서 올해도 볼 수 있을까 기대하는 애들이 많았는데, 이번엔 남자친구에게 막혔구나."

그 말에 나는 무심코 쓰러질 뻔했다. 1학년 때 소동을 일으킨 건 역시 나나미 일행이었구나.

"혹시…… 그때 봤어?"

"아니, 깨달았을 땐 이미 조끼를 입고 있어서 못 봤…… 우왁……?! 마스마이, 잠깐, 진정해……! 너 그런 얼굴도 할 수 있구나. 무서워, 진짜 무섭다고."

지적을 받고 나는 내 얼굴을 살짝 만져보았다.

어? 그렇게 무서운 얼굴이었나? 뺨을 꾹꾹 만져보는데, 남자아이는 "아니, 이제 괜찮은데……"라며 약간 어색한 미소를 짓고 있었다.

딱히 의식하고 무서운 얼굴을 한 것도 아니고 그냥 평범하게 있었는데, 무의식적으로 과거에 질투했던 걸까?

이럼 안 되지. 지난 일에 질투하는 건 좀. 아니, 질투하더라도 그걸 겉으로 드러내는 건 보기 좋지 않다.

나는 속으로 반성하며 여자들에게 둘러싸인 나나미를 바라보았다.

오토후케 씨와 카모에나이 씨도 왔으니 어제의 편지 이야기를 하고 싶은데, 그건 나중에 하는 편이 낫겠다.

결국 오토후케 씨, 카모에나이 씨와의 대화는 방과 후가 되었다. 다행히 내가 다른 여자를 데리고 다녔다는 소문은 걱정할 만큼 나돌지 않았다. 완전한 나의 기우였다.

오토후케 씨와 카모에나이 씨에게 아까 일을 말하자 "바보 커플화가 진행되고 있는데, 바람이라니 말도 안 된다고 생각했겠지"라는 답이 돌아왔다.

물론 나는 바람을 피울 생각이 없지만, 바보 커플이라는 말은 좀 의외였다. 아니, 남이 보기에는 그런 거겠지. 자중하려 해도, 나나미와 같이 있으면 무심코 주위보다는 나나미를 우선시하게 된다. 그 결과가 이거다.

하지만 학교에서 그렇게 꽁냥거렸던 기억은 없는데……? 학교에서는 그렇게까지…… 하지 않지?

아무튼 그 편지 이야기로 돌아가서.

"그걸 어떻게……."

오토후케 씨도 카모에나이 씨도 손을 맞잡은 채 실로 복잡한 표정을 짓고 있었다. 편지는 괜한 문제가 생기면 곤란했기에 내 방에 보관해 두고 두 사람에게는 사진을 보여 주었다.

보는 순간, 두 사람의 얼굴이 창백하게 질렸다……. 그 마음은 충분히 이해한다.

"이 종이만 달랑 나나미의 신발장 안에 들어 있었어."

"소름 끼치네……. 대체 누구야?"

카모에나이 씨도 사진을 보고는 얼굴이 창백해졌다.

"바로 연락하고 싶었는데, 우선은 나나미를 진정시켜야 해서 연락이 늦었어. 미안해."

"아니야, 괜찮아. 우리보다 나나미가 훨씬 더 당황스러웠을 테니까……."

나나미는 무서움이 되살아났는지, 조금 몸을 떨더니 나

에게 딱 달라붙었다. 나도 안심시키기 위해 그녀의 손을 잡고 모두에게 이야기를 전했다.

참고로 지금 우리가 모인 장소는 학교가 아니라 노래방이었다.

평소처럼 빈 교실에서 만날 수도 있었지만, 이런 이야기를 학교에서 꺼내는 것은 위험할 것 같았다. 그래서 나나미네 집을 생각했는데, 오토후케 씨가 의외의 제안을 내놓았다.

그게 바로 이 노래방이다.

오토후케 씨도 비밀 이야기를 할 때는 노래방에 자주 온다고 한다. 어느 정도 방음도 되고, 관계자 이외에는 아무도 오지 않는다. 게다가 혹여 누가 보더라도 노래를 부르러 왔다고 생각할 것이다.

나는 생각지도 못한 노래방 이용법에 신선한 충격을 받았다.

참고로 노래방에서 주로 어떤 이야기가 오갔는지는 비밀이었다. 카모에나이 씨가 슬쩍 흘린 내용으로 봐선 소이치로 씨에 관한 이야기인 것 같지만.

"애초에 학교에서 이런저런 이야기를 나눴던 게 실수였어."

"나도 생각이 짧긴 했지만, 이미 일이 일어난 이상 어쩔 수 없지. 실제로 이런 편지가 나왔고."

오토후케 씨가 후회했지만, 이미 편지가 온 시점에서 늦었다. 나의 말도 별로 위로가 되진 않을 것 같다.

"상대의 목적은 대체 뭘까? 그리고 왜 나나미에게만 보냈지?"

카모에나이 씨가 고개를 갸웃했다. 상대의 목적은 나도 모르겠다만, 후자는 무슨 뜻이지?

우리가 말없이 바라보자 카모에나이 씨가 살짝 얼굴을 붉혔다. 아니, 그런 시선이 아닌데.

"무슨 의미야?"

"아니, 그 편지가 그렇잖아……?"

카모에나이 씨가 손가락으로 나를 가리켰다. 정확히는 내 손에 있는 스마트폰 안의 편지겠지만.

"상대가 벌칙 게임에 관해 알고 있다면 나나미뿐만 아니라 나랑 하츠미에게도 편지를 보내지 않았을까? 우리가 발단이잖아?"

"음……."

하긴 듣고 보니. 나나미는 실행자지만 발안자는 이 두 사람이다. 벌칙의 지속 여부는 발단이 된 두 사람에게도 물어봐야 하는 거 아닐까?

잠깐? 상대가 애초에 다 보낼 생각이었다면…….

"그렇다면 나도 받아야 하지 않아?"

"아, 그것도 그렇네. 아니, 근데…… 음……. 상대가 두 사람에게 한꺼번에 보내진 않았을 것 같아. 내가 같은 입장이었다고 해도…… 아마 두 사람에게 동시에 보내진 않을걸?"

카모에나이 씨는 머리를 감싸며 좌우로 흔들었다. 빙글빙글, 그 자리에서 회전하며 카모에나이 씨는 생각을 정리하듯 작게 신음했다. 그녀는 눈이 어지러울 정도로 움직이며 중얼거렸다.

"구태여 벌칙 게임을 언급했다는 건, 아마 벌칙을 멈추고 싶은 거겠지……. 그렇다면 당사자가 아닌 실행자…… 나나미한테만 보내는 게……. 으음……."

잠시 회전하는 카모에나이 씨를 보고 있었는데, 이윽고 나나미가 그녀의 허리 부근을 꽉 잡아 움직임을 멈췄다.

둘 다 별 반응이 없는 것을 보니 어쩌면 평소에 자주 있는 일일지도 모른다.

"진정됐어?"

"고마워……. 으음…… 난 머리가 안 좋아서 생각이 정리가 안 돼……."

"좋아, 좋아. 이리와, 아유미. 넌 충분히 잘했어."

"하츠미~ 생각이 정리가 안 돼~."

카모에나이 씨는 그대로 비틀비틀 오토후케 씨에게 다가가더니 그대로 꽉 껴안았다. 그것을 받아준 오토후케 씨는 그대로 카모에나이 씨의 머리를 쓰다듬었다.

"늘 있는 일이야?"

"아유미는 생각보다 본능대로 달려가는 기질이라서 생각을 정리하는 데 시간이 걸리거든. 하지만 촉은 꽤 날카로워."

카모에나이 씨는 마치 녹은 사람처럼 오토후케 씨에게 찰싹 달라붙은 채 기대 있었다. 다른 사람의 체중을 온전히 받아내는데도 중심이 흔들리지 않는다니, 역시 오토후케 씨.

그나저나, 만약 카모에나이 씨의 추측이 옳다면 나나미에게만 편지를 보낸 이유가 따로 있다는 건데…….

"음, 아무리 생각해도 모르겠네. 앗, 벌써 시간이…….."

방안에 벨소리가 울렸다. 스마트폰이 아니라 방에 비치된 전화기였다.

카모에나이 씨를 끌어안은 채 오토후케 씨가 그대로 전화를 받아 이야기를 나누었다.

"일단 우리는 돌아갈 건데, 너희는 어쩔래?"

어떻게 할까. 우리도 돌아갈까? 아니면…….

나는 힐끔 옆에 있는 나나미 쳐다보았다. 나나미는 나와 눈이 마주치더니 그대로 살짝 입꼬리를 들고 미소 지었다.

"이왕 온 거, 좀 더 있을까?"

"그래, 그러자."

느낌상 나나미도 좀 더 있고 싶은 게 아닐까 했는데, 아무래도 정답이었나 보다. 말하지 않으면 알 수 없으니 굳이 입 밖으로 꺼내서 물어보자 그녀가 기쁜 얼굴로 나에게 다가온다.

"오케이~. 그럼 2명 계산하고 2명은 연장이요~."

오토후케 씨에게 안긴 카모에나이 씨는 우리가 연장한다는 말에 잠시 눈을 크게 뜨고 우리를 번갈아 쳐다보았다.

그리고 묘하게 음흉한, 등골이 오싹해지는 표정을 보였다. 어, 뭐야, 그 표정…… 무서운데요.

그 표정의 의미를 묻지도 못한 채, 두 사람은 돌아갈 채비를 마치고 문에 손을 얹었다.

"그럼 우리는 가볼게. 우선 누가 편지를 넣었는지 알아봐야 하니까. 방과 후에 신발장 근처를 서성이던 녀석을 찾으면 되겠지."

"그래, 맡겨줘~. 여자 네트워크를 사용하면, 근처에 누가 있었는지는 알 수 있을지도 몰라~."

두 사람이 가슴팍을 툭툭 치며 말했다. 실로 듬직한 말이었다. 남자애들을 전부 조사한 실적을 알아서 그런지 믿음이 남달랐다.

"아, 조사한다면 나도 같이……."

"됐어, 됐어. 귀찮은 일은 우리한테 맡겨. 나나미는 마스마이랑 마음 편히 지내면 돼. 이제부터 단둘만의 시간을 즐겨."

몸을 내민 나나미를 손으로 제지했다. 단둘이라는 말을 듣고 나도 나나미도 그대로 입을 꾹 다물었다. 그렇지. 이 제부터 단둘이 남겠구나.

그렇게 꿀 먹은 벙어리가 된 우리에게 두 사람은 마지막 일격을 가했다.

"단둘이 있다고 방에서 야한 짓 하지 마. 목소리는 들리지 않지만 감시 카메라가 있으니까 다 보인다."

"오히려 이럴 때 해야지! 좀 만지는 정도라면 티 안 나니까 해버려! 아, 보고는 안 해도 돼~."

"안 해!"

"안 할 거야!"

우리의 반응이 재미있다는 듯 지켜보던 두 사람은 그대로 웃으며 떠나갔다.

묘하게 어색한 분위기가 된 우리는 함께 나란히 앉아 굳은 얼굴로 두 사람을 배웅했다.

열린 문이 천천히 원래대로 돌아갔고, 그리고 약간의 금속음을 내며 문이 닫혔다. 그것이 마치 신호라도 된 듯이 우리는 서로 몸을 작게 떨었다.

개인실에 단둘뿐.

외부 시설인데도 개인실에서 단둘이 있는 상태에 묘하게 긴장감이 들었다. 노래방이 이렇게 긴장되는 곳이었나?

나나미와 단둘이 있는 상황은 처음이 아닌데 묘하게 어

두 컴컴한 개인실이라는 상황이 더욱 긴장감을 고조시켰다.

어쩌지. 뭐든 말해야 하는데.

"나나미, 괜찮았어? 아직 더 있고 싶어 하는 것 같아서 연장하긴 했는데."

"으, 응, 괜찮아. 나도 이왕 노래방에 왔으니까 노래도 부르고 싶었거든. 하츠미네는 노래 안 하고 가서 아쉽지 않으려나?"

그렇지. 노래방은 노래를 부르는 시설이었지. 뭔가 조금도 감이 오지 않는다.

근데 듣고 보니 그렇다. 노래를 부르는 건 스트레스 해소에 좋지 않을까. 요즘은 신경 쓰이는 일도 많았으니 조금은 기분 전환이 될지도 모른다.

잘 생각해 보니 나나미와 음악 취향으로 이야기를 나눠본 적은 없는 것 같다. 나나미는 어떤 음악을 좋아할까?

"좀 이상한 일도 있었고…… 신나게 노래해서 칙칙한 기분은 떨쳐내 버릴까? 생각해 보니 노래방 데이트는 처음이네."

"그러게, 신나게 부르자! 요신은 어떤 노래를 불러?"

나나미도 같은 마음이었는지 나에게 의문을 던졌다.

거기서 나는 문득 깨달았다. 잘 생각해 보면 처음일지도 모른다, 노래방은. 응, 이게 아마 인생 첫 노래방일지도.

이 나이까지 노래방에 가본 적이 없는 사람은 흔한 걸까?

아니면 이상한 걸까? 말하기 좀 무섭긴 하지만, 나는 솔직하게 그 말을 전하기로 했다.

"사실…… 나 노래방은 처음이야."

"뭐?! 처음?!"

"응. 그러니까 여러 가지 가르쳐 주면 좋을 것 같아."

내가 그렇게 말하자 한순간 놀랐던 나나미는 의외라는 듯 고개를 갸우뚱하며 나에게 재차 확인했다. 나는 그 물음에 조용히 고개를 끄덕였다.

역시 드문 일이구나. 하지만 같이 갈 친구도 없고 가족들이랑 노래방 같은 곳엔 안 갔으니까. 나나미는 당연히 처음은 아닌 것 같지만.

"그래? 처음이구나……. 그럼 오늘 처음 부르는 거네?"

"뭐, 그렇지. 이제껏 한 번도 안 와봤다는 게 좀 부끄럽지만."

"부끄러운 거 없어. 그래서, 노래하는 것도 처음이구나. 또 처음을 함께 할 수 있어서 기쁘다……."

에헤헤, 하고 귀엽게 웃은 나나미는 두 손을 모아 기쁜 듯 몸을 좌우로 흔들었다. 뭔가 그렇게 좋아해 주니 조금 부끄럽다.

그 후 나나미는 부랴부랴 알 수 없는 기계를 가져왔다. 태블릿과 비슷한데 그것보다 훨씬 두껍다.

"스마트폰으로도 할 수 있는데 일단 이걸로 해볼까? 뭐

부를래?"

아무래도 그것이 선곡을 위한 기계인 것 같다. 그렇구나, 이런 걸로 부를 곡을 고르는 거구나. 스마트폰으로도 할 수 있다는 게 굉장하네. 뭐든지 할 수 있구나, 스마트폰.

나로서는 나나미가 먼저 불러줬으면 했지만, 아무래도 나나미는 내가 먼저 불러줬으면 하는 것 같았다.

기분이 처진 나나미가 기분 좋게 노래하면 좋겠다고 생각했는데…… 그게 그녀의 바람이라면 먼저 불러볼까.

자, 그럼 뭘 부를까.

노래방에서는 예상외로 즐겁게 놀았다.

그 뒤로 1시간 정도 더 있었지만. 노래가 예상보다 체력과 목을 혹사했는지 음료를 마시면서 불렀음에도 조금 목이 칼칼했다.

내가 부른 것은 3곡 정도고, 남은 시간에는 나나미의 노래를 들었는데, 가끔 보는 동영상 스트리머의 노래 방송은 정말 굉장한 일이었다는 것을 실감했다.

나는 세 곡만으로 한계가 왔는데, 그 사람들은 끊임없이 노래를 부르는 셈이니까……. 나나미도 나보다 훨씬 많이 불렀는데 아무렇지도 않아 보였다.

아니, 그건 그렇고 나나미…… 노래 엄청 잘했지…….

뭐랄까, 평소의 목소리도 정말 좋았지만, 노래가 되면 톤이 조금 높아진다고 할까, 맑아진다고 할까. 뭔가 한없이 투명하다는 느낌이었다.

청량한 맑은 물 같은 목소리랄지, 시원한 계곡에 있는 것 같은 상쾌하고 시원한 기분이 든다고 할지, 계곡에 가 본 적은 없지만……. 어디까지나 이미지가 말이다.

내 어휘력이 낮아서 표현은 잘 못하겠지만 귀여운 곡은 귀엽고 멋있는 곡은 멋있게 잘 불렀다. 끝난 뒤에 나도 모르게 박수가 절로 나왔다.

나? 내 이야기는 됐다…….

"그렇게 돼서 처음으로 노래방에 다녀왔습니다."

『요즘 시대에 별일이네. 중학생인 피치도 노래방엔 가본 적 있지 않아?』

『아뇨, 저도 가본 적 없어요. 친구 별로 없어서…….』

『……이 이야기는 그만할까.』

바론 씨가 마음을 쓰게 해 버렸네. 피치 씨에게도 불똥이 튀었지만, 내가 하려던 말은 그게 아니었는데.

일단 나는 노래방에 갔던 이야기에서 다시 이야기를 본론으로 되돌렸다.

"뭐, 노래방에 간 것도 불안함을 떨쳐내기 위해 간 거지만요."

『아, 편지가 왔다고 했었지. 좀 무섭네.』

『시치미도 무서웠겠죠……. 캐니언 씨도 무섭지 않았나요?』

나는 의외로 아무렇지도 않았는데, 나나미가 무서워했다는 건 맞는 말이었다. 그래서 여러모로 무서움을 달래주려고 했는데…….

그래도 근본적인 해결은 안 됐으니까. 뭔가 단서라도 잡히면 좋겠는데……. 조금이라도 힌트가 없을까 하는 생각에 사정을 아는 두 사람에게도 이야기한 것이다.

『그건 그렇고 이상한 편지네. 협박이라면 보통 목적을 쓰는데, 단순히 물어보기만 하다니. 마치 말주변 없는 사람처럼.』

"확실히 그렇죠. 목적을 모르겠어요."

『좀 야한 만화 같은 거였다면 협박하면서 본인이랑 사귀자든가, 데이트를 하자고 해야 하는 장면인데 말이죠.』

"피치 씨……?"

뭔가 엄청난 발언이 튀어나오지 않았어? 바론 씨도 잠깐 말문이 막힌 것 같다. 대체 어떤 만화를 읽고 있는 거야……?

피치 씨가 평소 어떤 만화를 읽느냐에 대한 문제는 둘째치고, 협박이라……. 그렇겠지, 악의를 가진 남자가 나나미의 약점을 쥐게 된다면 못된 짓을 해도 이상하지 않다.

그렇게 되면 어떻게 지킬 것인가 하는 문제가 되는데…….

구체적으로 지킬 방법을 생각해 두는 편이 좋을지도 모르 겠다.

『이건 내 예상이지만, 편지를 보낸 사람은 여자일지도 몰라.』

"여자라고요?"

『응. 일단 편지에 적힌 글로 예상할 수 있는 패턴은 3가 지 정도일까.』

셋? 그렇게나 많은 건가. 나로서는 목적이라고 해 봐야 한 가지 정도밖에 떠오르지 않았는데. 그것조차 확증은 없 었고.

『우선 첫 번째는 단순히 벌칙을 멈추고 싶은 경우. 다만 이 경우 벌칙은 이미 끝났으니까, 상대방은 그걸 모르는 상황인 거지.』

"아, 하긴……. 벌칙이 끝났다는 걸 알았다면 이런 건 보 내지 않았겠죠."

이건 나도 생각했던 내용이다. 말리고 싶어서 편지를 보 냈다. 하지만 말리고 싶다면 그건 왜일까. 정의감에서……?

알게 된 시기도 신경 쓰였다. 만약 초기 단계라면 새삼 스럽다는 느낌이고, 끝난 뒤라면 애초에 계속하고 있느냐 는 편지는 보내지 않았겠지.

『두 번째는 유도심문. 실제로 벌칙이 있는지 어떤지도 모르면서 어디선가 주워듣고 확인해 본다는 패턴. 단순히 소문으로 들리는 이야기에 대해 알고 싶다는 호기심으로.』

"그렇다면 본인에게 직접 묻는 게 낫지 않을까요? 소문을 좋아하는 여자애라면 더더욱 본인이 직접 알고 싶을 거고……."

『그렇지. 그러니까 이 패턴일 가능성은 거의 없지 않을까.』

어디선가 주워들었다는 가능성도 좀 무섭네. 그런 소문이 돌고 있다면, 대체 어디서 흘러나온 걸까…….

『세 번째는 너희를 헤어지게 하고 싶은 경우. 이게 최악의 패턴이지. 악의가 있는 거니까. 제일 경계하는 게 좋아. 다만 그런 거라면 헤어지라는 말이 적혀 있지 않다는 게 의아해.』

나는 그 말을 듣고 침묵해 버렸다. 그랬다. 그건 가장 최악이었다.

목적이 적혀 있지 않으니 그럴 가능성은 무의식적으로 배제하고 있었지만, 악의가 있다면 그로부터 나나미를 지켜야 한다.

내가 홀로 조용히 주먹을 쥐며 다짐하는데, 바론 씨에게서 나를 타이르듯 상냥한 말이 들려왔다.

『우리는 인터넷을 통하고 있으니까 상담밖에 해줄 수 있는 게 없지만, 조금이라도 해결할 수 있도록 조언은 해줄게. 이번 일은 장난이라고 해도 가벼운 수준의 이야기는 아닌 것 같으니까.』

『그렇죠. 저도 할 수 있는 건 없지만, 이야기를 듣고 조금이라도 마음의 짐을 덜어주는 정도라면……』

감사한 말이었다. 새삼 주위 사람들에게 많은 도움을 받고 있다는 사실을 뼈저리게 실감했다. 이렇게 인터넷 너머로도 이야기를 듣고 의견을 얻을 수 있다는 것은 정말 감사한 일이다.

"감사합니다. 피치 씨는 시치미…… 그녀의 이야기를 들어주면 좋을 것 같아."

『네. 그 밖에 제가 할 수 있는 일이 있으면 말해 주세요.』

무척 든든한 이야기였다. 나도 나나미에게 의지가 되어 줄 순 있고, 오토후케 씨나 카모에나이 씨도 있겠지만, 인터넷 너머의 피치 씨이기에 할 수 있는 이야기도 있을 것이다.

이 부분은 나도 요즘 깨닫고 있는 부분인데, 가까이 있는 사람에게 말하기 어려운 이야기는 일단 거리가 먼 사람에게 먼저 말하면 말하기 쉬워지는 경우가 있다. 거기서 이야기를 해서 마음을 정리하게 되면 가까이 있는 사람에게도 이야기할 수 있게 된다.

처음부터 말해도 되지 않느냐고 생각할 수도 있고, 실제로 혼자일 때의 나도 그렇게 생각했었다. 하지만 실제로 이런 사태에 직면해 보니 정말로 어려운 문제다.

그러니까 이렇게 두 사람이 나의 이야기를 들어주는 것

이 감사했다. 나나미도 피치 씨와 이야기하면서 우리에겐 말할 수 없는 이야기를 할 수 있다면 좋겠다.

그 후 천천히 마음을 정리하고 이야기를 해주면 된다.

『나로서는 뭔가 문제가 생겼을 땐 최악의 사태에 대비하는 게 최고라고 생각해. 이번 일의 경우는 악의로부터 자신을 보호하는 거겠지.』

약간 가라앉은 목소리로 바론 씨가 나에게 충고했다. 그의 말대로 가장 나쁜 것을 상정하고 대책을 마련해 두는 것이 제일이지만…….

"그건 어떻게 해야…….."

『음, 두 사람이 계속 사이좋게 지내는 것이 가장 좋은 대책이려나.』

"그런 걸로 괜찮나요?"

대책을 세운다는 말은 고등학생으로서 꽤 장벽이 느껴지는 말이었지만, 바론 씨에게서 받은 제안은 실로 담백했다.

좀 더 다른 마음가짐이라든가, 뭔가 구체적인 방범 상품을 산다든가, 그런 물리적인 게 아닐까 생각했는데…….

살짝 쓴웃음을 지은 바론 씨가 설명을 이어갔다.

『아니, 사이좋게 지내는 건 쉬운 것 같으면서도 의외로 어렵거든.』

"그런가요? 늘 하는 것 같은데…….."

『뭐, 너희들이라면 괜찮을지도 모르지만. 어쨌든 주위의 잡음은 신경 쓰지 말고 누군가가 끼어들 틈을 주지 말라는 거지.』

감은 잘 오지 않았지만, 확실히 누군가가 끼어들 여지를 주는 건 조심해야 할 것 같았다.

온종일 나나미와 함께 있을 수는 없겠지만, 적어도 내 주위에 있었던 일은 무엇이든 나나미에게 말해두기로 하자.

『폭력적인 일은 거의 없겠지만, 만약 악의가 있는 경우라면 정신적인 괴롭힘이 대부분일 거야. 그게 어쩌면 폭력보다 더 귀찮을지도 몰라.』

"그러게요, 그 부분도 조심해야겠네요."

『약간의 불화가 생겼을 때를 노려 그녀에게 접근한다거나 때에 따라서는 너에게 접근할 수도 있어. 실은 내가 걱정하는 것도 그쪽이야.』

"저한테요……?"

갑자기 바론 씨에게서 예상치 못한 말이 튀어나왔다. 나에게 접근한다니?

상상조차 가지 않는 말에 내가 입을 다물고 있자, 바론 씨가 조용히 말을 이었다.

『너를 노리는 여자와 그녀를 노리는 남자가 결탁하는 거지. 세 번째는 이걸 염려해서 사이좋게 지내라는 이야기를 했던 거야.』

"으음. 전에도 말했듯이 저는 인기가 없는데요?"

『앞으로도 그럴 거라고는 단정할 수 없어. 이번 편지는 좋은 계기라고 생각하는 편이 좋아. 실제로도 남의 떡이 더 커 보인다고, 남의 남자친구를 좋아하는 여자도 세상에는 있거든. 쉽게 믿긴 어렵겠지만.』

만화 같은 데서는 가끔 보긴 했지만, 현실에 그런 사람이 정말 존재하는 건가? 다만 나나미가 노려지는 것은 조심해야 할 부분이었다.

그러려면 내가 그녀를 배신하는 짓을 해서는 안 된다. 할 생각도 없지만, 오해를 주는 짓도 해서는 안 된다.

"최대한 조심할게요."

『응. 아마 그런 마음을 갖고 있으면 괜찮을 거야. 무슨 일이 있으면 언제든지 상담에 응해 줄 테니까 말해.』

『저도 언제든지 얘기 들어드릴게요!』

나는 이미 몇 번째인지 모를 감사의 말을 두 사람에게 전했다.

그렇다 치더라도 내가 대상이 된다는 건 완전히 상상 밖의 이야기였는데, 그럴 가능성도 있을까……? 아니 하지만, 그건 아니겠지…….

그래도 상담을 받고 나니 왠지 결심은 선 것 같았다. 응, 내가 우선시해야 하는 것과 해야 할 일은 어렴풋이 알겠다.

위기는 기회라는 말도 있으니, 이 편지를 계기로 나나미와의 사이를 더욱 돈독히 하자는 마음가짐으로 임하자.

『자, 어두운 이야기는 여기까지만 하고. 아까 말했던 노래방 데이트는 어땠어?』

『밀실에서 단둘이 있었다면, 조금은 그…… 연인 같은 일을 한 거겠죠? 뭘 했어요? 조금은 야한 거라든가?』

바론 씨는 몰라도 피치 씨?

왜 중학생인데 그런 것에 관심이 있는 거야? 아니, 혹시 이것이 요즘 중학생의 표준인 걸까? 교육상으로는 별로 좋지 않아 보인다.

다만 아쉽게도 그런 것은 하지 않았다. 이번에는 첫 노래방이기도 해서 노래를 부르는 게 메인이었으니…….

오토후케 씨와 카모에나이 씨가 두고 간 폭탄을 잘 처리했다고도 할 수 있었다.

『성실하네, 캐니언 군은. 뭐, 나도 그 마음은 이해하지만. 의외로 어렵지, 내가 먼저 나선다는 게.』

"맞아요, 알아주시는군요."

피치 씨가 불만을 담아 불평하는 가운데 바론 씨가 내 편에 서서 발언해 주었다. 나 같은 인간이 직접 나서서 그…… 그런 일을 하는 것은 무척 어려웠다.

『근데 그건 기억해. 여자친구가 다가오면 절대 거부하면 안 돼. 그럴 땐 아무리 부끄러워도 제대로 응해야 해. 아껴주고 싶다는 이유로 도망치면 안 돼.』

　그렇게 생각했는데, 갑자기 지원 사격이 사라지고 말았다.

　여자친구…… 나나미가 먼저 그런 걸 하려고 한다니……. 아니, 지금의 나나미라면 그럴 가능성도 있을까. 그땐 난 제대로 받아줄 수 있을까.

　"아껴주고 싶다는 건 도망이군요."

　『내 생각에는 그건 도망이야. 여자가 먼저 용기를 냈는데 그걸 외면하면 안 돼.』

　『맞아요! 여친 입장에서는 굉장한 용기를 낸 걸 테니까, 제대로 마주 봐주세요.』

　우와, 둘이 동시에 왔다. 괜한 말을 꺼내버린 걸까……. 다만 확실히 그럴 때 피하는 건 좋지 않을 것 같다는 생각은 들었다.

　실제로 나나미가 먼저 다가올지 어떨지는 모르겠지만, 그래도 그때는 나도 제대로 나나미를 마주해야지.

　사귀는 건 분명 그런 것이겠지. 언제까지나 소극적인 태도를 보이는 것은 좋지 않다. 계속 그러기만 한다면 아무리 나나미라도 분명 떠나고 말 것이다.

　계속 사귀고, 계속 좋아해 나가기 위해서는 매일 노력하고, 그런 마음을 갖는 것이 중요하겠지.

　이후 나는 노래방 데이트 때 있었던 일들을 자세히 이야기했다. 동시에 노래를 잘 못 불렀다는 것을 고백하고 실력을 늘리기 위한 요령 같은 것을 두 사람에게 물어보았다.

그러면서도 머릿속으로는 나나미를 생각했다.

나나미와 그런 분위기가 되면, 그때 난 어떻게 해야 할까. 지금의 나로서는 답을 줄 수 없겠지만, 분명 계속 생각해서 답을 내야 할 문제였다.

언젠가 나도 각오를 다져야 할 순간이 오는 걸까?

막 간 **그의 노래를 들으며**

　돌발적으로 시작된 노래방 데이트도 끝나고 방에서 나는 혼자 책상에 앉아 공부하고 있었다. 기말고사도 얼마 남지 않았으니 준비는 확실하게 해 둬야지.

　요신도 준비를……. 저번에 한 말로 미루어보아서 하지 않았을 것 같다. 애초에 시험공부는 어떻게 하고 있을까? 같이 공부할 때 내 방식을 알려줄까?

　이미 공부는 같이하고 있고, 요신의 성적도 좋아지고는 있지만, 시험공부는 평소와는 또 다른 거니까. 시험의 요점을 파악해 두는 편이 효율도 더 좋을 거고.

　기본적으로 수업을 잘 들으면 대략 어느 부분이 나올지는 알 수 있겠지만, 1학년 때 요신은 그렇게 공부에 성실하지 않았던 것 같고.

　겉으로는 성실해 보이는데 나보다 훨씬 더 불성실하다. 갭이 있어서 재미있다니까. 성실하게 공부하는 타입인가 했더니 의외로 육체파였는걸.

　입안에서만 픽 웃자, 그 타이밍에 쓰고 있던 안경이 흘러내렸다. 아차, 쓴 뒤로 완전히 잊고 있었다.

나는 안경을 벗고 그대로 책상 위에 올려두었다.

눈이 조금 피곤해서 눈을 감은 뒤 크게 기지개를 켰다. 아, 어깨가 쭉 늘어나서 기분 좋다. 뭔가 하품도 나오네.

"오랜만에 노래 불렀다~. 아, 목이 좀 아프네. 목캔디가 있었나?"

나는 부스럭대며 책상 속을 뒤졌다. 목캔디, 목캔디…… 아, 과일 목캔디 있다. 이거 먹으면서 좀 쉴까.

스마트폰을 들고 나는 그 안에 저장된 동영상을 재생했다. 잠시 후 동영상 소리가 흘러나왔다.

『~♪ ~~♪ ~♪.』

방에 울려 퍼지는 것은 조금 시끄러운 음악 소리와 그에 맞춰 부르는 그의…… 요신의 노랫소리. 모처럼의 기회였기에 그를 졸라서 찍은 영상이었다.

요신의 처음을 기록하고 싶었다. 난 딱히 기록해 두는 습관은 없었는데. 그땐 이런 느낌이었지~ 하고 나중에 같이 돌아보고 싶은 마음이 든 것이다.

평소 말할 때의 목소리와는 좀 다른 음역대고. 좀 높은가? 키가 높은 곡을 불러서 그런 것 같기도 하다.

노래하는 게 익숙하지 않아서 그런지 더듬거리고 당황하는 모습이 너무 귀엽다는 생각으로 구경했다. 본인한테는 귀엽다는 말은 하지 않았지만, 굉장히 귀여웠다.

말해도 좋았으려나. 또 같이 노래방 가고 싶다.

잠시 동영상을 바라보고 있자 곧 재생이 종료되고 소리가 꺼졌다. 그리고 나는 스마트폰 화면을 밀어서 동영상을 넘겼다.

그곳에 있는 건 내게 온 편지.

『벌칙 게임, 아직도 계속되고 있나요?』

그것만이 적혀 있는 편지다. 처음에는 너무 무서웠지만, 지금은 봐도 그렇게 무섭지는 않다……. 아니, 역시 조금 무섭긴 하지만.

아무래도 무서움은 들었다. 편지는 요신이 맡아주었다. 버려도 상관없었겠지만, 만일 무슨 일이 있을 때를 대비해서…….

요신도 편지를 보고 무서웠을 텐데도 나를 챙겨준 것이 무척 기뻤다. 그러니까 지금은 괜찮아.

"벌칙 게임은…… 이미 끝났어요~."

나는 누군지도 모르는 편지의 주인을 향해 중얼거렸다. 그래, 내 벌칙 게임은 이미 끝났다. 그러니까 계속되고 있나요, 라는 질문에는 NO라고 대답할 수 있다.

궁금하다면 이런 편지를 보내지 말고 직접 물어봤다면 좋았을 텐데. 누군지는 모르겠지만.

하츠미랑 아유미가 알아보겠다고 했지만, 나도 뭔가 할 수 있는 일이 없을까…….

아까 다시 한번 그 말을 했더니 하츠미가 만에 하나 무슨 일이 생기면 자기가 나서는 게 더 쉽다면서 거절했다. 어쩌면 오토 오빠에게 뭔가 부탁할지도 모른다.

그 두 사람이 나선다면 조금은 안심일까……. 아니, 우리 고등학교에 올 생각은 아니겠지? 오토 오빠는 그냥 가족이니까 들어갈 수 있겠지만, 우연히 마주치면 어떡해.

"하지만 이건 자업자득, 인과응보라는 거겠지……."

과거에 벌인 자신의 어리석음이 지금의 자신을 괴롭혔다. 그런 것은 흔히 있는 일이고, 이에 대해서만큼은 누군가를 원망할 수도 없다. 왜냐하면 내가 원인이니까.

그건 그렇고, 이 편지의 주인은 대체 어느 타이밍에 벌칙에 대해 알게 된 걸까?

학교에서 벌칙에 관해 이야기한 건 처음 때와 마지막 때뿐인데.

그 이외에는 거의 이야기를 하지 않았다. 하츠미네와 중간 경과를 얘기할 때도 벌칙이라는 단어는 아마 꺼내지 않았을 터.

안 되겠다. 이 부분은 기억이 애매해서 확실하지 않다. 세세한 대화까지 기억은 안 나지만 만약 학교에서도 벌칙 게임이라는 말을 했다면…….

그때 지나가던 사람에게는 들렸다는 이야기가 된다.

경솔했어. 이것도 자업자득이다.

모처럼 다 끝나고, 매듭을 짓고, 요신과 마음 놓고 연애

할 수 있다고 생각했는데. 이번 일이 제대로 해결되지 않으면 다음에는 무슨 말을 들을지 알 수 없다.

만약 나랑 요신이 달라붙어 있는 사진이 찍혀서, 사진이 공개되는 걸 원치 않으면 내 말을 들으라는 식으로 나오면 기분 나쁘잖아.

아니, 애초에 학교에서 그런 짓은 하지 않고, 사진이 찍히면 곤란한 짓은 안 하면 그만이긴 한데.

하지만 확실히 우리 학교의 불순 이성 교제의 기준은 그…… 좀 더 야한 짓이었다. 키스 정도면 아무 문제가 없는 것이다.

어떻게 아느냐면, 친구가 그…… 남자친구와 학교에서 그런 짓을 하려고 하다가 들켜서 정학당했거든. 본인은 웃었지만.

당시의 나는 그런 바보 같은 일을 어떻게 학교에서, 그것도 들킬 만한 장소에서 하는 건가 싶어서 어이가 없었지만, 지금이라면 그 마음을 조금 알 것 같았다.

좋아하는 남자아이와 이어지고 싶은 것은 욕구로서는 분명 자연스럽다.

뭐, 교칙으로 불순 이성 교제가 금지된 이상은 어쩔 수 없지만 말이지. 그래서 다들 들키지 않게 하는 것 같다. 숨어서 몰래.

……하츠미네처럼 하고 싶어도 못 하는 아이들도 있지만.

아무튼 요신과의 이야기로 돌아와서. 오늘은 첫 노래방이라는 말에 노래방에서도 내내 노래만 해서 그렇게 깊은 장난을 치진 않았다.

딱 붙어 있기는 했지만, 어쨌든 요신이 노래방을 즐겁게 느낄 수 있도록 열심히 노래했다. 뭐, 요신도 내가 불안감을 떨쳐냈으면 좋겠다고 생각한 것 같지만.

덕분에 내 마음은 한결 가벼워졌다.

하지만 요신의 마음은 어떨까? 가벼워졌을까? 아니면……. 괜한 생각은 안 한다면 좋겠는데. 나중에 연락해 보자.

나는 다시 요신의 노래 동영상을 재생했다. 그의 노래를 들으면 왠지 마음이 차분해진다.

특별히 잘하는 것은 아니다. 음정도 처음이라 그런지 군데군데 빗나간 부분도 있다. 고음 때는 막혀서 기침도 했던가.

하지만 그래서 더더욱 사랑스럽게 느껴졌다.

노래를 잘하는 사람은 세상에 많이 있겠지만 그 잘하는 사람과 요신 중 어느 쪽을 선택하겠냐고 하면 단연 요신을 택할 것이다.

그 정도로 정말…… 마음이 편했다.

"다음에 가면 듀엣 부르고 싶다."

이번에는 못했다. 요신이 듀엣곡을 몰라서. 정확히 말하면 요신도 알고 있긴 했지만 둘 다 아는 곡이 없었다.

손가락으로 동영상의 그를 쓰다듬는데…… 그 타이밍에 스마트폰에서 다른 소리가 울렸다. 누군가 했더니 피치였다.

"여보세요. 피치? 무슨 일이야?"

『아, 시치미. 괜찮아? 캐니언 씨한테 편지에 대해 들었는데…….』

아, 그러고 보니 요신이 바론 씨 쪽에도 상담해 본다고 했던가. 피치, 걱정해서 일부러 전화해 줬구나.

여러 사람이 걱정해 주는 것에 미안한 마음과 고마운 마음이 동시에 샘솟았다. 마음이 포근해지는 느낌이었다.

"응, 괜찮아. 참고로 그 사람이랑은 어떤 얘기를 했어?"

『음, 세세한 뉘앙스는 제쳐두고 간략하게 말하면…….』

피치는 그 후 요신이 상담했던 내용을 나에게 들려주었다. 이야기를 듣고 바론 씨가 한 예측이나, 염려한 부분 등…….

거기에는 내가 예상조차 못 한 내용도 포함되어 있었다.

"그래…… 그렇구나……. 흐음……."

『저기, 시치미…… 무서운데? 화난, 거야……?』

"아, 미안. 화 안 났어, 안 났어."

피치에게 사과했지만 아주 조금 화가 난 것은 사실이다. 하지만 그것은, 자신에게 화가 난 것이었다.

요신이 목적인 경우. 그걸 조금도 생각하지 못한 자신의 안이함이 부끄러웠다.

그래, 그럴 가능성도 충분히 있다. 요신은 요즘 묘하게 평판도 좋고, 내가 요신 이야기를 할 때마다 부럽다고 말하는 친구들도 있으니까.

내가 야한 건 아직이라고 하자 그럼 '내가 할까?' 하는 식으로 말하는 애까지 있었다. 물론 화를 냈다. 농담이라며 사과는 받았지만 하면 안 되는 농담도 있으니까.

그런 식으로 최근 인기를 얻기 시작한 요신을 노리고 나에게 편지를 보냈을 가능성도 있다. 벌칙을 어떻게 알았는지는 의문이지만, 어쨌든.

"질 수야 없지. 피치, 알려줘서 고마워."

『응. 하지만 바론 씨도 그저 가능성이 있을 뿐, 확실하지는 않다고 했으니까. 어디까지나 최악의 케이스 중 하나일 뿐이고…….』

"괜찮아, 그건 알아. 그래도 유비무환이라는 말도 있잖아?"

내 말에 피치는 약간 주저하면서도 납득은 해주었다.

바론 씨의 말대로 최악의 사태를 상정해야 한다. 시험공부도 어떤 문제가 나올지, 어느 범위에서 어느 정도 나올지 가정하고 공부해야 하듯.

이번 편지도 같은 맥락이다. 이대로 겁먹고 있을 순 없다. 내가 생각하는 최악의 사태는 요신이 나에게서 멀어지는 것이다.

요신이 다른 여자의 유혹에 넘어갈 걱정을 하는 것이 아니다. 요신이라면 그런 유혹에 넘어가지 않을 거라고 믿는다.

하지만 믿는다고 아무것도 하지 않는다는 뜻이 아니다.

믿고 있기에 더더욱, 그와 나의 관계를 확고하게 만드는 노력을 해야 한다.

적극적으로 다가간다고 했으면서 그와 사이좋게 지내고 있다는 이유로…… 나도 모르게 방심하고 있었을지도 모른다.

"좋아, 기합이 들어갔어! 그를 다른 사람에게 빼앗기지 않도록 나는 전력으로 가겠어!"

『어? 전력으로 야한 걸 하는 거야?!』

왜 야한 거 한정인데?!

피치, 중학생인데 머리가 너무 핑크색인 거 아니야? 아니, 뭐 그 나이엔 비교적 그쪽 방면으로 관심이 많다는 건 알지만. 하츠미나 아유미도 굉장했었고…….

그렇다 해도 꽤 나이답지 않단 말이지……. 응, 피치의 한마디에 아주 조금 냉정을 되찾았다.

나는 한 번 심호흡했다.

"그런 쪽은, 뭐……. 아무튼, 내가 할 수 있는 일이 있을 거야. 낙심하고 있을 틈이 없어."

『그렇구나, 응. 힘이 났다면 다행이야.』

지금 나와 요신 앞에 있는 문제는 몇 가지가 있지만, 할 일을 정리해 볼까?

우선 첫 번째는 편지 사건이다. 하지만 오늘 이야기로 겁먹을 일은 더는 없다. 반대로 기합이 들어갔다. 나는 지지 않도록 강해질 것이다.

두 번째는 기말고사다. 이번에 낙제점을 받으면 소중한 여름 방학이 보충 학습으로 물들고 만다. 요신이랑 여름 방학 때 잔뜩 놀려면 열심히 공부해야 한다.

그리고 마지막. 이것이 가장 중요하다.

여름 방학. 나는 요신과 많이 놀고…… 더욱 진도를 나갈 것이다. 앞으로 여러 일들을 할 생각이야. 적극적으로 가겠다고 했지만, 더더욱 적극적으로 갈 것이다.

다른 누군가에게 빈틈 같은 것을 보여주지 않을 만큼 많은 추억을 만들겠어!

그런 나의 결의를 이 시점에서 알고 있는 것은 피치뿐이었다.

문제가 산더미처럼 쌓여 있을 때, 어디부터 손을 대야 할지 알 수 없는 경우가 종종 있다. 지금의 내가 바로 그랬다.

이럴 때는 해야 할 일에 우선순위를 두는 것이 좋다고 한다.

기한이 있는 일을 우선 처리하고, 기한이 없다면 중요한 일부터 처리한다.

지극히 당연한 이야기지만 의외로 실천하기 어렵다. 우선해야 할 일과 의욕이 생기는 일이 다르기 때문이다.

"아니, 따질 것도 없이 지금 우선할 건 시험공부잖아."

그런 딴생각을 하다가 나나미에게 혼났다. 응, 이것도 당연한 얘기다. 지금은 시험공부가 최우선이다. 학생의 본분은 공부니까.

점심시간, 도시락을 먹기 위해 옥상으로 이동하면서 우리는 시험에 관해 이야기하고 있었다. 어떻게 할까 하는 이야기에서 내 핑계로 이동한 셈이었다.

옥상에 도착해서 평소의 벤치에 자리했다. 요즘은 조금씩 기온이 올라서 그런지 주변에 사람도 적어지고, 비교적 둘만 있는 상황이 많아졌다.

나는 벤치에 앉자마자 그대로 새우등을 하고는 머리를 감싸듯이 상체를 숙였다.

"솔직히 말해서, 의욕이 안 나⋯⋯."

"하여간⋯⋯."

나나미는 미간을 좁히고 어이없다는 얼굴을 했다.

공부가 싫은 건 아니다.

아니, 원래부터 공부는 싫었고 안 해왔던 것도 사실이다. 하지만 요즘은 나나미와 함께 공부하면서 재미를 붙였다.

하지만 시험공부에 한해서는 마주하는 순간에 의욕이 사라졌다.

어째서일까. 이러고 있을 때가 아니다. 아닌데, 아무리 해도 의욕이 안 생긴다.

"어휴, 의욕이 안 난다니. 제대로 해야지."

"응⋯⋯ 나도 제대로 하고 싶기는 한데⋯⋯."

"이번에 낙제하면 여름 방학 때 보충 수업이잖아? 아니, 보충 수업이 싫어서 공부할 게 아니라, 평소에 제대로 해야지."

오오. 나나미가 뭔가 선생님 같은 말을 하고 있다. 그보다 정말로 보기와는 다르게 성실하다. 마음가짐부터가 나와는 다르다.

드물게 나나미에게 꾸중을 듣고 있는데, 그녀는 알기 쉽게 볼을 살짝 부풀리고 허리에 손을 얹고 있다. 그 손에는 도시락이 든 주머니가 걸려 있다.

와…… 화가 난 모습도 귀엽네. 그리고 이럴 때 말하긴 좀 그렇지만…… 나나미에게 혼이 나는 게 조금 좋다는 생각이 들었다.

볼을 부풀리고, 하복 차림으로 귀엽게 나를 꾸짖는 모습을 보면, 뭔가 새로운 문을 열어버릴 것만 같다.

아니, 이건 나를 생각해서 말해 주는 거니까 그런 불순한 생각을 품으면 안 되지. 그러니까 가끔은 혼나도 좋겠다, 뭐 그런 생각은 하지 말자.

일부러 혼날 만한 짓을 해서 진심으로 화나게 하면 실례가 아닌가. 그런 걸로 호감을 살 수 있을 리가…….

……혹시 이게 초등학생들의 '좋아하는 아이를 괴롭히는 심리'일까.

우와, 이 나이에 그런 마음을 느끼다니. 좀 민망하다. 초등학생 때도 겪은 적이 없는데, 지금 와서…….

"또 이상한 생각 하고 있지?"

"어, 어떻게 알았어……?!"

내가 속으로 부끄러워하는데, 나나미가 반쯤 뜬 눈으로 내 속내를 알아맞혔다. 구체적으로 들킨 것은 아니었지만, 그 시선을 받으니 식은땀이 났다.

말을 들으니 아무래도 웃음을 참는 듯한 미소나, 아무튼 이런저런 표정이 얼굴에 나온 것 같았다. 그 모습을 보고 내가 뭔가 다른 생각을 한다는 것을 알아차린 것이다.

반쯤 흘겨 뜬 눈빛을 유지하면서 나나미는 나에게 얼굴을 가까이했다. 이건 이거대로…… 라고 생각하고 있을 겨를은 없었기에 나는 양손을 살짝 들면서 솔직하게 생각하고 있던 것을 털어놓았다.

"화를 내는 나나미도 귀엽다고 생각했습니다……."

"그것뿐이야?"

"나나미에게 혼나는 것도 조금 좋다고 생각했습니다."

거짓말은 하고 싶지 않았기 때문에 나는 솔직히 지금의 마음을 나나미에게 전했다. 아니, 새삼스럽게 입에 담으니 내가 듣기에도 기분 나빴다. 좀 좋다니 뭐야.

나나미는 허리에 대고 있던 손을 쭉 뻗더니 도시락을 나에게 내밀었다. 내가 그 도시락을 가져가려고 하자, 그녀가 휙 손을 들어 올렸다. 내 손에서 도시락이 도망쳐 버렸다.

내가 나나미의 얼굴을 바라보자, 그녀는 나와 눈을 마주치더니 과장되게 휙 고개를 돌리며 두 눈을 감았다.

"그런 사람한테는 내 수제 도시락은 안 줄 건데~?"

"그, 그것만은……!"

외면하던 나나미는 나의 절망적인 목소리를 듣자 뺨을 실룩거렸다. 그 표정으로 보아 이번에는 나나미가 웃음을 참고 있는 것 같았다.

무슨 일인가 싶었는데, 나나미는 그대로 한쪽 눈을 뜨고 혀를 쏙 내밀었다.

그리고 시선을 외면한 채 내 손에 도시락을 살짝 갖다 댄다. 받아도 되나 고민하던 나는 그 도시락을 받아들었다.

아주 조금 겁먹은 채 나나미를 바라보자, 나나미는 어느새 나를 정면으로 바라보고는 손을 뒤로 돌리며 웃음을 터뜨렸다.

"하여간. 혼나는 게 좋다니, 뭐야."

도시락을 든 내 뺨을 나나미가 쓰다듬듯이 만진다. 언제 배웠냐고 묻고 싶은 몸짓으로, 그대로 나나미가 나에게 얼굴을 가까이 갖다 댔다.

내 귓가에 다른 누구에게도 들리지 않는 작은 목소리로 속삭인다. 한숨과 함께 속삭인 그 목소리는 정말로 조용하고, 다정하고, 어딘가 유혹하는 듯한 울림이었다.

"그렇다면 가끔 잔뜩 혼내줄까……?"

나나미는 내가 무언가를 대답하는 것보다도 빨리 휙 떨어지더니 그대로 수줍은 미소를 나에게 향했다. 그 미소에 나는 말문이 막혔다.

아까의 속삭임으로는 상상도 할 수 없는 그 천진난만한 미소를 보고, 그때 나나미는 내 귓가에서 어떤 표정을 짓고 있었을까 상상하며 뺨을 물들였다.

내가 볼을 붉힌 것을 본 나나미의 천진난만한 미소가 점점 짙어졌다. 마치 천진하게 유혹하듯이. 뭔가 말하려는 나에게 나나미는 손가락을 치켜세우며 작게 "쉿" 하고만 말한다.

그리고 이내 손을 입가에서 떼고는 조금 과장되게 배를 눌렀다.

"아~ 배고프다. 밥 먹자."

"아, 응…… 그렇지. 자, 받아. 나나미 거야."

"응, 고마워~. 오늘은 어떤 걸까?"

"꽤 잘 된 것 같긴 하지만, 나나미보단 못할 거야."

나는 가져온 도시락을 나나미에게 건네주었다. 내가 만든 도시락이다.

최근에 일어난 변화 중 하나는 바로 이 점심시간이다.

나나미는 평소 내 몫의 도시락까지 만든다. 나는 항상 그것을 기쁘게 먹기만 하다가 어느 순간 문득 생각했다. 이대로 지내도 괜찮은 거냐고.

내가 요리를 하는 건 나나미네 집에 같이 갔을 때 저녁 준비를 도와주는 정도고, 집에서는 거의 할 기회가 없다.

반대로 나나미는 거의 매일…… 음, 거의가 아니지. 실제로 매일 요리를 하고 있다. 아침과 저녁, 도시락……. 그건 굉장한 노력이 아닐까?

그런 생각에 가끔은 나도 도시락을 싸서 나나미에게 주면 어떨까 제안했었다. 그 제안을 했을 때 나나미는 제법

놀란 눈치였다.

나나미는 내 말에 기뻐했지만, 동시에 날 걱정하기도 했다. 요리가 익숙하지 않은데 2인분 도시락은 싸기 힘들 거라고.

정작 나나미는 예전에 1인분이나 2인분이나 드는 수고는 비슷하다고 한 것 같지만…… 확실히 익숙하지 않을 때는 어려울 것 같았다.

그래서 절충안으로 이 도시락 교환이 시작됐다. 나나미는 내가 도시락을 먹어주길 바라고, 나는 나나미가 내 음식을 먹어주길 바란다.

참고로 도시락통은 그녀가 평소에 사용하는 것을 맡아 사용하고 있다. 그래서 우리 집에는 늘 나나미 도시락통이 있는데…….

부모님은 그것을 보고 대놓고 놀려댔다. 내 변화에 감격한 모양인데, 결국은 놀림당한 기분이었다.

"와아~ 맛있겠다! 요신, 달걀말이 잘 만들었네."

"나나미보단 못하지만……. 이걸 매일 한다니, 정말 대단해."

정말로, 도시락을 만드는 건 쉽지 않다. 식단 구성부터 요리까지……. 뭐든 좋다는 대답에 울컥하게 되는 마음이 드는 것도 당연하다.

참고로 서로 달걀말이는 반드시 넣는다는 약속이다. 이

상한 약속이지만, 반찬을 하나라도 정해두면 그만큼 편해
진다.

"응, 맛있어. 몹시 부드러운 달콤함이야."

"꿀이 집에 있어서 써봤어."

"와, 꿀을? 처음 먹어봤어. 다음에 우리 집에서도 해볼까?"

나나미는 오물거리며 도시락을 맛있게 먹었다. 달걀말
이를 많이 넣어둔 것도 마음에 든 것 같다.

나도 나나미의 달걀말이를 입에 넣었다. 부드럽게 풀리
며 입안에 단맛과 약간의 짠맛이 퍼졌다. 아침에 내 달걀
말이를 조금 맛봤는데, 역시 나나미가 만든 게 더 맛있는
것 같다.

이렇게 누군가가 자신의 요리를 먹어준다는 것은 정말
기쁜 일이다. 아침에 도시락을 싸는 시간을 전부 보상받는
것 같다. 음식을 만든다는 것도 즐거운 일이다.

다만 맛있는 것을 먹고 있을 때도 현실이란 찾아오는 법.

"그래서, 시험공부 말인데."

조금이라도 기분이 좋을 때 현실적인 이야기를 하는 편
이 대화하긴 더 좋겠지. 외면하는 안 되는 부분이니까 똑
바로 마주해야 한다.

"응, 제대로 해야겠지……."

"아, 아니 저기, 억지로 시킨다는 얘기가 아니라, 그……."

결의를 담고 한 말이었는데, 나나미는 내 말을 흐리듯

무언가를 말하려다 말았다. 막힌 그 말을 삼키듯이 그녀가 도시락을 다시 한입 넣고 우물거렸다.

무슨 의미일까. 공부는 당연히 중요하고, 이에 관해서는 우물쭈물하는 내가 나쁜 거니까 나나미가 말이 막힐 일은 전혀 없을 텐데.

나나미가 먼저 시험공부 이야기를 꺼냈는데, 좀처럼 다음 말이 나오질 않았다. 도시락에 대한 소감이나, 내일은 뭐가 먹고 싶다든가, 뭘 만들까 하는 이야기는 나오는데.

나는 고개를 갸웃거리면서도 배는 고팠기에 나나미의 말을 기다리며 도시락을 먹었다. 응, 역시 나나미의 도시락에는 아직 못 당하겠네…….

그리고 나나미의 입에서 그다음 말이 나온 것은 도시락을 다 먹고 차를 마시고 한숨 돌린 뒤였다. 조금 말하기 어렵다는 듯이.

"역시 공부는 본인의 의욕이 제일 중요하다고 생각해."

"그렇지, 확실히."

다시 마음을 다잡은 듯 나나미는 두 손을 가슴 앞에 마주하더니 곁눈질로 나에게 시선을 향했다. 확실히 의욕은 중요하다. 그럴 의욕이 쉽게 나지 않는 것이 문제지만…….

"나도 지금이야 공부를 잘하지만, 옛날에는 의욕이 나지 않을 때도 많았어. 그러니까 요신의 마음도 잘 알아."

"조금 의외네. 나나미라면 옛날부터 잘했을 줄 알았는데."

"나도 처음부터 제대로 한 건 아니야. 부모님한테도 도움을 받았고, 여러 가지로 나만의 공부 방법을 익혔으니까."

역시 일상의 습관인 걸까. 오래전부터 공부 방식을 확립해 둔 사람은 뭔가 다르구나.

내가 감탄하자 나나미는 또다시 말을 끊고 말하기 어려운 듯 머뭇거렸다. 아주 좋은 이야기라고 생각하는데, 왜 말을 멈추는 거지?

"그래서 말이야, 의욕을 내기 위해 그…… 보상을 주는 방식으로 한 적이 있었거든."

"보상?"

"응. 스스로에 대한 보상. 조금 맛있는 걸 먹거나, 갖고 싶었던 액세서리를 큰맘 먹고 산다거나 하는…… 그런 보상."

이른바 보상 효과라는 거다. 힘든 일을 달성하면 자신에게 보상을 주고 의욕을 내는 방식이다. 나는 아직 해본 적이 없다.

"장기적으로 하는 건 별로 안 좋다고 하지만, 보상이 없으면 의욕도 없잖아? 한 번 정도는 계기로 삼으면 좋을 것 같아서."

그렇군. 확실히 과하게 의존하면 보상 없이는 공부하지 못한다든가, 보상이 있지 않으면 아무것도 하지 못하게 될 것 같다.

하지만 한 번 정도라면……. 뭔가 보상이 있으면 열심히 할 수 있을지도 모른다. 그런 뭔가가 있으면, 계기가 있다면 나도 공부하게 될지도 모른다.

나나미가 하고 싶은 말을 알아차린 나는 앞서 그녀가 하려는 말을 꺼냈다.

"그러니까 내가 공부를 열심히 하면 나나미가 뭔가 보상을 준다는 거지? 정석적이지는 않지만, 의욕은 나네."

나나미는 내 말에 눈을 크게 뜨더니 작게 고개를 끄덕였다. 나는 생각이 들어맞는 것에 만족하느라, 작게 고개를 끄덕인 나나미의 뺨이 붉어진 것을 깨닫지 못했다.

볼을 붉힌 이유가 아까 나나미가 이 말을 주저한 이유일 것이다.

"그래서 보상은 뭐야? 도시락이 더 화려해진다든가, 여름 방학에 데이트한다든가……."

나는 떠오르는 대로 보상의 내용을 말했다. 모두 평소에 하는 일이지만, 공부의 보상이 된다면 조금 더 특별하게 하고 싶었다.

데이트라면 여름 방학에…… 짧은 여행을 한다든가?

고등학생이니까 단둘이 여행하는 것은 무리지만, 누군가 불러서 짧은 여행 정도는 가보고 싶었다.

아니, 허락만 받으면 단둘이 갈 수 있나? 이건 나중에 조사해봐야겠다.

여행이라. 그럼 돈이 필요하겠지? 데이트는 저축이나 용

돈 등으로 어떻게든 해결되지만, 여행은 지금 모아둔 돈만으로는 어렵다.

그러면 나나미랑 데이트하기 위해 아르바이트를 하는 건가. 내가 무슨 아르바이트를 할 수 있을지는 모르겠지만, 뭔가 괜찮은 아르바이트가 있다면⋯⋯.

내가 혼자 망상을 부풀리고 있는데, 나나미가 보상에 대해 말했다.

"보상은 말이지⋯⋯ 이⋯⋯ 목⋯⋯ 거야⋯⋯."

"응?"

하지만 너무 작은 목소리라 내 귀에는 그 말이 닿지 않았다. 평소였다면 작게 중얼거리는 말이라도 나나미의 목소리는 또렷하니까 내 귀에는 바로 들렸을 텐데⋯⋯.

신기한 일도 다 있다 싶어 나는 나나미에게 되물었다. 내가 되묻자 나나미가 고개를 푹 숙여 버렸다. 그 반응이 신기하다고 생각하면서 나는 문득 그녀의 귀를 바라보았다.

새빨갰다.

마치 겨울날 추위로 붉어졌을 때처럼⋯⋯ 아니, 그 이상으로 새빨간 것 같은데. 왜 이렇게 빨갛지?

나나미는 아까와 마찬가지로 나에게 다가왔다. 다만 아까와는 비교할 수 없을 정도로 천천히, 그리고 아까보다 더 작은 소리로 중얼거렸다.

"보상으로⋯⋯ 같이 목욕할래?"

…….

……네?

목욕…… 목욕? 네? 목욕이라면…… 그러니까…… 그 목욕……? 뜨거운 물에 몸을 데우는 그…….

……목요옥?!

"요신, 큰 소리는 내지 마. 다른 애들도 있으니까……."

그 말에 나는 순간적으로 내 입을 두 손으로 눌렀다. 이걸 한다고 소리치지 않는 건 아니지만, 그래도 어느 정도 효과는 있었다. 나는 어떻게든 내 말을 삼켰다.

실제로 먹었다는 건 아니지만 기분의 문제다. 꿀꺽, 하고 무언가를 삼키고 그것을 말이라고 생각하는 것이다. 그 후 차까지 마셔서 철저하게 말을 삼켰다.

으음…… 목욕……. 아니, 역시 이상한데.

"나나미, 저기, 그러니까, 목욕이라니, 무슨 뜻이야……?"

"그, 그게, 평범한 데이트나 도시락 메뉴를 화려하게 하는 건 평소와 크게 다르지 않다고 어제 생각했거든."

"그, 그래?"

"응……. 그래서, 그, 같이 목욕하는 거라면 보상이 되지 않을까 하고……."

어떤 생각에서 거기까지 간 것일까. 너무 건너뛰었다. 심하게 건너뛰었어. 뭔가 이 정도면 누군가의 입김이 들어간 게 아닐까 하는 의심이 들 정도였다.

나로서는 데이트나 화려한 도시락 정도로도 충분하지만, 나나미는 모종의 각오를 다진 것 같았다.

아니, 이건 안 된다. 나는 자신의 얕은 생각에 부끄러움을 느꼈다. 나나미가 몸을 내거는 듯한 말을 해준 것은 나의 공부 때문이다.

그녀가 이런 말을 하지 않으면 의욕도 내지 못하는 건가. 확실히 나나미의 말대로 보상이 없으면 움직이지 못하게 되는 것은 역효과일지도 모른다.

다만 나나미와 함께 목욕……. 흥미가 없는 것도 실례가 아닐까?

아니, 그야 나나미가 같이 목욕하는 게 보상이라고 말해줬는데 그것을 보상이라고 하지 않는다면 이 얼마나 큰 무례인가. 물론 나는 좋다!

내가 그것을 할 용기가 있는지는 제쳐두고, 이걸 딱 잘라 거절하는 것은 여러모로 아닌 것 같다는 것이 내 견해였다.

"하지만…… 역시 알몸은 위험한데……."

"어……?"

내 중얼거림을 들은 나나미가 고개를 들어 멍한 눈으로 나를 바라보았다. 뭔가 굉장히 예상 밖의 말을 들은 사람처럼 눈을 크게 뜨고 있다.

같이 목욕하자고 말한 건 나나미인데, 이 반응은 뭘까

싶어 나는 고개를 갸우뚱했다.

"아, 알몸……?!"

단숨에 얼굴 전체를 새빨갛게 물들인 나나미가 소리칠 뻔한 자기 입을 꾹 눌렀다. 그대로 나에게 아주 조금 다가오더니 주위에 들리지 않도록 작은 소리로 항의의 소리를 질렀다.

"왜, 왜 알몸이 나와?!"

"어? 아니, 목욕할 때는 보통 다들 알몸이지 않아?"

나나미는 눈을 굴리면서도 여전히 작은 소리를 유지했다. 그리고 혼자서 그렇지, 보통은 그렇겠지, 하고 마치 자신을 납득시키듯 중얼거렸다.

혹시, 그렇게까지 할 생각은 없었던 건가?

"요, 요신이 원한다면 알몸이라도 같이……!!"

"나나미, 스톱, 스톱! 아니, 나도 알몸을 떠올려서 미안하긴 한데…… 무슨 생각으로 한 말이야?"

나나미가 뭔가 이상한 결의를 할 것 같았기에 나는 마음을 가라앉히면서 그녀도 함께 진정시키듯 두 손을 그녀 눈앞에 대고 행동을 제지했다.

나나미는 진정하려는 듯 크게 한 번 심호흡했다.

그리고 앉은 채로 옆으로 미끄러지듯 이동하여 나에게 조금 다가왔다. 몸을 기댄 채, 주위에 들리지 않지만, 나에게만 들리는 소리로 말을 꺼낸다.

중얼거리는 소리였지만 그 목소리는 아까와 달리 또렷하게 내 귀에 와 닿았다.

"그⋯⋯ 욕실에서 등을 밀어줄까 생각했어. 수영복을 입고⋯⋯."

"아아~ 수영복⋯⋯."

그거라면 뭐⋯⋯ 괜찮을까. 아니, 괜찮지 않은가? 첫 번째의 임팩트가 너무 강해서 살짝 마비된 거 아닐까?

다시 한번 생각해 보자. 욕실에서 수영복을 입는다는 건, 물이 있으니까 수영장이랑 비슷하지 않을까? 지난번의 나이트풀 때의 광경을 떠올렸다.

수영복 차림의 나나미도 상당히 자극적이었지만, 수영장이라는 상황 덕분에 그 모습은 무척 자연스러워 보였다. 역시 물가에 수영복이라는 건 자연스럽다.

그러니 같이 목욕하는 것은 굉장히 문제였지만, 수영복을 입었다면 사실상 문제가 없지 않을까? 응, 꼭 그렇다고 생각하고 싶다.

왜냐하면 욕실이랑 수영장은 비슷하잖아. 물 온도는 다르지만.

⋯⋯뭐, 여러 가지 변명을 떠올렸지만, 역시 수영복을 입고 있어도 같이 목욕하는 건 위험하겠지. 확실히 물이 있고 비슷한 곳이긴 하지만, 욕실이라는 사실만으로 위험도가 차원이 다르다.

이상하군. 모습은 같은데 장소가 다르다고 위험해지다니……. 욕실은 좁고 개인적인 공간이라 그럴지도 모른다.

내 침묵을 어떻게 받아들였는지는 모르겠지만 나나미가 마지막 결정타를 날렸다.

"그때랑 다른 수영복이라, 좀 섹시해……."

섹시한 수영복!

저번 수영복도 충분히 섹시했던 것 같은데, 그 이상이라고! 뭐지? 어떤 수영복인데……?! 언제 그런 걸 샀어……?!

내가 무심코 나나미를 응시하자 나나미가 살짝 손으로 신체를 감추는 듯 몸을 비틀더니, 새빨갛게 변한 채 검지를 척 세웠다.

"차, 참고로 제대로 시험에서 낙제점 회피는 너무 느슨하니까, 전 교과목에서 평균 점수 이상을 받아야 해! 그러면 그…… 같이……."

뒤로 갈수록 목소리가 작아졌다. 막바지는 나에게도 아슬아슬하게 들릴 정도였으니, 주위에서 보기엔 내가 나나미한테 혼나는 것처럼 보일 것이다.

평균 점수 이상이라. 꽤 엄격하네. 아니, 내 기준으로 엄격하다는 거지, 평균 점수니까 그게 보통일지도 모르지만.

그래도 엄격한 것에 대한 보상치고는 너무 파격적이다.

나는 어떻게 해야 할까?

아까 나는 여성이 먼저 건넨 제안을 무조건 거절하는 것도 좋지 않다고 생각했다. 그것은 용기를 낸 여성에게 망신을 주지 않을까 생각했기 때문이다.

그리고 어쩌면 나나미가 매력적이지 않아서 거절한다는 오해를 주는 것이 아닐까. 그러한 것과 매력의 유무는 무관하다고 생각하지만…… 그렇지만 그럴 가능성이 있다는 것도 사실이었다.

아까 안 된다고 생각한 것은 내 안의 윤리관이 알몸은 위험하다며 제동을 걸고 있었기 때문이다. 내 억측이었지만 목욕=알몸이라고 생각했으니까.

아니, 욕실에서 알몸은 평범한 거지만.

하지만 나나미는 수영복을 입는다고 했으니까, 이걸로 나의 염려는 불식되었다고 볼 수 있지 않을까?

내 안의 무언가가 이 제안을 받아들이라고 주장했다. 그와 동시에 나나미를 상처입히지 않기 위해 거절하라는 말도, 내 안의 어딘가에서 말하고 있다.

그렇구나. 이게 만화 같은 데서 흔히 보는 내 안의 천사와 악마가 싸우는 상황인 건가. 내 몸으로 직접 겪어 보니 이건 확실히 선택하기 어렵다.

내가 내린 결론은…….

"나나미……."

"……뭐, 뭐야?!"

나는 그녀의 어깨에 부드럽게 손을 얹었다. 그 순간 그녀가 흠칫 놀라며 몸을 떨었다. 그 진동이 내 손에 와 닿아서 아주 조금 마음이 편해졌다.

그리고 크게 숨을 들이마시고 마음을 가라앉힌 다음 결의를 말했다.

"나 공부 열심히 할게."

내가 느끼기에도 강한 결의를 보였다고 생각한다.

결코, 결코 보상인 수영복으로 함께 목욕한다는 것에 낚인 것이 아니다. 이건 공부를 향한 의욕이라는, 자발적으로 일으켰어야 할 모티베이션을 나나미에게 짊어지게 한 나의 결의였다.

원래대로라면 나는 이 의욕을 제일 먼저 발휘했어야 한다. 누구한테 무슨 말을 들어서가 아니라 스스로.

제대로 공부를 해서 평균 점수 이상을 받고, 그리고 나나미와 함께 여름 방학을 보낸다. 편지 일이 있긴 하지만 우선은 공부에 전력을 다할 것이다. 그것이 학생의 본분이니까.

그런 이유로 자발적으로, 어디까지나 자발적으로 의욕에 넘친 나지만, 나나미는 조금 어이없다는 듯 웃고 있었다.

어? 의심하는 건가?

나나미는 잠시 생각에 잠기는 듯하더니, 이번에는 여느 때와 같은 미소를 지어 보였다. 평소와 같은 웃는 얼굴이지만, 약간의 압력이 느껴지는 미소였다.

그대로 얼굴만 내게 가까이하더니 찌를 듯한 시선을 보내온다. 미소 지은 얼굴 그대로라 조금 무섭다.

"그렇구나. 의욕이 생겼다니 기뻐. 역시 보상이 효과가 있었나?"

"아니, 이건 저기, 내가 한심했다는 걸 실감해서 그런 거지, 결코 보상에 낚인 건……."

나나미의 지적에 살짝 횡설수설하면서 나는 변명…… 아니, 자신의 결의를 말했다.

나나미는 침묵한 채 가만히 있었다. 침묵한 채 웃는 얼굴로 나를 지그시 바라본다. 게슴츠레한 눈으로 노려보는 것이 아니라 웃는 얼굴이었음에도 좀 무서웠다.

조금씩 기온은 높아지고 있지만 땀이 날 정도로 덥지는 않다. 덥지는 않은데, 왠지 온몸에서 땀이 쭉 솟아나는 것 같았다. 이것이 압박에 의한 발한이라는 건가…….

한동안 바라보던 나나미는 부드럽게 타이르듯 속삭였다.

"속마음은?"

"보상을 받고 싶습니다……!"

"솔직해서 좋아요♪."

네, 장난 종료.

나의 대답에 나나미는 만족스러운 듯 후후 하고 웃음 짓더니 가슴을 펴고 어딘가 의기양양한 표정…… 다시 말해 우쭐한 얼굴을 했다. 굉장히 우쭐해 보이는 얼굴이다.

자신의 제안이 받아들여진 것이 기쁜 것일까. 그것이 '함께 목욕'이라는 터무니없는 것만 아니었다면 나도 솔직하게 칭찬받을 수 있었을 텐데.

나도 나나미의 제안에 응하고 싶은 것인지, 응하고 싶지 않은 것인지…… 아까부터 자기모순이 극심했다. 생각 때문에 머리가 어지러울 지경이다.

애초에 이런 걸 거절할 수 있는 남자가 있나? 있다면 눈앞에 데려와 주길 바란다.

본인이 가장 사랑하는 여자친구의 제안인데? 어떤 책략이나 함정이 있다 하더라도 즉시 받아들일 수밖에 없다. 나도 건전한 남자 고등학생이다.

으쓱한 얼굴을 하고 있던 나나미는 그대로 키득키득 웃었다. 아까까지 있었던 쑥스러움은 상당히 사라진, 정말 진심으로 즐거워 보이는 미소였다.

조금 의외인 그 미소를 보고, 나도 어째서인지 덩달아 웃어버렸다. 잠시 둘이 함께 웃어버려서 주위에서 보면 이상한 광경이 되어 버렸을지도 모르겠다.

"정말 속물이네. 보상을 받아야 의욕이 생긴다니. 밝히는 남친을 가져서 큰일이야."

입으로는 그렇게 말하고 있지만, 나나미는 어딘가 기뻐 보이기도 했다. 그래서 나도 지지 않고 나나미에게 대꾸해 보고 싶어졌다.

"그런 제안을 한 나나미가 더 밝히는 거 아냐?"

야한 여친을 가져서 큰일이다……라고 말하려다가, 그건 너무 위험하다 싶어서 나는 딱 입을 다물었다.

그…… 여자에게 야하다고 하는 건 남자에게 말하기보다 어렵다. 나만 그런가?

하지만 나나미는 그런 것은 개의치 않는다는 듯 셔츠 끝을 살짝 쥐었다.

"음, 나도 야한 남친한테 물들어 버린 걸까……? 요신에게 이런 일 저런 일 당했으니까……."

나나미의 그 발언에 왠지 주위가 술렁인 것 같았다. 작은 목소리가 아니라 평범한 목소리니까 들으려면 들을 수 있지만…… 나는 황급히 주위를 둘러보았다.

갑자기 주위에 있던 사람들이 고개를 돌리고 있다. 나 아무것도 안 했는데? 이거 또 이상한 소문이 나는 거 아닐까……?

이런 대답을 내놓은 건 예상 밖이었다. 나나미, 강해졌구나.

……라고 생각했더니 귀가 빨갛다! 허세였구나! 나는 손을 뻗어 나나미의 붉어진 귀를 만졌다.

"으힉?!"

이상한 소리를 지른 나나미가 손을 셔츠 자락에서 떼고 파드득 뛰어올랐다. 귀가 빨개진 걸 지적하려고 만진 것인데 또 주위가 좀 술렁거렸다.

어, 이게 아닌가?

내가 만진 귀를 누르면서 얼굴 전체를 빨갛게 물들인 나나미는 살짝 울먹이는 얼굴로 나를 노려보았다. 볼도 알기 쉽게 부풀려서 화났다는 것을 강조하고 있다.

"가, 갑자기 만지면, 그…… 놀라잖아."

"미, 미안. 귀가 빨개졌길래 또 무리하나 싶어서……."

"정말…… 부끄럽긴 하지만 요신이 더 의욕을 내주지 않을까 싶어서 애쓴 거야. 그런 것도 좋아하잖아?"

싫지 않다. 아니, 솔직히 말해서 좋습니다. 다만 뭐, 나나미 같은 경우는 이 부끄러워하는 부분까지가 세트니까. 자폭하는 모습이 사랑스럽다.

아무튼 나나미 덕분에 공부에 대한 의욕은 생겼다. 넘친다고 해도 좋을 정도다.

그건 그렇고…….

"그렇게 터무니없는 상을 받으면 의욕을 내지 않을 수 없지만……."

"하여간, 엉큼해……."

나나미가 또 같은 장난을 던져오려고 했다. 콩트에서 반복은 기본이지만, 이야기가 나아가질 않기 때문에 나는 그 이상은 받지 않았다.

"하지만 그런 보상으로도 의욕이 나지 않는다고 하

면…… 화나지 않아?"

애교 섞인 얼굴로 엷게 웃던 나나미는 내 말을 듣고 잠시 생각에 잠긴 얼굴을 했다. 그녀는 그대로 팔짱을 끼고 그 표정을 언짢게 바꾸더니 중얼거렸다.

"화나."

미간에 주름을 만든, 쉽게 보기 힘든 표정이다. 상당히 진귀하다. 게다가 조금 전의 화가 났다는 표정보다도 훨씬 화가 난 것처럼 보였다.

역시 그렇겠지, 화나겠지.

"으, 듣고 보니 몹시 화날 것 같아. 어, 매력 없어? 나로는 안 되는 거야?! 라는 생각이 들어."

나나미는 숨김없이 화를 드러냈다. 막상 생각하자 더 화가 났는지 다리를 파닥파닥 움직이고 있다. 응, 말하다 보면 더 열이 오르는 경우도 있지.

다만 치마가 좀 짧아서 옆에서 보이지 않을까 조마조마했다. 앞에 아무도 없지?

그녀는 다리를 파닥거리며 몸을 흔들었다. 천천히 몸을 흔드는가 싶더니, 그 흔들림에 맞추듯 말을 이었다.

"하지만 화나는 것보다 슬픔이 더 클 것 같아. 요신이 내 몸에 매력을 느끼지 못하는 거니까……."

"아니, 그 말투가……. 나 봐, 나는 기뻐했잖아."

"그렇지! 요신은 내 몸에 매력을 느끼고 있다는 거겠지♪."

나나미는 자신의 몸을 내려다보더니 그대로 맨 아래, 엉덩이 부근에 손을 얹었다. 그대로 자신의 몸을 쓰다듬듯이 아래에서 위로 손을 쓸며 흐뭇하게 웃는다.

그리고 목 언저리…… 쇄골 쪽에 손을 얹더니 그 손을 몸에서 떨어뜨린다. 나는 그 손의 움직임을 넋 놓고 바라보다 조금 뺨이 뜨거워지는 것을 느꼈다.

제법 요염한 몸짓인데, 아마 자각 없이 나오는 거겠지. 자각하면 어떻게 될지 좀 무섭다.

왠지 주위가 숨을 삼킨 것 같았다. 이건 어쩔 수가 없다.

"그건 그렇고, 목욕은 어디서 나온 아이디어야?"

"저번에 피치랑 어떤 보상을 줘야 의욕이 생길지를 얘기했거든. 피치가 만화에선 이런 보상이 있다고 알려줬어."

좀 진정이 돼서 물어본 것인데, 예상치 못한 대답이 돌아왔다. 진짜로……? 무슨 생각이야, 피치 씨. 아니, 평소에 대체 어떤 만화를 보는 거야.

심지어 만화에선 알몸이었다고……. 수영복은 나나미의 아이디어인 것 같다. 알몸은 창피하니 자연스럽게 그렇게 됐겠지.

어쩌지, 내 안에서 피치 씨가 얌전한 여중생에서 점점 밝히는 중학생 이미지로 덧칠되어 간다.

이 둘이 짝이 되면 오토후케 씨와 카모에나이 씨와는 또 다른 방향의 위험이 있구나. 여러모로 걱정되는데. 다음에 은근히 나나미한테 언질을 줄까?

뭐, 이번 일은 잘했다고 칭찬할 만한 일이지만……

"그리고 요신이 의욕을 내면 '잔뜩 냈네♥'라고 칭찬해 주면 된다고 했는데…… 이게 무슨 뜻이야?"

"뭘 가르치는 거야, 그 녀석?!"

칭찬은커녕 추궁해야 할 판인데!

의도치 않게 피치 씨가 어른의 사정에 쓸데없이 밝다는 것을 알아버렸다.

◇ ◇ ◇ ◇ ◇ ◇ ◇ ◇ ◇ ◇ ◇

그런 이유로, 나에게 부과된 최우선 미션은 시험에서 낙 제점을 받지 않는다……가 아니라 평균 점수 이상을 받는 것이 되었다. 전과목에서.

작년까지의 나로서는 생각할 수 없는 엄청난 난관의 미 션이지만, 다들 평범하게 해내고 있겠지. 평균 점수라고 할 정도고. 평균이라는 뜻이니까.

……사실상 친구와 점수를 비교한 적이 전혀 없었기에 잘 모른다. 얼마나 한심했던 거냐, 예전의 나.

하지만 목표가 생겼다면 앞으로는 그것을 향해 열심히 나아갈 뿐이다. 정말로 의욕은 중요하다. 지금까지는 왜 그렇게 의욕이 안 났는지 신기할 정도다.

나나미는 나를 속물이라고 말했었다. 나도 내가 이렇게까지 보상에 낚이는 속물인 줄은 몰랐다.

결과부터 말하자면…… 나는 공부를 열심히 했다. 정말 열심히 했다. 게임을 완전히 봉인할 정도로 열심히 했다. 역대 최고로 열심히 했다.

바론 씨한테는 혼났지만. 지금까지 그림 공부를 제쳐놓고 게임을 했던 거냐고 잔소리를 들었다.

부모님은 어이없어했다. 열심히 공부하는 아들한테 너무한 거 아니야? 라고 했더니 어차피 나나미한테 무슨 보상이라도 받는 거겠지, 라며 간파당했다.

나나미가 엄마한테 말했나 싶었지만, 단순히 엄마의 촉이었다. 뭐, 그 보상을 말할 수는 없겠지. 토모코 씨에게 말했을지조차 의심스럽다.

토모코 씨네 태도도 평소와 같았으니 아마 말하지 않은 것 같다. 말했다면 지금쯤 이게 웬 떡이냐 하며 우리를 놀려댔을 테니까…….

아니, 평범한 부모라면 말리려나. 아무리 그래도 같이 목욕하는 건 평범하게 혼나겠지. 이 사실을 알고 있는 사람은 나와 나나미와…… 피치 씨뿐인 것 같다.

"피치 씨…… 내 여친한테 대체 뭘 불어넣은 거야……."

『아, 결국 보상은 목욕하기로 결정된 건가요? 좋네요, 시치미의 핫한 보디를 마음껏 즐기세요!』

전화기 너머에서 엄지를 세우고 있을 것만 같다. 뭐야, 싫어, 이 중학생.

"왜 그런 남자 중학생 같은 말을 해⋯⋯?! 그건 그렇고 잔뜩이니 뭐니 하는 말은 어디서 배운 거야. 그건 안 돼⋯⋯."

『어라, 안 되나요? 좋아하는 스트리머가 라이브 방송에서 그렇게 말하던데. 남자애라면 다들 기뻐한다고. 앗, 혹시 다른 의미가 있나요?』

이런, 괜히 말했네.

아무래도 의미조차 모르고 쓴 것 같다. 스마트폰 너머로 피치 씨 목소리에 당황한 기색이 역력했다.

그래. 피치 씨도 거기까지는 몰랐구나⋯⋯. 하지만 이건 설명할 수가 없다. 무리다. 주제를 바꾸자.

나는 대충 이야기를 얼버무리고 피치 씨에게 감사를 전했다. 적당히 해달라는 말도 덧붙여서.

감사는 중요하다. 피치 씨도 내 감사에 기분이 좋아졌는지, 또 무슨 일이 있으면 조언을 해주겠다며 의욕을 내보였다.

의욕 내지 않아도 된다고는⋯⋯ 차마 말할 수 없었다.

무슨 말을 꺼낼지 두렵지만 아주 조금 기대감이⋯⋯. 뭐, 그렇게까지 이상한 일은 생기지 않겠지⋯⋯?

어쨌든 이렇게 돼서 나는 공부에 연일 매진했다. 평소에도 이 정도로 성실하게 하라는 말을 들으면 할 말이 없지만, 어쨌든 열심히 했다.

그리고…….

"피곤해……."

나는 내 방에서 축 늘어진 채 침대에 누워있었다. 아니, 정말로 평소에 안 쓰는 머리를 쓰면 느껴지는 피로도가 차원이 다르다.

오늘까지 계속 신경을 써서 그런지 긴장이 풀리자마자 단숨에 피로가 몰려온 것 같다. 아예 교복을 입은 채로 잠들어 버리고 싶은 기분이다.

하지만 그럴 수도 없다.

"요신~, 차 가져왔어~."

달칵, 문을 연 나나미가 차를 가져다주었다.

손님한테 왜 시키고 있냐고? 내가 휘청거리는 걸 보다 못한 나나미가 차를 준비해 준 것이다.

그래서 감사히 받기로 했다. 우리 주방에 대해서는 모르지 않을까 생각했는데, 그런 걱정은 필요 없었다.

구석구석 잘 알고 있달까…… 잘 생각해 보면 가끔 엄마와 함께 주방에 서 있는데 그때 알게 된 걸까.

의외로 나보다 더 우리 집 주방 사정에 빠삭할지도 모른다. 나도 요리를 하게 됐다고는 하지만 부모님과 함께하지는 않으니까…….

"고마워~……. 미안해, 대신 가져다줘서……."

"신경 쓰지 마. 아, 혹시 못 일어나겠어?"

"음, 조금만 있으면 일어날 수 있을 것 같아……."

어쩌면 단번에 쓰러진 것도 별로 좋은 선택지는 아니었을지도 모르겠다. 몸에 힘이 거의 안 들어간다. 기력의 문제일지도 모르겠지만.

혹시 이게 번아웃 증후군인가…….

나나미는 차를 테이블 위에 올려두고는 내가 누워있는 침대에 걸터앉았다. 모처럼 나나미가 와줬는데 이런 꼴을 하고 있다니 한심하다.

삐걱거리는 침대 소리가 내 귀에 닿은 직후, 나나미가 아주 살짝 나를 만지는 것이 느껴졌다.

"이렇게 피곤해할 줄이야……. 시험이 끝난 뒤라 다행이다."

"오히려 끝났으니까 기운이 빠져서 이렇게 된 거 아닐까?"

"그럼, 계속 시험 기간인 편이 좋았어?"

무서워, 그건 절대로 싫다……. 으엑, 하고 내가 신음을 내지르자 쿡쿡 하는 나나미의 웃음소리가 들려왔다. 그 웃음소리에 아주 조금 치유가 되었다.

분명 살짝 짓궂은 미소로 귀엽게 웃고 있겠지. 얼굴은 안 보이지만.

천장을 올려다보며 나는 한숨을 내쉬었다.

그래, 시험은 오늘 무사히 끝났다. 긴 싸움이었지…….

레이드 배틀 못지않은 3일간의 대규모 전투 이벤트. 그것을 나는 무사히 극복해냈다. 꼴은 무사하다고 말하기 어렵지만.

그보단 평소였다면 이렇게까지 닳진 않았을 텐데, 평소에 제대로 공부를 하지 않았던 외상을 치른 기분이었다.

노력이라는 것은 조금씩 쌓아나가야 한다……. 알고는 있지만, 이번 일로 실감했다. 무엇보다 시험이 끝날 때마다 이런 상태가 되면 나와 똑같은 나나미에게 얼굴을 들 수가 없다.

약간의 죄책감을 느끼고 있는데, 살짝 귀가 간지러웠다. 아무래도 나나미가 내 귀를 그 손끝으로 만지작대는 것 같다. 언제 거기까지 다가온 거지.

손가락으로 쓸고, 튕기고, 귓불을 잡는다. 부드러운 귀가 그녀의 손가락에 의해 이리저리 모양을 바꿨고, 그때마다 약간 간지러웠다.

내 몸이 반응하는 것을 나나미는 어떻게 보고 있을까?

"정말 깜짝 놀랐어. 시험이 끝나자마자 갑자기 쓰러지다니."

"이거…… 폐를 끼쳤습니다……."

"시험이 끝나면 또 노래방에 가고 싶었는데……."

"면목 없어. 다음에 꼭 보충할게."

노래방이라……. 반 애들끼리 놀러 간다는 이야기는 들

없는데. 오토후케 씨와 카모에나이 씨도 같이 갔으려나? 그런 게 보통인 걸까. 나에게는 없는 문화다.

그렇게 말하는 동안에도 나나미는 내 귀를 만지작대는 것을 멈추지 않았다. 괜히 미안한 마음에 나는 그것을 제지하지 않고 그대로 두었다.

한참을 그러고 있었는데 갑자기 그 감각이 사라졌다. 귀를 만지는 것에 질렸나 했더니…… 갑자기 내 배에 가벼운 충격이 느껴졌다.

살짝 단단하고 무게 있는 것이 배에 올라탄 감촉……. 뭘까 싶어 고개만 움직여 배 쪽을 보니, 나를 쳐다보는 나나미와 눈이 마주쳤다.

내 배를 베개로 삼은 나나미…… 이건 예상외다.

"요신의 배, 무릎베개랑은 다른 감촉이야. 역시 복근이 있어서 그런가?"

"……그러고 자면 힘들지 않을까?"

내 배를 베고 있는 나나미가 내 배를 벤 소감을 말한다. 나는 뭐라고 대답해야 할지 몰라서 이상한 질문을 해버렸다.

"음…… 보통 베개보다 좀 높은가? 이대로 잠들면 다음 날 목이 아플 것 같아. 그래도 사람의 피부라서 기분은 좋은 것 같아."

나나미는 그대로 손을 들어서 내 배를 만지려고 했다.

위를 바라본 채 양손은 머리 쪽으로 올리고 있으니 굉장히 이상한 자세가 됐네……. 그보다 나도 슬슬 목이 좀 힘들다.

……두 손을 들어 상체를 젖히고 있어서 나나미의 가슴이 몹시 강조되고 있지만, 이런 건 모르는 척하는 편이 좋겠지.

나나미는 능숙하게 움직여 자신의 머리 부근의 배를 만지기 시작했다. 이거, 나는 어떻게 반응해야 하지? 나나미가 만족할 때까지 저항하지 말고 있을까?

"오늘은 많이 만지네."

"시험공부 중에는 별로 못 만졌으니까, 오늘부터 해금~."

확실히 시험공부 중에는 데이트도 되도록 삼가고, 이런 접촉도 거의 하지 않았지. 그런 건 시험공부가 끝난 뒤에 하기로 했었으니까.

나나미는 이상한 자세로도 능숙하게 내 몸을 쓰담쓰담 만지고 있다. 이상한 데는 닿지 않았고, 옷 위에서 만지는 거라 나도 그렇게까지 이상한 기분은 들지 않았다.

하지만 이렇게까지 있으면 곧 이상한 기분이 들 것 같다. 아니, 언제까지 계속되는 거지, 이거…….

"요신도 나 만져줘~."

"뭐……?!"

……만져도 돼?!

당하고만 있던 나는 나나미의 갑작스러운 허락에 무심

코 양손이 흠칫 반응하고 말았다. 몸은 무겁지만 팔 정도면 움직일 수 있을 것 같다.

그런데 여기에는 문제가 있다. 나는 누워있고 나나미는 내 배를 베개 삼고 있다. 즉 T자 모양으로 되어 있는 것이다.

이렇게 되면 나는 손을 움직여봤자 배 근처에 있는 나나미 머리 정도만 만질 수 있다. 머리라면 그나마 낫지만, 손 근처에는 어깨나 목이나 가슴밖에 없는데…….

조금 무리하면 배에도 닿을 것 같긴 하지만 그건 좀 위험하다. 섣불리 움직였다간 가슴을 만질 가능성도 있다.

"그러고 보니 여행할 때 나나미 배를 만졌었는데, 배도 만져도 돼……? 그때 분명 가슴보다 더 부끄럽다고 했던 기억이…….."

말을 바꾸려다 결국 만지는 이야기가 되고 말았다. 임팩트가 있었기에 그때의 일은 강렬하게 기억하고 있다.

그러자 내 배에서 갑자기 무게가 사라졌다. 그렇다는 것은 나나미가 고개를 들었다는 것을 의미했다. 손이 닿아있었다면 여러모로 위험했을 것이다.

……그렇게 생각했는데, 더 강한 무게가 나의 배를 압박했다. 방심하고 있던 나는 무심코 크흡, 하고 배의 공기를 전부 입 밖으로 내보내고 말았다.

음? 혹시 나나미의 항의 행동인가? 하는 생각에 그녀의 얼굴을 보려고 했더니…… 그곳에 이미 나나미의 머리는 없었다.

있었던 것은 치마였다.

어? 치마? 교복 치마네……. 하복이다.

그대로 시선을 위로 향하자, 거기에는 내 위에 올라탄 나나미가 있었다. 어라? 머리를 땐 건 알겠는데, 왜 갑자기 올라탄 거지……?

격투기라면 마운트 포지션이라고 할 수 있을까. 이제부터 무차별 가격을 당하는 자세……. 혹시 화나서 뺨이라도 때리려는 건가?

아니, 나나미는 화가 나도 뺨을 때리지는 않지. 그렇다면 무슨 생각으로?

내 허리 근처에 올라탄 나나미의 체온이나 무게 등의 부드러움이 내 몸으로 전해져 왔다. 왠지 그 압박감이 기분 좋게 느껴지기도 했다.

"훗훗훗…….”

내 위에 올라탄 나나미는 어딘가 의기양양해 보이는 당당한 미소를 짓고 있다.

화가 난 것 같지는 않은데, 올라타고 있어서 그런지 그림자가 진 표정이 조금은 무서웠다.

"나, 나나미……?"

내가 떨고 있자, 나나미가 후후후, 하는 의미심장한 웃음을 이어가며 그 두 손을 힘껏 움직였다.

나도 모르게 몸을 웅크리고 말았지만, 나나미의 손이 닿은 곳은 내 몸이 아니었다.

"짜잔!!"

자신감에 찬 나나미는 교복의 배 부근을 걷어 올리고는 나에게 그 귀여운 배를 보여주었다. 예쁜 모양의 배꼽선까지 딱 보였다.

혼란스러워하는 나를 개의치 않고 그녀는 배를 내보인 채 우쭐한 얼굴을 해 보였다.

"홋홋홋, 실은 배를 몰래 단련해서 이제 만져도 괜찮아! 수영장에서 요신의 배를 본 뒤에 남몰래 노력했거든!! 어때? 어때?"

나나미는 교복 끝자락을 잡고 마치 투우사처럼 팔랑거리고 있다. 확실히 투우사의 그것은 소를 흥분시키기 위해 하는 거였던가.

색깔과는 크게 상관없다고 들었던 기억이……. 잘못된 지식일지도 모르지만, 지금은 그런 것은 아무래도 상관없다. 문제는 이 팔랑팔랑 때문에 나도 살짝 흥분될 것 같다는 점이다. 소가 될 것만 같다.

나나미는 마치 칭찬을 기다리는 아이처럼 천진난만하게 눈을 반짝반짝 빛내고 있다. 이거 혹시 내 칭찬을 기다리는 건가?

어떠냐고 물어봤으니 아마 그런 거겠지.

"으음, 저……. 예, 예쁜 배네."

수영장 때도 예쁘다고 생각했었다. 솔직히 지금과 그때 둘 다 큰 차이는 느끼지 못했다. 아니, 그때는 수영복이라 그쪽의 인상이 강해서 그랬나?

이렇게 옷을 걷어 올리고 있는 지금이 단순히 배를 보여주는 것보다 파괴력이 굉장했다. 수영장 때 이미 배는 봤을 텐데, 감췄던 부분을 전부 다 드러내서 그런가.

칭찬했지만 나나미는 배를 계속 드러낸 채였다. 내가 의문을 품고 있자 나나미는 살짝 불만스러운 얼굴을 했다.

어라, 칭찬이 틀렸나……?

"뭐야, 제대로 확인해야지! 만져봐! 자!"

"……?!"

나나미는 내 손을 잡아 그대로 자신의 배에 가져갔다. 찰싹 소리와 함께 매끈하고 부드러운 나나미의 피부에 내 손이 닿았다.

여행 때는 잠이 덜 깼었고, 수영장 때는 튜브 같은 곳에서 붙어 있어서……. 이렇게 정면으로 나나미의 배를 만지는 건 사실 처음이었다.

한 손으로 만지던 나는 나도 모르게 다른 한 손을 뻗어 양손으로 나나미 배를 만졌다.

옷을 걷어 올린 나나미의 배를 만지고 있다. 부드럽고, 가늘고, 힘을 주면 쉽게 부서질 것 같다. 피부는 매끈하고…… 신기한 감촉이다.

조금 힘을 주니 내 손가락 모양에 맞춰 나나미의 배 모양도 변했다. 푹신푹신한 감촉이라 계속 만지고 싶어진다.

"응…… 앗……."

내 손가락의 움직임에 맞춰 나나미가 소리를 냈다. 순간 깜짝 놀랐지만, 나나미는 여전히 내 위에 올라탄 채였다. 그래서 그만 또 배를 만져 버렸다…… 아니, 주물러 버렸다.

"응…… 홋……."

나나미의 한숨이 새어나와 아주 조금 즐거워짐과 동시에 이 이상 해도 되는 건가 하는 생각이 들었다.

어디까지나 배를 만지고 있는 것뿐이지만…… 굉장히 위험한 짓을 하는 기분이었다.

아니, 배를 만지는 것 자체가 좀 그런가?

어쩐지 나나미의 배가 땀에 젖은 느낌이다. 아니, 이건 내 손의 땀인가? 이제는 잘 모르겠다.

땀 때문인지 조금 물기를 머금은 피부 소리가 실내를 울렸다. 나는 완전히 입을 다물어버렸고, 나나미도 말은 하지 않은 채 한숨만 내쉬고 있었다.

소리를 내지 않는 나나미의 표정을 힐끔 엿보니…… 그녀는 입술에 손을 얹고 목소리를 눌러 죽이고 있었다. 눈가는 촉촉해지고, 뺨은 붉게 달아오르고, 마치 고통을 견디듯 눈썹이 축 처져 있다.

나는 그 모습을 보고 반사적으로 손을 떼버렸다.

"앙……."

내가 손을 놓음과 동시에 나나미는 상체를 내 몸 위로 쓰러뜨렸다. 나와 그녀의 몸이 겹쳐지며 침대 위에서 서로 껴안는 듯한 자세가 되었다.

하필 나나미의 얼굴이 내 얼굴 바로 옆에 있어서…… 나나미가 내뱉는 거친 호흡이 내 귀에 직접 닿았다. 숨소리가 닿을 때마다 귀에서 온몸으로 저릿함이 퍼져나갔다.

무심코 침을 꿀꺽 삼켰다.

그러자 그것이 신호였던 것처럼…… 다음 자극이 나를 덮쳤다.

한숨 공격을 한 다음엔…… 내 귀에 직접적인 자극이 왔다. 손으로 만졌던 아까의 자극이나 호흡과는 또 다른 자극…….

보이지는 않지만, 나나미의 양손은 내 몸에 붙어 있고 귓가에는 없다. 그런데 내 귀가 무언가에 끼인 것 같은 자극이 느껴졌다. 부드럽고 따뜻한 것에 감싸여 있다.

나나미…… 혹시 내 귀를 입술로 문 거야……?!

"음…… 쪽……."

"흐힉?!"

귀가 마구잡이로 나나미의 입술에 농락당했다. 아까의 자극과는 다른, 어딘가 젖어 있는 부드러움은 지금까지 경험해 본 적 없는 것이었다.

이건 좀 위험하지 않나……?! 아니, 뭔지 정확히 말할 순 없지만 참지 않으면 위험하다. 이건 정말 위험해……. 그렇게 생각하는 동안에도 자극은 멈추지 않았다.

아까의 나나미와 마찬가지로 이번에는 내가 목소리를 억누를 차례가 되고 말았다.

"나, 나나미? 응? 진정하자?"

나는 무심코 나나미의 등에 손을 두르고 그대로 그녀의 등을 툭툭 쳤다. 아이를 달래듯, 진정시키듯이 부드럽게 두드렸다.

그것이 효과가 있었던 것인지 없었던 것인지…… 나나미는 그 타이밍에 정신을 차린 듯 그대로 말하기 시작했다.

내 귀를 입술에 문 채로.

"……히어하오이허…… 츄웁……."

아까보다 더 강한 그 자극에 나도 모르게 몸이 반응하고 말았다. 설마 귀를 문 채 말하는 게 이렇게 자극이 강할 줄은 몰랐다.

나나미는 내 귀에서 입술을 떼더니 그대로 나에게 체중을 실었다. 한동안 서로 침묵한 상태가 이어졌다.

노린 것은 아닌데, 내 침대 위에서 나나미를 껴안는 자세가 되어 있었다. 힘을 준 것은 아니라 나나미는 내 손안에서 벗어나려고 하면 언제든지 벗어날 수 있지만…… 그녀는 움직이지 않았다.

내 몸은 언제 무거웠냐는 듯이 아주 가벼웠지만, 그런데도 몸은 움직이지 않았다.

움직일 수 없는 우리들은 교복만 입은 채 침대 위에서 몸을 겹치고 있었다.

"나나미……."

얼마나 그러고 있었을까. 아마 시간으로 치면 겨우 몇 분일지도 모르는데, 나나미가 내 위에 올라탄 시간이 괜히 더 길게 느껴졌다.

그녀의 이름을 부르자 흠칫 하는 반응이 돌아왔다. 반응을 보인 나나미는 그대로 몸을 천천히 일으켜 세웠다.

아까와 같은 마운트 포지션 자세로 돌아갔지만, 표정은 아까와 달랐다.

그 눈은 어딘가 공허해 보였지만, 눈 안쪽에는 확실하게 빛이 보였다. 뺨은 붉게 물들어 있고 머리카락은 약간 흐트러져서 뺨에 달라붙은 모습이 참으로 색정적이다.

그대로 나나미는 나를 내려다보았다.

"나…… 나나미?"

그녀는 내 부름에 묵묵부답이었다.

하지만 내 말에 반응을 보이듯이 그 몸을 천천히 움직였다. 마치 슬로 모션처럼 아주 느린 움직임이었다.

나는 그 움직임을 시선으로 쫓았다.

손을 뻗어 내 뺨에 닿아 오는 나나미의 손이 따뜻했다. 손은 한쪽뿐…… 다른 한 손으로는 내 배 주위를 만지고 있다…….

한 손으로 몸을 지탱하는 듯한 자세지만, 내 뺨을 부드럽게 쓰다듬은 그녀는 받치고 있던 손을 천천히 내 몸 위로 미끄러뜨려 다시 내 위에 자신의 몸을 딱 겹쳤다.

나는 말이 없었고, 그녀도 말이 없었다.

침묵 속에서 서로의 숨소리만 울려 퍼졌다. 주위의 소리도 심장 소리도 들리지 않았다.

천천히, 천천히 그녀는 얼굴을 가까이 대고는…… 내 입술을 가볍게 깨물듯 자신의 입술 사이에 끼웠다. 그것은 전에 했던 키스와 다른, 처음 겪는 것이었다.

어디서 이런 걸 배운 거야? 뭘 하려는 거지? 이제부터 어쩔 거야? 무수한 의문이 머리에 떠올랐다가 생각이 정리되지 않은 채 사라져 갔다.

몸이 움직이지 않는다. 나나미는 움직이고 있다. 어쩌지, 이대로 가만히 있어도 되는 건가?

근데 여기서 내가 움직이면 어떻게 되는 거지? 브레이크가 들지 않을 텐데. 브레이크…… 굳이 멈출 필요가 있나? 나는 나나미랑 사귀고 있고, 나도 여자친구를 좋아하고…….

"좋아해……."

잠시 입술을 뗀 나나미가 작게 중얼거렸다.

안 돼, 더는 한계다. 이건 위험해. 파괴력이 엄청나. 이성이 무너져내린다.

오늘은 시험이 끝나고 마음이 풀려서……. 아니 잠깐, 나는…… 안 돼. 나나미에게도, 나에게도 맹세한 걸 잊었어? 하지만 여기서 거부하면 나나미가 상처받지 않을까?

빙글빙글 돌아가는 머릿속에서 문득 떠올랐다. 뭔가를 잊지 않았나?

머리가 멍했다. 숨 쉬는 것도 잊고 있었던 것일까. 한번 크게 심호흡을 했다. 가까이 있던 그녀의 향기가 내 비강으로 흘러들어왔다. 묘하게 달콤한 향기라 유혹을 받는 것처럼 느껴졌다.

하지만 그 향기 덕분에 나는 아주 조금 냉정함을 되찾았다. 단순히 허용치를 넘어서서 반대로 냉정해진 것일 수도 있지만.

나나미도 냉정하지 않은 상태고, 이 기세로 무언가가 시작돼 버린다면……. 기세…… 그렇지, 나 아무 준비도 안 했는데, 이대로라면…….

『사용한다면…… 빈도에 따라 다르지만 괜찮지 않을까?』

아, 맞다. 보건 선생님한테 받은 게 있었지……. 하나뿐이지만.

힐끔, 시선을 책상으로 보냈다. 지갑에 넣어 두었다가

누가 보는 것도 싫고, 버리기도 좀 그래서 서랍 안쪽에 넣어뒀었다.

하지만 이 상황에서 한 번 일어나서 저걸 집어……?

……잠깐만, 반대로 그러는 편이 낫지 않을까? 지금은 너무 흥분한 나머지 이대로 갈 데까지 가버릴 것 같은데, 한번 봄을 일으키면 흥분한 마음에 찬물을 끼얹은 것처럼 좀 진정이 되지 않을까?그러면 나나미도 냉정해질 수 있고…… 여러모로 다시 생각할지도 모른다.

어쩐지 아까부터 치명적인 무언가를 간과한 것 같았지만, 어쨌든 이렇게 가보자. 그래, 그러니까 내 입술을 계속 깨물고 있는 나나미를 진정시켜야 한다.

"나나미……."

이것은 맹세컨대 고의가 아니다. 나나미의 몸이 움직이고 있어서 어떻게 해야 할지 정하지 못한 것이다. 나도 당황했고…….

내가 나나미의 몸을 멈추기 위해 손을 뻗자, 부드럽고 커다란 것에 손이 닿았다.

"앗……."

나나미의 한숨이 새어나왔다. 가슴, 가슴이다……. 나나미의 가슴에 가볍게 손이 닿고 말았다.

만졌을 뿐 주무르지는 않았다. 움직이는 도중에 스치듯이 가볍게 닿았을 뿐이다. 하지만 나나미는 조금 작은 소리를 지르며…… 몸을 들었다.

일단 몸을 일으키는 데는 성공했다. 여기서 일단 감정을 진정시키기 위해 준비에 대해 말해야 한다. 내가 냉정하게…… 냉정하게…….

나나미 양? 왜 제 팔을 잡고 있는 거죠?

몽롱한 표정을 지은 나나미는 그대로 내 손을 자신의 입가로 가져갔다. 저항하려면 할 수 있었지만, 내 팔에는 신기하게도 힘이 들어가지 않았다. 들어가지 않는다.

그리고 나나미는 내 손바닥에…… 그녀의 가슴에 닿았던 손바닥에 키스했다.

아니, 이건 키스 같은 단순한 것이 아니다. 입술을 대고 내 손바닥을 잡아먹듯 빨고 있다.

손바닥이라는 것은 감각 기관 중에서도 무척 뛰어나다는 말을 들은 적이 있다. 다른 어떤 부분보다 뛰어난 것이 손이라고. 맞는 말이다. 우리는 손바닥으로 여러 가지 것들을 느끼고 있으니까.

즉, 무슨 말을 하고 싶냐면…….

지금까지 중에서 제일 위험하다.

어떻게 하지, 뭔가 말해야 하는데……. 나나미는 내 손을 자신의 가슴 사이에 끼우듯 껴안고 있다. 마치 무슨 기술을 걸고 있는 것만 같다.

저항할 마음이 들게 하지 않는 기술……. 뺄 수 있는 남자가 있을까?

그리고…….

방을 노크하는 소리.

"으악?!?!"

"흐갸악?!?!"

똑똑, 하고 방문을 두드리는 소리가 울렸고, 그 노크 소리에 나도 나나미도 침대에서 튀어 올랐다.

둘이서 문 쪽으로 시선을 돌렸다. 나나미는 자세가 무너지며 내게 축 늘어졌고, 나도 상체를 일으켜 문 쪽을 응시했다.

땀이 솟구치고 아까까지 들리지 않던 심장 소리가 들려왔다. 아플 정도로 심장이 쿵쿵 요동치고 있다.

"요신? 아까부터 부르고 있는데 대답이 없네. 나나미 양이 온 거니?"

"어, 엄마. 왔어?"

"시, 실례합니다!!"

아무래도 노크의 주인은 엄마 같았다. 아니, 뭐 당연하겠지만……. 나도 나나미도 서로를 마주 본다.

그래, 무엇을 간과하고 있나 했더니……. 부모님이 돌아오잖아. 게다가 내가 저걸 집어 든다 해도 냉정하게 멈출 거라고는 단언할 수 없고⋯⋯.

아무래도 나 역시 전혀 냉정해지지 못한 것 같다.

나도 나나미도 얼굴을 마주 본 뒤 작게 고개를 끄덕였다. 그리고 나는 일어서서 문으로 향했다. 문을 열자 정장 차림의 엄마가 있었다.

"엄마, 어서 와. 돌아왔구나."

"다녀왔어. 나나미 양 와 있었구나. 저녁 먹고 갈 거지?"

"아, 네⋯⋯. 그럼 감사히⋯⋯."

침대에서 내려오던 나나미가 테이블 위에 있는 차로 목을 살짝 축이며 엄마에게 대답했다. 엄마는 고개를 끄덕이더니 그대로 발길을 돌렸다.

그대로 1층으로 가는가 싶더니 고개만 돌려 나에게로 시선을 옮겼다.

"얼굴이 좀 이상한데 무슨 일 있니?"

"그게⋯⋯ 시험이 끝나니까 피로가 몰려와서, 침대에 누워있는 걸 나나미가 돌봐주고 있었어."

"그래? 나나미 양, 고마워."

"아, 아뇨. 여친으로서 당연한 거고⋯⋯."

그 대답을 들은 엄마는 사이가 좋아서 다행이구나, 라고만 말하고 1층으로 내려갔다. 설마 뭘 하고 있었는지 눈치 챈 건 아니겠지?

눈치챘다고 해서 할 수 있는 일은 없겠지만, 부모님한테 그런 걸 알리는 것은 너무 민망했다.

뭐, 엄마도 눈치챘다고 해도 아무 말도 안 하겠지…….

"……요신, 그, 몸도 안 좋은데 미안해."

문이 닫히고, 어쩐지 또다시 피로가 한꺼번에 몰려오는 기분에 털썩 나나미 옆에 주저앉자 그녀가 사과했다. 아니, 나나미한테 사과받을 일이 아니야…….

"나야말로 미안해. 정말 그대로 끝까지 갈 뻔했어……."

"아무리 그래도…… 시노부 씨한테 알려지면 좀 어색하겠지……."

나나미는 차를 홀짝이며 뺨을 물들인 채 쪼그려 앉아 있었다. 정면에서 팬티가 보일 것 같은데, 나나미는 눈치채지 못한 것인지 별로 신경 쓰는 기색이 아니었다.

나도 옆에 앉아서 차를 들었다. 차는 완전히 미지근해졌지만, 지금의 나에게는 이 온도가 딱 좋았다.

쭉 들이키며 목을 축이자 그제야 제대로 된 목소리가 나오는 것 같았다.

"그대로 계속했으면, 그…… 준비도 제대로 안 돼 있었으니까 아마 큰일이 났을 거야……."

굳이 나는 준비라는 말을 입에 담았다. 흐름에 휩쓸려하는 때도 있을지도 모르지만, 아까는 조금 뭔가…… 열에 들뜬 느낌이었으니까.

안도하는 한편 아쉬운 기분이 가슴속을 오갔다. 그건 나나미도 마찬가지인지 어딘가 복잡한 표정을 짓고 있었다.

"그렇겠지. 나 샤워도 안 했고…… 그래! 나 샤워도 안 했는데, 저기…… 냄새 안 났어?! 이상한 냄새 안 났어?!"

"아, 아니…… 괜찮아. 나나미는 언제나 좋은 냄새가 나고, 반대로 그 냄새 덕분에 냉정을 되찾았다고 할까……."

"그렇구나, 다행이다."

나를 다그치던 나나미는 안도한 표정이 되어 그대로 차를 마신다.

두 사람 사이에 침묵이 흘렀다.

그 침묵을 내가 먼저 깼다.

"오해가 없도록 말해두겠지만, 딱히 나나미랑 하기 싫다는 뜻은 아니야. 휩쓸릴 뻔하긴 했지만, 뭐랄까…… 하고 싶은데, 주저하게 된다고 할까."

"아니, 나도 오늘은 안 하길 잘한 것 같아. 시노부 씨에게 보였다면 더는 요신의 집에 못 왔을 테니까."

"그렇지. 아까도 말했지만, 준비도 필요하고……."

그렇겠지. 역시 그런 장면을 부모에게 보이는 것은 싫을 테니까. 나는 힐끔 책상 서랍으로 시선을 보냈다. 저기에 잠들어 있던 것을 꺼내지 않아서 다행이다.

나나미는 조금 신기한 얼굴로 내 시선을 쫓았다. 그리고 뭔가를 알아차린 것인지…… 살짝 고개를 아래로 향한 채 다시 차를 마셨다.

아, 들켰나……. 도대체 다른 사람들은 어떤 준비를 하는 걸까. 이것만큼은 바론 씨에게도 물어보기 어렵다.

그런 정보도 지금부터 조사해 두는 게 좋을지도 모르겠다.

내가 먼저 할 일은 없다고 해도, 내가 나나미에게 못 이겨 그런 것을 하게 됐을 때를 위한 예비지식은 필요했다. 그러니 최소한의 수준은 알아봐도 되겠지.

지금까지는 하지 않겠다는 결의가 있었기에 굳이 조사해 보지도 않았는데, 이번 일로 그런 결의 따원 분위기 속에서 사라진다는 것도 알았다.

거절하면 나나미에게 상처를 줄 수도 있으니…… 대비해 둬서 나쁠 건 없다. 어떤 상황에도 대응할 수 있도록 대비는 항상 해두자.

"앗!"

내가 생각에 잠겨 있는 사이, 나나미가 큰 소리를 내며 힘차게 고개를 들었다.

"왜…… 왜 그래?"

"요신, 나…… 한 가지 중요한 사실을 깨달았어……."

뭐, 뭐길래? 여기까지 와서 중요한 사실이라니. 심각한 표정을 지은 걸 보니 혹시 시험에서 뭔가 실수가 있었나? 아니면 아까 뭔가 실수를……?

내가 마른침을 삼킨 채 나나미를 응시하고 있자, 그녀가 천천히 그 무거운 입을 열었다.

"같이 목욕하는 거, 부모님이 계셔서 못하지 않을까?"

"어…….."

심각한 표정으로 나나미의 입에서 튀어나온 말은 예상 밖의 내용이었다.

그건 그렇지. 왜 깨닫지 못한 거지? 같이 목욕을 할 수 있을 리가 없다. 아무도 없을 때 몰래 할까? 아니, 목욕하고 있을 때 가족이 돌아오면 창피해서 얼굴을 들 수 없을 것이다.

윤리관을 떠나서 단순히 어색하다.

나도 나나미도 입을 반쯤 헤 벌린 채, 어딘가 얼빠진 표정을 지었다가 서로 웃고 말았다.

정말로 둘 다 얼이 나가 있었다고 해야 할까. 애초에 어떻게 실현할지에 대해서는 생각하지 않았으니까. 당연히 허들은 높겠지.

"뭐, 아직 성급한 얘기야. 내가 전과목 평균 점수를 못 얻으면, 애초에 받을 수 없는 보상이니까."

"뭐야, 요신은 같이 목욕하고 싶지 않아? 아쉽지 않아?"

"아쉬워, 너무 아쉬워. 그러니까 기회만 된다면 같이 목욕하고 싶지만, 그래도 방법이…….."

"어떻게 하면 할 수 있을지 생각해 볼게……!!"

나나미는 힘차게 결의를 담아 함께 목욕하는 것을 결심한 듯 보였다.

하지만 실제로 어떻게 하면 좋을지는, 정말 모르겠다. 그리고 이번 일로 알았지만, 교복을 입은 상태로도 이렇게까지 위험해지는데, 같이 목욕하면 과연 어떤 일이 벌어지는 걸까.

……정말, 조사해서 준비만은 해 두자.

그러자 내 뺨에 부드러운 무언가가 닿았다. 나나미의 입술이었다. 음…….

나는 그녀를 바라보았다.

"……계속할래?"

"……오늘은 그만하자."

내 대답에 나나미는 약간은 곤란한 듯, 한편으로 안심한 듯 이를 드러내며 웃었다. 분명 내 대답은 뻔했겠지만, 그래도 물어보고 싶었을 것이다.

아니, '오늘은'이라는 부분에 만족한 것일지도 모른다. 어느 쪽인지는 모르겠지만, 나는 굳이 그 대답을 물어보지 않았다.

그리고 나도 나나미 볼에 키스했다. 아까까지 더 과격한 것을 했는데도 왠지 묘하게 부끄럽다.

그때 드물게 내 스마트폰이 울렸다. 그와 거의 같은 타이밍에 나나미의 스마트폰도 울렸다. 거의 같은 타이밍이라니…….

나도 나나미도 스마트폰 화면을 보자, 메시지의 주인은

오토후케 씨였다. 두 스마트폰 모두 화면에 표시된 메시지는 똑같았다.

아무래도 4명이 만든 그룹 쪽에 메시지를 보낸 것 같다.

『지금 노래방에서 들었는데⋯⋯』

알림 메시지는 거기서 끊겼기 때문에 나도 나나미도 나란히 스마트폰 화면을 켰다. 그리고 앱의 메시지를 본 건 거의 동시였다.

거기에 표시된 메시지를 보고 나도 나나미도 눈을 부릅뜨며 놀랐다.

『지금 노래방에서 들었는데, 그날 신발장에 있던 사람 몇 명을 알아냈어. 누구냐면⋯⋯.』

거기에는 목격된 몇 명의 이름이 적혀 있었는데⋯⋯ 그 중에 아주 의외의 사람이 있었던 것이다.

나는 지금 요신과 개별 행동을 하고 있다. 왜냐하면……
지난번 그의 방에서 일어난 일 때문이다.

그날은 요신의 집에서 저녁을 먹고, 그의 배웅을 받아
귀가하고, 방에 도착한 뒤…… 나는 침대에서 혼자 신음
했다.

정말이지 굉장한 신음이었다.

내가 그렇게 낮은 목소리를 낼 수 있었나 싶을 만큼의
저음으로 혼자 침대 위에서 신음했다. 뭔가 차라리 여자라
기보단 짐승에 가까웠다.

방까지 참았던 자신을 칭찬해 주고 싶은 기분도 들었지
만, 그 이상으로 부끄러움이 치솟았다…….

요신과 함께였을 때는 나름 진정했다고 생각했는데……
시간이 흐르자 부끄러움이 서서히 샘솟은 것이다.

다만, 괴로워한 것에는 수치심뿐만 아니라 또 하나의 이
유가 있었다.

대체 왜 그런 일을 했는지에 대한 생각도 있었지만…….
사실 너무 흥분해서 뭘 했는지 기억이 잘 나지 않았다.

모순처럼 들리겠지만, 이것저것 했다는 것은 기억하고 있다. 아주, 확실히. 하지만 뭘 했는지까지는 상세하게 기억이 나지 않는다.

　내게도 생소한 감각이었다. 요신이 어떤 표정을 짓고 있었는지, 어떤 반응을 하고 있었는지는 완전히 기억에서 사라졌다. 정말로, 왜 잊어버린 거야…….

　너무 흥분하면 이렇게 되는 걸까?

　확실히 그때의 나는 변태를 초월한 무언가였던 것 같다. 요신, 나한테 실망하지 않았을까……? 반응을 봤다면 이런 걱정은 할 필요 없었을 텐데.

　시험이 끝난 뒤에 실컷 붙어있기로 남몰래 결심했는데, 그 반동이 한꺼번에 와 버린 것이다. 원래 그렇게까지 할 생각은 없었는데…….

　어쩌면 편지 사건으로 불안해하던 마음의 반동까지 더해졌을지도 모른다. 일단락되며 짐을 좀 덜었다고 할까. 내가 그렇게 욕구 불만이었던가…….

　최종적으로 요신이 침대에서 일어날 수 있을 정도로 회복한 것은 다행이었지만.

　그런 이유로 여러모로 반성을 거듭한 나는 요신과 떨어져서 어떤 장소에 와 있었다. 개별 행동으로 어떤 장소에 상담하러 온 것이다.

　"보건실에 어서 와~. 그래, 저번에 학교 뒤편에서 고백했던 여친 씨 맞지?"

"아, 기억하고 계셨네요. 바라토예요. 바라토 나나미."

"그야 기억하지~. 현장을 봐 버렸는걸? 바라토 양, 어서 와. 그래서 오늘은 뭐 하러? 놀러 왔니?"

그랬다. 내가 지금 있는 곳은 보건실이다.

요신은 지금 어떤 사정으로 시베츠 선배에게 가 있다.

선배가 있는 곳에 같이 갈까 물어봤는데, 요신은 자기 혼자 가볼 테니까 하츠미네랑 같이 있으라고 했다.

요신이 하츠미네랑 같이 있으라고 한 건 혹시 모를 상황을 대비한 거겠지만, 선생님이랑 같이 있으면 더 안전하잖아.

그래서 마침 좋은 기회다 싶어서 소문으로만 듣던 보건실에 잠시 와 있었다.

보건 선생님…… 요신의 부상을 치료해 주기도 하고, 언젠가는 고백 장면을 목격당하는 등 묘하게 인연이 있는 사람이었다. 요신에게 그…… 그것을 건네준 사람이기도 하고.

"원래라면 차 한 잔이라도 대접해야 하는 상황인데, 여긴 그런 거 없거든. 미안해~. 그러고 보니 오늘은 몸 좋은 남친 군은 안 왔어?"

"누굴 좀 만나러 갔어요. 그래서 저기…… 선생님은 연애 상담 같은 것도 해주신다고 들었는데요."

이 보건실에는 한 가지 소문이 있다.

그것은 이 선생님이 학생들의 연애 상담에 응해 준다는 것이었다. 소문이라기보단 친구가 실제로 상담했다는 말을 들었다. 예전에는 관심이 없어서 그냥 흘려넘겼는데.

살짝 물어보니 남자 상담자도 많다고 한다.

평범한 연애 상담이라면 다른 사람도 하고 있겠지만, 외의로 선생님은 더 깊은 내용도 편하게 상담해 준다고 했다.

부모님한테 말하기 어려운 내용까지 상담해 줘서 아이들에게 많은 도움이 되고 있다고.

"음~? 연애 상담…… 연애 상담이라……."

하지만 선생님은 흰 가운을 입은 채 팔짱을 끼더니 조금 과장되게 몸을 기울였다. 어라? 연애 상담해 주시는 거 아니었나?

내가 살짝 당황하자 선생님은 미간에 주름을 만든 복잡한 표정 그대로 꾹꾹 머리를 양손으로 압박했다.

"내가 하는 건 성교육인데. 뭐, 연애 상담과 성교육은 비슷하니까 그렇게 생각할 수도 있나?"

"네? 아뇨, 꽤 다른 것 같은데요……."

"무슨 소리야, 고등학생의 연애는 성교육과 절대 떼려야 뗄 수 없는 관계라고. 아니, 어쩌면 성교육이야말로 고등학생의 연애라고 해도 과언이 아니지."

어디까지가 진심이고 어디까지가 농담인지 알 수 없는

가벼운 미소를 지으며 선생님은 끼고 있는 안경을 슥 들었다. 그에 맞춰 렌즈가 반짝 빛났다.

선생님의 말씀은 말도 안 되는 폭론처럼 느껴졌지만, 왠지 모르게 묘한 설득력이 있었다. 그것이 상담을 받아주는 사람의 말의 무게일지도 모르고, 어쨌든 큰 의지가 될 것 같았다.

아니, 내가 저지른 일에도 원인이 있을지도 모른다…….

"그래서 무슨 일인데? 남자친구와 그게 잘 안 된다든가, 뭐 그런 상담? 아, 피임은 잘하고 있지? 설마 생으로 하는 건……. 그걸 사기 힘들다면 추천하는 약국을 알려줄……."

"네?! 아니, 저기…… 저흰 아직 거기까지는…… 네."

쉴 틈 없이 말하는 선생님께 나는 두 손을 앞으로 내밀고 파닥파닥 움직였다. 당황해서 이상하게 움직이고 말았다. 내 부정의 말을 듣고 선생님은 멍한 표정을 지었다.

"어머나, 그러니? 네 친구처럼 꾸미고 다니는 학생들 이야기는 대체로 그런 느낌이라 분명 그런 건 줄 알았지. 지레짐작이었나~."

갑자기 예상을 뛰어넘는 내용이 나오는 바람에 나는 무심코 부정하고 말았다. 아니, 나랑 요신이 아직이라는 건 사실이지만, 완전히 무관한 내용도 아닌지라…….

선생님은 흰 가운을 흔들면서 몸도 가볍게 흔들고 있었다. 가벼운 느낌이지만, 지금은 그 가벼움이 감사했다.

이런 이야기는 부모님에겐 할 수 없고, 하츠미나 아유미…… 다른 친구들에게도 하기 힘들다. 그래서 이야기를 들어줄 선생님이 있다는 건 큰 도움이 됐다.

그런데, 이야기는 들었지만 다들 이미 경험했구나……. 하츠미네는 아직이겠지만, 아마 다른 애들을 말하는 거겠지.

"그러고 보니 불순 이성 교제라든가…… 선생님은 신경 쓰지 않으시네요."

새삼스럽지만 나는 신경 쓰이는 부분을 말했다. 보통은 그런 상담을 선생님한테 하면 불순 이성 교제라며 혼날 것 같은데.

뭐, 그러니까 소문이 나고 그런 평판이 도는 거겠지만.

교칙에 의하면 불순 이성 교제는 정학과 함께…… 꽤 무거운 처분이 내려진다. 그런데 선생님은 아까부터 그런 처분과 관련된 분위기는 조금도 내지 않았다.

"응? 전에도 말했던 것 같은데, 고등학생한테 하지 말라고 하는 게 무리야. 강제로 억누르는 게 더 위험해. 게다가 해볼 기회가 있다면 해보는 편이 좋기도 하고."

"기회가 있다면……."

"그렇지~. 무슨 일이든 경험이야. 젊었을 때 경험해 두는 편이 좋아. 가능하면 이상한 걸 배우기 전이 좋지. 이상한 버릇이 들면 좋지 않으니까."

뭔가, 스포츠 이야기는 아니겠지……. 선생님으로서는

꽤 파격적인 발언을 하는 것 같다. 우리 고등학교는 규율이 느슨한 편이라고 생각하긴 하지만……. 그래도 넘을 수 없는 선이라는 건 있을 텐데.

하지만 듣고 보니 납득은 갔다. 물론 성교육은 받았지만, 구체적인 방법은 안 알려주니까. 말 그대로 교육이라는 느낌이다.

"애초에 내가 보기엔 성행위가 불순한 거라는 생각 자체가 잘못됐어. 아이는 성관계로 만들어지는 거라고. 차라리 고등학생 때 제대로 알려주는 편이 낫지."

어쩐지 다른 선생님이 들었다면 혼날 것 같지만, 이 선생님이라면 그 분노마저 태연히 흘려넘길 것 같은 분위기가 있었다. 아랑곳하지 않을 것 같다.

과장되게 두 팔을 벌린 선생님을 보고 내가 무심코 웃어버리자 선생님도 약간 기뻐 보였다. 그러면서 긴장도 좀 풀린 것 같다.

"그래서? 얘기가 엇나갔는데, 상담하려는 게 뭐야?"

"아, 네…… 그게요, 그런 건 아직 안 했는데…… 얼마 전에, 그…… 남친이랑 그런 분위기가 돼서…….."

"호오, 제법이네. 시험이 끝나자마자 바로 하려고 하다니."

"어떻게 알았어요?!"

기껏 구체적인 시기는 얼버무렸는데, 어제 그런 분위기가 됐다는 사실을 선생님께 들키고 말았다. 어? 내가 실수로 입 밖에 낸 건 아니지?

혼란스러워하는 나에게 선생님은 살짝 기세등등한 얼굴로 가슴을 펴며 손가락을 좌우로 흔들었다.

"시험이 끝난 후에는 그런 분위기가 되는 경우가 많거든. 긴 금욕 생활이 끝난다는 건 술이든 담배든 뭐든 기분 좋은 법이니까."

나는 담배는 피우지 않지만, 이라고 말하며 선생님은 담배 피우는 시늉을 해 보였다. 약간 동안이라 그런지 선생님과 그 몸짓은 조금 어울리지 않았다.

선생님은 말을 중단시킨 것에 가볍게 사과하고는, 손을 움직여 다음 이야기를 재촉했다. 나는 크게 헛기침을 한번 하고 정신을 가다듬었다.

"분위기가 좋았는데, 도중에 남친의 어머님이 와서 중단됐어요."

"아…… 그래. 그건 확실히 어려운 문제지. 참고로 누구의 집?"

"그의 집이요."

"오오…… 그건 어색하지. 상대방 부모에게 정사를 보였다면 앞으로도 얼굴을 마주치기 어려울 거고."

"아, 아뇨……. 노크 소리에 중단된 거라 보이지는 않았어요……."

그것참 다행이라며 선생님도 제 일처럼 안심해 주셨다.

그렇지, 그럴 가능성도 있었다.

어라, 요신의 방은 잠겨 있었나……?

나는 거기서 살짝 피가 가셨다. 그래, 노크여서 다행이었다. 요신은 나와 있을 때 따로 방문을 잠그거나 하진 않는다.

기세만으로 행동해 버린 것에 새삼 두려움을 느꼈다. 만약 그곳에 우리 집이었다면 가족들이 그대로 들어왔을 거다. 짐작 가는 것이 너무 많다.

어쩐지 식은땀이 주르륵 흘렀다. 아니, 후회하는 건 나중에. 일단 선생님한테 질문 먼저 해야지.

"상담인데, 남친이 그럴 마음이 생기게 하려면 어떻게 해야 할까요?"

"음? 분위기가 좋아졌다며? 그럼 나머지는 흐름에 맡기고 그대로 가는 거 아냐?"

선생님은 다시 고개를 갸우뚱하며 의아함이 담긴 얼굴로 미간을 좁혔다. 나는 선생님의 의문에 답하기 위해 그날 방에서 있었던 일을 상세히 전했다. 내가 기억하는 범위에서.

내가 이야기를 하는 동안 선생님은 입을 다물고 있었다. 농담하거나 지적을 하지도 않고 그저 묵묵히, 진지하게 들어주었다.

설명을 마친 내가 한숨을 돌리자, 선생님은 팔짱을 끼고 등을 살짝 젖혔다.

"아하~. 바라토는 육식이구나. 설마 남자친구를 덮쳤을 줄이야. 하지만 남자친구는 반응이 별로였다고."

"별로라기보단, 제가 한 일을 참아냈다는 느낌이에요. 그래서 마음이 들게 하려면 어떻게 하면 좋을지……."

덮쳤다는 말을 듣고 나는 무심코 얼굴이 빨개졌다. 그런 말을 들어도 조금도 변명의 여지가 없다. 그 자체는 어쩔 수 없다 쳐도…….

나는 요신에게 여러 가지를 했지만, 요신은 나에게 거의 아무것도 하지 않았다. 그것만은 기억하고 있다.

요신은 전에 나와 그런 것은 아직 안 하겠다고 했었으니, 분명 많은 것들을 생각하며 견딘 거겠지. 애초에 몸도 안 좋았고, 아무런 준비도 되지 않았었다.

그러니까 요신의 마음은 안다. 아는데…….

사실 여자로서는 분하기도 했다.

혼자 번민하고, 반성하고, 고민하고, 그리고 생각한 것이다.

조금 정도는 손을 대도 되지 않았나?! 라고.

자기모순이라는 것은 알고 있다. 하지만 그건 그거고 이건 이거다. 소녀의 마음은 복잡하다. 그러니까 나도 좀 오기가 드는 것이다.

"상대가 성실한 편이구나. 너무 성실해서 여친을 불안하게 만드는 타입이야. 어쩐지 우리 남편을 닮았네."

그리운 듯 눈을 가늘게 뜨는 선생님은 방금까지 짓고 있던 어른의 표정을 지우고 어딘가 사랑에 빠진 소녀의 얼굴을 했다. 조금 귀엽다고 생각하는데, 정신을 차린 선생님은 살짝 쓴웃음을 짓고는 이야기를 이어갔다.

"이럴 때는…… 남친 군은 남편이랑 비슷한 타입인 것 같으니까, 내가 남편에게 한 일을 이것저것 알려주는 정도려나."

"남편분에게?"

"응, 난 남편이랑 고등학교 때부터 사귀었는데, 근데 얘가 통 손을 안 대는 거야. 야한 거에 관심은 있는 주제에 신사 행세를 하는 내숭쟁이였던 거지. 그래서 뭐, 결국은 내가 쓰러뜨렸지만……."

실로 대담한 이야기였다. 그래도 고등학교 때부터 사귀어서 부부가 됐다니 너무 좋다. 부럽다고 할까, 목표로 삼고 싶다고 할까…….

나도 요신과 계속 함께 있을 수 있을까? 선생님의 말씀이 참고된다면 좋을 텐데…….

"아니다, 나랑 남편이랑 결혼하기 전에 세 번이나 헤어졌으니까, 별로 참고하지 않는 편이 좋으려나?"

어라, 나 혹시 입 밖으로 말했나? 마음속으로 생각만 하려고 했는데 무의식적으로 목소리로 나왔나 봐.

"응. 남편 때문에 한 번, 나 때문에 한 번. 서로 고집을 부려서 또 한 번…… 그러니까 뭐, 참고는 안 하는 편이 좋을 것 같긴 하지만…… 뭘 했는지는 알려줄 수 있어."

선생님이 꼼지락꼼지락, 마치 개별 생물처럼 손가락을 움직이고 있다. 그 테크닉이 있다면 나도 요신을 유혹할 수 있는 건가……?

내가 꿀꺽 침을 삼키자 선생님은 마치 초승달 같은 호선을 그리며 미소 지었다. 진심으로 즐거워 보이는 미소였다.

"자, 그럼 즐거운 실전용 성교육을 시작해 볼까."

그리고 여기서부터 내가 선생님께 무엇을 배웠는지는 생략하겠다. 아니, 정말 부끄러운 걸 너무 많이 배워버렸다.

대부분 경험에 근거한 것이고, 대상은 남편이었기에 요신에게 모든 기술을 쓸 수는 없겠지만, 비슷하게는 가능할 것 같았다.

장소는 어디가 좋다든지, 어떤 속옷이 좋다든지, 어떤 말이 좋다든지……. 내가 몰랐던 지식이 늘어갔다. 이것도 공부다.

학교에서는 가르쳐주지 않지만, 아주 중요한 것이다.

……여기도 학교지만. 수업에서, 라는 뜻으로 말이다.

그보다 애초에 선생님이 이런 걸 알려줘도 되나 걱정했는데, 아무래도 그 부분은 애매하다고 했다. 수업에서는 알려줄 수 없지만, 따로는 알려줘도 된다나.

책임 회피적인 대답이지, 라고 말하며 선생님은 웃으셨다.

그리고 동시에 이 일은 엄마에게 물어볼 수 없다는 것도 실감했다. 엄마한테 "어떻게 아빠를 유혹했어?"라는 질문은 죽어도 할 수 없었다. 애초에 알려준다고 해도 듣고 싶지 않아.

선생님이니까…… 제삼자니까 들을 수 있었다. 이러니 다들 선생님과 상담하는 거구나…….

"남성 경험이 풍부하시네요……."

감탄하듯 말한 내 말을 들은 선생님은 어딘가 쑥스러운 듯, 하지만 조금 자랑스럽게 웃고 있었다. 그 자랑스러운 미소의 의미는 내 상상과는 조금 달랐지만.

"그렇게 보여? 근데 난 남편 외엔 경험이 없어. 딱히 풍부하지는 않은 거지. 근데 왜 다들 내게 상담하러 오는 건지……."

이렇게 많은 것을 알고 있으니까 어른이 될 때까지 여러 경험을 쌓았을 줄 알았다. 헤어진 적도 있다고 해서 당연히 그렇게 해석했는데.

하지만 그 경험은 모두 남편과 겪은 것이라는 말에 나는 무례한 말을 해 버렸다는 것을 깨닫고 부끄러움을 느끼며 사과했다.

선생님은 그런 나의 사과에 웃으면서 용서해 주셨다.

"아니, 아니. 괜찮아. 그렇게 보였다는 건 남편 경험이 풍부하다는 뜻이니까 기뻐. 남편에게는 절대로 말 못 하지만."

선생님은 그리고는 또 쑥스럽다는 듯 웃었다. 뺨이 살짝 달아올라 마치 소녀처럼 사랑스러운 미소였다.

남편 경험이라는 것도 재미있는 표현이긴 하지만 좀 멋있다.

그렇구나, 한 남자와 이 정도로 다양한 경험을 할 수 있다면, 나도 요신에게 여러 가지 것들을 해줄 수 있겠지. 그래, 힘내자.

결의에 불타는 나를 선생님은 어딘가 상냥한 눈빛으로 바라보았다.

"바라토 양, 할 거라면 제대로 사전 준비를 해 두고 장소도 신경 써야 해. 남자란 여자보다 섬세한 부분이 많으니까, 서로 함께 흥분할 수 있도록 말이야."

"네, 감사합니다. 노력해 볼게요."

"그럼, 계속해서 고등학생에겐 살짝 어려운 더 훌륭한 테크닉도……."

어? 네?! 놀라서 소리도 내지 못하는 나는 개의치 않고 선생님은 더 다양한 것을 알려주셨다. 뭐랄까, 선생님이 이런 걸 알려줘도 되는 건가 싶을 정도로 알려주셨다.

어? 못 해, 뭐야 그거! 절대 못 해! 아니 그보다…… 할 수 있어? 그런 방법도……? 헛……?!

말만 들었는데 온몸이 뜨거워지며 새빨갛게 달아올랐다.

뭔가 좀…… 요신에게 말할 수 없는 것이 늘어났다. 아니, 언젠가는 선보일 날이 있을지도 모르지만 적어도 한동안은 무리야!

그리고 선생님은 모든 것을 다 이야기했는지, 자기 일을 마쳤다는 듯 이마의 땀을 닦으며 한숨을 돌렸다. 정말, 좋은 일을 했다는 듯 후련한 미소였다.

반면 나는 머릿속이 빙글빙글 돌았다. 아까의 가르침을 되새길 때마다 뺨이 뜨거워졌다. 정말 괜찮은 거야……?!

"술을 마시면서 하면 더 굉장한 것도 말할 수 있지만, 오늘은 이 정도만 할까. 다음 이야기가 듣고 싶다면 졸업 후에 술 한잔하면서 하자."

아직도 위가 있어?!

나는 딱히 운동한 것도 아닌데 숨을 헐떡이며 선생님께 "네……"라고 하는 것이 고작이었다. 오늘만 해도 너무 많은 지식이 생겼다.

선생님은 상냥한 미소를 지으며 흰 가운을 벗었다.

"리스크를 인지하는 남친 군은 멋있다고 생각하지만, 고등학생에게 인내만 강요하는 건 가혹해. 적당히 발산해 줘야지."

어딘가 우아하게 다리를 꼬는 모습이 무척 어른스러워 보였다. 그런 행동도…… 해도 되는 걸까.

"리스크요?"

"이야기를 들어보니 남친 군은 바라토 양이 임신하는 상황도 생각할 만큼 널 아껴주는 것 같으니까."

확실히 그건…… 그럴지도 몰라. 요신은 늘 나를 첫 번째로 생각해 주고 있다. 임…… 아이가 생기면 힘들 테니까.

"하지만 그대로면 앞으로 나아갈 수 없어. 적을 알고 자신을 알면 백전백승이라잖아? 앞으로의 고등학생에게 필요한 건…… 제대로 된 성교육과 연습이다."

"연습……."

"그래, 올바른 지식이 없으면 큰일이 생길 수도 있으니까. 에로 만화나 AV는 엔터테인먼트니까 진지하게 받아들이지 말라고 남친 군에게 전해줘."

"에롯……?!"

내 반응을 즐기는 것인지, 선생님은 치아를 드러내며 씨익 웃었다. 내가 요신에게 그런 말을 할 수 있을 리가 없잖아……!

……그보다 요신은 어떤 걸 볼까? 애초에 본 적은 있을까? 조금 궁금하긴 하지만, 못 물어보겠어…….

"뭐, 발산은 잊지 않도록."

"그, 그렇죠……. 요신도 남자아이니까……."

"응? 바라토 양도 포함인데?"

어? 나……? 나도?

의아해하는 나에게 선생님은 조금 어이없다는 듯…… 턱에 손을 얹고 눈썹을 축 늘어뜨렸다.

"남자뿐만 아니라 여자도 마찬가지야. 남친 군이랑 사이 좋게 해. 발산 방법은 여러 가지가 있으니까."

그 발언에 나는 아무 말도 하지 못했다. 내가 발산한다는 생각은 조금도 없었다. 이런 건 그, 요신뿐이라고만……

하지만 그렇지. 전에 아유무도 그랬었다. 너무 참으면 안 좋다고. 응, 나도 요신에게…… 여러 가지로 해달라고 해볼까……? 내 속을 꿰뚫어 본 것인지 선생님이 빙긋 미소 지었다. 나도 모르게 선생님을 따라 미소를 돌려주었다.

"자, 상담은 이제 끝인가? 해결됐어?"

"어? 아, 네……. 그리고…… 마지막으로 하나 더 괜찮을까요?"

"응, 뭐든지."

"만약 교제에 방해라든가, 높은 벽이 등장하면…… 어떻게 해야 할까요?"

나는 구체적인 내용은 말하지 않고 선생님한테 물어보았다. 내 안에서도 어렴풋이 답은 나와 있었지만, 그것이 맞는지 확인을 하고 싶었다.

선생님은 조금 놀란 듯 눈을 동그랗게 뜨더니 이내 눈을 감았다. 그리고 잠시 생각에 잠기며 낮게 신음했다.

그렇게 어려운 걸 물은 건가 생각했는데……

"음…… 그렇지. 꼭 둘이서만 해결하려고 집착하지 않는 것. 흔한 말이지만, 주위에 도움을 요청할 것. 혼자서 할 수 있는 일은 많지 않아."

나는 거기서 실수해서 몇 번 남편과 헤어졌지만, 하고 선생님은 조금 자조하는 기색으로 덧붙였다. 확실히 우리 둘만으로는 대처하기 어려운 문제도 있다.

내가 선생님께 감사를 드리자 선생님은 다행이라고 하며 크게 기지개를 켰다. 꽤 오랜 시간 선생님을 붙잡고 있었으니 슬슬 끝낼까.

나는 다시 한번 선생님께 감사 인사를 드리고 보건실을 나가려고 했다. 그런 내 등을 향해 선생님은 다시 한번 말을 걸어왔다.

"앞으로…… 어쩌면 너희들의 교제를 불순 이성 교제라고 말하는 사람이 나올지도 몰라. 하지만 우리의 교제는 불순하지 않다고 당당히 가슴을 펴도 돼. 뭐, 무슨 일이 있으면 언제든지 오렴. 남친 군도 성교육을 시켜줄 테니까."

그리고는 상냥하게 웃는 선생님을 향해 벌써 몇 번째인지 모를 감사의 말을 하고, 나는 요신의 곁으로 향하는 것이었다.

나는 지금 농구부 부실에 와 있다. 특별한 이유……로 온 건 아니고. 그냥 선배를 만나러 왔다.

다만 태평하게 놀러 온 건 아니다. 오토후케 씨와 카모에나이 씨가 들었다고 하는, 나나미의 신발장 근처에서 목격된 사람이 농구부와 관계가 있기 때문이다.

나나미 신발장 근처에서 목격된 사람은 바로 농구부 매니저였다.

내가 농구부 매니저에게 가진 인상은 그리 많지 않다. 거의 얘기도 안 해봤으니까 당연하다. 만난 것도 고작 두어 번 정도다.

과묵하고, 키가 크고, 선배가 말하길 낯을 가린다고 하고, 농구부 매니저. 생각나는 특징을 나열해도 한 손을 다 못 채운다.

그래도 내 대인 관계를 감안하면 인상이 많은 편일 수도 있다. 하지만…… 학년도, 이름도, 반도, 어느 것 하나 모른다. 그건 당연히 나나미도 마찬가지겠지.

그런 연결고리가 얇은 사람이 왜 나나미 신발장 근처에 있었을까. 나나미 신발장 근처에 그녀의 신발장이 있는 건가 싶었는데, 장소가 전혀 달랐다.

노래방에 같이 갔던 애 중 한 명이 그날 신발장에 있는 매니저를 봤다고.

그 밖에 몇 명의 목격 정보는 있었지만, 나와 나나미가 아는 것은 매니저뿐이었다.

우선 후보로 거론되었으니 아는 사람부터 물어보자는 생각에 쇼이치 선배에게 온 것인데, 사실 좀 하기 어려운 이야기였다.

"농구부에 들어온 걸 환영해."

"아, 아뇨, 선배. 죄송하지만 입부하러 온 건 아니에요."

내가 농구부 부실에 들어서자마자 선배는 입을 떼자마자 환영의 말을 외쳤다. 하지만 부정하는 내 말을 듣고 금세 축 늘어졌다.

어깨를 숙이고 있던 선배는 금세 등을 펴고 다시 꼿꼿한 자세로 돌아갔다.

"뭐, 그건 알고 있었지만. 그래서 나한테 상담이라는 게…… 음? 바라토 군은 함께 있지 않은 건가?"

"나나미는 지금 보건실 쪽에 개인적인 상담을 하러 갔거든요. 저 혼자예요."

뭔가 보건 선생님이 연애 상담을 해준다고 들었다. 나나미는 거기에 갔다. 다만 무슨 상담인지는 알려주지 않았지만.

내게 하기 힘든 상담이라는 사실은 좀 서운하기도 했지만, 가끔은 그런 것도 있겠지. 궁금하긴 하지만 분명 나나미라면 시기가 되면 얘기해 줄 것이다. 말하고 싶어질 때까지 나는 기다릴 뿐이다.

"음⋯⋯. 어쩐지 둘이 함께 있지 않으니까 어색하군. 항상 둘이 함께라는 이미지라서 그런가?"

나와 나나미는 그렇게나 함께 붙어 다니는 이미지인가?

아니, 이미지가 아니라 실제로도 항상 같이 붙어있을지도 모른다. 하지만 굳이 그것을 고칠 생각은 없다. 나나미가 싫어한다면 별개지만⋯⋯.

"그래서 상담은 뭐야? 내가 힘이 될 수 있는 일이라면 뭐든 말해 줘."

"음, 그게 말이죠⋯⋯."

갑자기 매니저에 관해 물어보는 건 이상할 테니, 우선은 평범하게 일상 이야기 같은 것부터 시작해 볼까⋯⋯. 일상 이야기⋯⋯.

⋯⋯일상 이야기는 무슨 말을 하면 좋을까?

어쩌지. 무슨 얘기를 해야 할지 아무런 계획이 없었다. 적어도 무슨 말을 할지 정도는 미리 정해놨어야 하는데.

대인 관계 경험치가 낮아서 전혀 생각도 못 했다.

나나미가 상대면 아무렇지도 않은데…… 신기한 일이다. 나는 왜 이렇게 평범한 대화를 잘하지 못하는 걸까? 뭐, 푸념해도 소용없겠지…… 일단…….

"선배, 혹시 벌칙 게임에 대한 거 누구한테 얘기했나요?"

"뭐?!"

갑작스러운 내 말에 선배는 놀라서 소리를 질렀다. 나도 나 자신에게서 나온 말에 깜짝 놀랐다. 너무 갑작스럽다.

아니 뭐, 빙빙 돌아가는 것보다야 나을지도 모르지만. 내가 생각해도 너무 갑작스러웠던 것 같다. 선배는 의자에서 흘러내릴 뻔했지만, 자세를 바로잡고 진지한 표정을 지었다.

"아니, 당연한 거지만 아무한테도 얘기 안 했어. 무슨 일이지……?"

"죄송합니다, 뜬금없이. 설명하자면……."

나는 나나미에게 보내진 편지 사진을 선배에게 보여주고 무슨 일이 있었는지 설명했다. 선배는 분개한 듯 얼굴을 찌푸리더니 팔짱을 끼고 낮은 목소리로 중얼거렸다.

"뭐야, 이건……? 이게 바라토 군에게?"

"네, 나나미 신발장에 들어 있었어요. 그래서 뭐, 여러모로 조사하는 중인데, 선배도 혹시 짐작 가는 게 없을까 하고요."

갑작스럽긴 하지만, 이렇게 된 이상 선배한테도 솔직하게 얘기하고 협조를 받자.

"……음, 미안하지만 나는 짚이는 게 없어. 물론 누군가에게 말하지도 않았고."

"그렇겠죠. 죄송해요. 이상한 걸 물어봐서."

당연하다. 선배는 좀 농구에 특화된 사람이긴 해도 입이 가벼운 사람이라고는 생각하지 않는다. 비교적 단순해서 폭주하는 일은 있어도 남의 비밀을 가볍게 말하지는 않을 것이다.

매니저에 관해 물어야 할지 말아야 할지……. 좀 망설여진다.

"……달리 나한테 묻고 싶은 게 또 있는 거 아닌가?"

"예……?"

선배로부터 뜻밖의 말이 들려왔다. 내가 망설이는 것을 알아차렸는지, 선배는 무척 다정한 눈빛으로 나를 바라보고 있었다.

그렇게 알기 쉬운가, 나. 게다가 나나미한테도 알기 쉽다는 말을 들은 적이 있다.

하지만 매니저에 대한 일이고, 선배한테는 굉장히 묻기 어렵다. 그래도 여기까지 와서 안 묻는 것도 좀…….

"괜찮아, 어떤 문제든지 내게 맡겨. 힘이 되어주마."

가슴을 펴고 툭툭 친 선배는 어딘가 듬직해 보였다. 응,

그럼…… 선배에게도 살짝 물어보자.

"……매니저님은 어떤 분이에요?"

"응? 매니저? 글쎄……. 아주 상냥하고 의지가 되는 여성이지. 나는 자주 혼나지만."

혼나는구나. 아니, 뭐 전에도 그런 말을 했던 것 같긴 하지만. 선배한테는 꽤 거침없이 말한다고 했던가.

"그리고 아무래도, 내가 그녀한테 너무 걱정을 끼치는 것 같아. 요즘은 컨디션이 나쁘지 않으냐든지, 우울하지 않냐는 질문을 받았어."

"걱정이라니……. 선배, 그런 우울한 일이 있었나요?"

"아니, 요즘은 아무 일도 없어. 전에 요신 군과 바라토 군과 엮인 일을 반성하긴 했지만, 미련이 남지는 않았고."

하긴 선배가 언제까지고 침울해 있는 모습은 쉽게 상상이 가지 않는다. 하지만 왠지…… 왠지 뭔가가 마음에 걸렸다.

이어서 나는 매니저의 성품에 관해 물어보았지만, 특별한 정보는 없었다. 선배가 매니저를 높이 산다는 걸 알 수 있었을 정도다.

이야기를 듣던 와중 나는 마음에 걸린 대답에 생각이 미쳤다.

"……그러고 보니 매니저님한테는 애인이 있나요?"

"아니, 그런 얘기는 안 물어봤어. 전에 잠깐 물어봤다가 엄청 크게 혼나서, 그 이후로 안 물어보거든."

아아, 그건 좀…… 확실히 좋지 못했을지도 모르겠다. 나나미가 말했었는데…… 매니저는 쇼이치 선배를 좋아하는 것 같으니까. 그래서 걱정하는 걸지도.

나로서는 선배를 그 정도로 혼내는 사람이니 반대로 그럴 가능성은 없지 않을까 생각했는데……. 츤데레라는 건가?

현실에서 본 적이 없어서 감이 잘 오지 않는다.

"매니저님한테 벌칙 얘기는 안 했죠?"

"물론이지. 그건 내 마음속에만 간직하고 있어."

"그렇겠죠……."

그야 그렇겠지. 아까도 선배는 아무한테도 말하지 않았다고 했고, 당연히 매니저한테도 말했을 리가 없지.

내가 끙끙거리고 있는데…… 선배가 조금 걱정스러운 듯이 입을 열었다.

"요신 군…… 계속 매니저를 신경 쓰는 것 같은데…… 그녀와 무슨 일이 있었나?"

그 말에 나는 심장이 철렁했다. 아니, 그것도 그런가. 이 정도로 노골적으로 매니저 얘기를 들으면 선배도 눈치챌 수밖에 없겠지.

나는 횡설수설하면서 어떻게 설명해야 하나 고민했지만, 선배의 진지한 눈을 보고 여기선 솔직히 얘기하기로 했다.

"……사실 그날 매니저님이 나나미 신발장 근처에 있었던 것 같아요. 그래서 선배는 뭔가 아는 게 없을까 하고요."

선배가 숨을 삼키는 것이 전해졌다. 물론 그렇다고 해서 곧바로 범인인 것은 아니지만, 그래도 후보에 올랐다는 것만으로도 충격이겠지.

잠시의 침묵이 나와 선배 사이에 흘렀다.

"……알겠군. 그래서 매니저에 대해 듣고 싶었던 건가. 조금 안심했어."

"네?"

침묵을 깬 선배의 그 한마디에 나는 당황하고 말았다. 어떻게 안심이라는 말이 나올 수 있을까?

보통은 의심을 받는 상황이니 이상한 소리 하지 말라며 화를 낼 법한 장면인데……. 내 의문을 느낀 것인지 선배는 이내 그 얼굴에 상쾌한 미소를 지어 보였다.

"아니, 요신 군이 매니저한테 고백을 받았나 생각했거든. 그러면 나는 그녀의 사랑을 응원해야 할지, 막아야 할지 하는 궁극의 선택을 할 뻔했어."

선배는 작은 소리로 포기하게 해야겠지만, 하고 말을 이었다. 아니, 대체 왜 그런 생각이 나오지? 아, 그쪽이 더 자연스러운 흐름인가?

확실히 이전까지 접점도 없었던 사람이 갑자기 그 사람에 관해 물어보면 수상하게 생각하겠지……. 앞으로는 조심해야겠다.

그렇다 해도 그런 착각을 하다니…….

"하지만 요신 군, 매니저가 범인이라고 생각하긴 어려워. 그녀는 누구보다도 다른 사람을 배려하는 사람이야. 그런 협박 같은 것과는 가장 인연이 멀다고 생각해."

"그렇군요……."

하긴, 그렇지 않았다면 매니저 같은 건 안 했겠지. 게다가 선배의 신뢰도 두터운 것 같고…….

그런데 그렇게 되면 한 가지 의문이 생긴다.

왜 그녀는 나나미 신발장 근처에 있었을까? 물론 우연히 근처에 있었을 수도 있지만, 정말 그게 우연이었을까?

직접 이야기를 물어볼 수 있다면 좋겠지만…….

"대회, 이제 곧이죠?"

"응? 기억하고 있었구나. 맞아, 여름 대회가 얼마 남지 않았어. 내일부터 다시 본격적인 연습이 재개되지."

전에 얼핏 들었는데 역시 그렇구나. 그렇게 되면 대회 전에 쓸데없는 이야기를 하는 것은 왠지 내키지 않았다. 빨리 해결하고 싶긴 하지만, 매니저가 범인이라고 정해진 것도 아니고.

"대회가 끝난 뒤에 매니저님과 잠시 대화를 할 수 있을까요?"

응, 역시 대회가 끝난 뒤에 하는 편이 여러모로 걱정도 없겠지. 선배는 내 말에 신경 쓰이게 해서 미안하다고만 말하고 쓴웃음을 지었다.

"딱히 나한테 허락받지 않아도, 그냥 매니저랑 대화하면 되지 않아? 학년도 같으니 반에 가면 있을 텐데……."

어? 매니저 같은 학년이었구나. 전혀 못 봤어……. 그렇다기보다 단순히 내가 관심이 없었을 뿐인가. 키도 크고 눈에 띄니까, 내가 모르는 것뿐이다.

"잘 모르는 사이라 선배가 중계를 해주셔야 그나마 대화할 수 있을 것 같아요."

"그렇군, 매니저도 낯을 가리니까 그러는 편이 좋을지도 모르겠네."

신경 써줘서 고맙다는 말까지 들었지만, 나랑 나나미 문제에 휘말리게 된 셈이니 오히려 내가 더 감사한 입장이었다.

그래서 나도 선배한테 감사하다는 말을 전했다.

그런 이야기를 하는데, 부실 문을 노크하는 소리가 들렸다. 선배가 들어오라고 하자 나나미가 실례합니다, 라는 말과 함께 들어왔다.

"나나미, 상담은 끝났어?"

"아, 응, 상담, 상담 말이지. 끝났어. 문제없어."

그건 문제가 있는 사람이 하는 대답이 아닌가? 내가 말을 걸자 나나미는 어딘가 당황한 기색으로 뺨을 물들이며 식은땀을 흘렸다.

왜 그러지? 고개를 갸우뚱하는 나를 나나미는 힐끔 쳐다보더니 시선을 피했다. 보건 선생님한테 무슨 이상한 소리라도 들은 건가……

"그래서 어디까지 이야기했어?"

"아, 응. 그러니까……"

나는 나나미에게 조금 전까지 선배와 했던 이야기를 전한다. 나나미는 고개를 끄덕이거나, 선배에게 조금 화를 내기도 하고, 선배에게 어이없어하기도 했다.

시시각각 표정이 바뀌었지만, 그것을 즐길 여유는 없어 보였다.

아까까지 보건실에서 무슨 얘기를 했는지는 궁금하긴 한데, 그건 나중에 단둘이 있을 때 물어볼까? 알려줄지 어떨지는 모르겠지만.

"그렇구나. 매니저님은 아닌 것 같네……"

나나미도 나와 같은 결론이 나온 것 같았다. 편지의 주인이 누구인지에 대해서는 다시 원점으로 돌아가 버린 것 기분이었다.

"그러게. 일단 진정되면 이야기만 들어볼까? 어쩌면, 뭔가 봤을지도 모르고."

벌칙 게임을 언급할 수는 없으니 어디까지나 나나미 신발장 근처에 있었는지 어떤지 하는 부분뿐이겠지만. 농구 대회가 끝난 후니까 여름 방학이 끝난 후가 되려나. 그때까지 아무 일도 없었으면 좋겠는데…….

뭐, 무슨 일이 있어도 나나미는 내가 지킬 것이다. 앞으로는 더 조심해야지.

"그러고 보니 선배, 여름 방학 때는 뭐 하세요?"

여름 방학이 끝난 후라고만 생각했는데, 대회가 끝난다면 여름 방학 중이라도 한 번 이야기를 나눌 수 있지 않을까. 그편이 다른 학생도 없을 테고…….

"여름 방학? 기본적으로는 동아리 활동에 집중하겠지. 여름 대회도 있고, 끝나도 겨울을 대비해서 여러모로 준비해야 하니까."

"바쁘겠네요. 대회도 힘내세요."

"고마워! 올해는 작년의 설욕전을 치르겠어……!!"

선배는 주먹을 부르르 떨었다. 그러고 보니 우리 농구부는 전국에 속해 있던가? 그 부분은 전혀 모르네.

아니, 학교에서 응원까지 했으니 아마 성적은 좋겠지만, 기억은 희미하다.

잠깐…… 이제 곧 대회인데 나한테 가입 권유를 했던 건가.

"그럼 놀 틈은 없겠네요."

"아니, 그렇진 않아. 오버워크는 피해야 하니까. 제대로 놀 시간도 만들 거고, 아르바이트도 짧은 시간이지만 하고 있어."

주먹을 푼 선배는 은근히 눈을 반짝이며 무언가 기대하

는 시선을 내게 보내왔다. 음…… 이건 어쩌면 물어봐 달라는 뜻인가.

순전히 기분 탓이지만, 뭔가 선배 뒤에 강아지 꼬리 같은 것이 보였다. 붕붕 흔들며 놀아달라고 하는 강아지처럼.

나나미는 고양이 이미지였지만, 선배는 개 이미지…… 금발이라 뭔가 이미지도 딱 맞는 것 같다.

"그…… 그럼 여름 방학 때 같이 놀지 않을래요?"

"오오!! 좋지, 같이 놀자! 그래, 여름 축제도 있고 같이 갈까!"

좀 부담스러울 정도로 기뻐한다.

뭔가 선배의 꼬리가 더 격렬하게 붕붕거리는 듯한 느낌이……. 그나저나 여름 축제라. 나는 가본 적 없지만, 여름 방학 중에 그런 게 있었지…….

어쩌면 옛날에는 갔을지도 모르지만, 전혀 기억이 나지 않았다. 적어도 중학교 때부터는 가지 않았던 것 같다.

그래서 문득 나는 떠오른 것을 말했다.

"그럼, 저랑 나나미, 선배랑 매니저님 이렇게 넷이서 축제에 가지 않을래요?"

이건 그냥 떠오른 건데, 대화하려면 어느 정도 가까워지는 편이 좋다고 생각한다. 하지만 나도 사람과 얘기하는데 익숙하지 않고 매니저도 낯을 가린다.

그렇다면 뭔가 이벤트를 통해서 친목을 다지는 편이 조

금 더 대화하기 수월하지 않을까. 말하기도 어려운 내용이니까.

선배가 여름 축제를 언급해 줘서 떠오른 거지만.

선배라면 금방 승낙할 줄 알았는데, 예상 밖의 사람이 달려들었다. 아니, 여기서 더 달려들 사람은 나나미밖에 없지만.

"좋다! 넷이서 여름 축제……! 더블데이트 같아서 재미있을 것 같아! 매니저님이랑도 여러모로 대화해 보고 싶었고."

눈을 반짝반짝 빛내며 기쁜 듯이 폴짝폴짝 뛰고 있다. 단번에 흥이 오른 모습이었는데, 그와는 대조적으로 선배는 약간 내키지 않는다는 표정을 짓고 있었다.

더블데이트란 단어가 마음에 들지 않았던 걸까. 아니면 내 제안 자체에 난색을 보이는 것일까. 그렇게 생각했는데, 내키지 않는 얼굴의 이유는 어느 쪽도 아니었다.

"문득 떠오른 건데, 나랑 같이 가면 매니저는 싫어하지 않을까?"

뭐랄까, 여성에 대해 늘 자신만만해 보이던 선배치고는 실로 나약한 발언이었다. 신기한 일도 다 있다고 생각하며 나나미도 눈을 깜빡거리고 있다.

선배는 조금 자학적이고 어딘가 그늘진 미소를 짓더니 그대로 말을 이었다. 왠지 정말로 나약해진 것 같다.

"아니, 난 평소에 매니저에게 신세만 지고 있고, 폐도 끼치고, 가끔 혼날 때도 있으니까……."

왠지 나 같은 말을 꺼내는 선배를 보니 당황스럽다. 위화감이 굉장하다.

아니, 이 경우는 나와도 좀 다른가. 뭐랄까 이건…… 미움받을까 걱정하는 아이 같다고 해야 할지…….

그 모습을 보고 나나미도 좀 의외인 것 같았다. 나와 나나미는 서로 얼굴을 마주 보았다. 내가 시선으로 이런 선배 본 적 있어? 하고 묻자 나나미는 천천히 고개를 저었다.

전해졌다는 것이 조금 기뻤다.

"……선배치고는 드물게 나약한 모습이네요."

"아아, 응. 내가 생각하기에도 신기하지만, 뭔가 좀…… 갑자기 같이 노는 건가 생각하니 괜찮을까 걱정이 돼서. 하긴, 나답지 않았네."

선배는 정신을 차린 듯 일어서서 가슴을 폈다. 마치 자신을 고무시키는 듯한 그 몸짓은 조금 무리하는 것 같았다.

"미움받고 있는지 어떤지는…… 물어보면 알 수 있지 않을까요? 여름 방학 축제는 싫어하는 사람과는 가지 않으니까요."

나나미는 살짝 입꼬리를 들어 올리며 선배를 격려하듯 말했다. 확실히 여름 축제에 같이 간다면 싫어하는 사람과는 가고 싶지 않겠지.

저도 남자 경험이 적으니까, 저였다면 그럴 거라는 이야기예요, 하고 나나미는 덧붙인다. 남자 경험이란 단어가 나나미의 입에서 나온 것에 나는 조금 놀랐다.

그리고 나나미는 나를 힐끔 보더니, 유혹하듯 미소 지었다. 뭔가 묘하게 나나미가 색정적인 느낌인데. 보건실에서 무슨 일이 있었나?

"그것도 맞는 말이지. 음…… 그럼 매니저는 내가 초대할까?"

내가 잠시 당황하는 사이에 선배는 기운을 차린 것 같았다. 가슴을 펴고 평소의 자신만만한 미소를 짓고 있다.

"잘 부탁드립니다."

"음, 맡겨줘. 대회도 좋은 결과를 보고할 수 있도록 노력할게!"

완전히 평소의 상태로 돌아온 선배의 모습에 안심하면서 나와 나나미는 선배에게 감사의 인사를 전하고 농구부 부실을 떠났다.

방을 나가기 직전, 왠지 나나미가 무척 즐거워 보였다.

시험이란 결과가 전부다.

이것은 다소 난폭한 의견으로 들릴지도 모르지만, 일리 있는 의견이라는 사실은 부정할 수 없다. 아무리 노력해도,

과정이 훌륭해도 결과가 따르지 않는다면 크게 반성해야 한다.

하지만 당사자로서 결과뿐만 아니라 노력했던 과정도 평가해 주길 바라는 것은 어쩔 수 없는 일이다. 비록 결과가 따르지 않더라도 말이다.

여기서 가장 나쁜 행동은 결과가 따르지 않는 것에 분노하는 거겠지.

결과가 따라오지 않은 과정의 평가는 분명 본인이 아니라 주위에서 해주는 것이다. 그러니 거기서 스스로가 할 수 있는 일은 진지하게 반성하는 것이리라.

그러면 다음에는 결과를 낼 수 있을 것이다.

"으어어어······."

그렇게 생각하지 않으면 나는 자신을 위로할 수 없을 것 같았다.

오늘은 나나미의 방에서 돌려받은 시험지를 다시 보고 있었다. 오늘은 시험의 반성회······라고 생각했는데, 생각지도 못한 부분에서 나의 위로회로 발전해 버렸다.

"옳지, 옳지······ 요신은 최선을 다했어······."

나나미는 책상에 엎드려 쓰러진 나를 부드럽게 쓰다듬어 주고 있었다. 그 상냥함이 지금만큼은 조금 괴롭다.

"이런······ 이런 초보적인 실수를······!!"

나는 돌려받은 수학 답안지를 앞에 두고 절망했다.

수학은 서툴지만 그래도 나나미와의 공부 덕분에 평균 점수와 비슷하거나 조금 아래 점수 정도는 받지 않았을까 생각했는데…….

돌아온 수학 답안지는 완전한 낙제점이었다.

처음 봤을 때는 내 눈을 의심했다. 왜냐하면 낙제는 아마도…… 거의 확실히 아니라고 생각했기 때문이다. 자신은 없었지만 그럴 가능성은 적다고 생각했다.

"설마 해답을 밀려 썼을 줄은……."

나나미가 나를 쓰다듬으며 조금 어이없다는 듯 중얼거렸다. 그래, 나의 한심한 실수는 단순하다. 해답을 밀려 쓴 것이다. 요즘 시대에 그런 짓을 하는 녀석이 있을까 싶을 정도로 초보적인 실수였다.

기본적으로 아는 것부터 순서에 상관없이 풀 생각이었는데, 수학에 한해서는 그 아는 문제가 다른 과목에 비해 적었다.

그러다 보니 정답을 밀려 쓴 거겠지. 익숙하지 않은 짓을 해서 그런 걸지도 모른다.

"그, 그래도 한 과목만 보충 수업이라 다행이지. 다른 건 평균 점수 이상을 땄고, 정말 열심히 했잖아."

나나미는 살짝 쓴웃음을 지으면서도 나를 위로해 주었다. 그 배려가…… 조금 기쁘지만, 정말로 정신은 멍했다.

"이번 수학은 어려웠고, 밀려 쓰지 않았다면 낙제점도

아니었을 테니까. 제대로 공부한 건 몸에 뱄을 거야."

"……확실히 그럴지도."

우울해할 수만은 없다는 생각에 나는 엎드려 있던 얼굴을 들었다. 다만 그 말에 또다시 분함이 밀려왔다.

그 말인즉슨, 정답만 밀려 쓰지 않았다면 제대로 평균 점수 이상은 받았을 거라는 뜻.

"하아…… 보상은 물 건너갔네……."

나도 모르게 중얼거렸다. 사실상 보상은 딱히 없어도 문제가 없다. 나나미가 싫어하면 하지 않아도 되고. 그냥 정말 아무 생각 없이 중얼거린 말이었다.

하지만 그 순간, 나를 쓰다듬던 나나미의 손이 딱 멈췄다.

아뿔싸 하고 생각했지만 이미 늦었다. 천천히 고개만 움직여 나나미 쪽을 바라보니, 나나미는 내 머리에 손을 얹은 채 굳어 있었다.

기분 탓인지 시선이 차가워 보인다. 아니, 보상은 나나미와 함께 목욕(수영복 착용)이었으니까. 그걸 아쉬워했으니 차가운 시선을 받아도 어쩔 수 없다. 달게 받아들이자.

나나미가 방문 쪽으로 시선을 옮겼다. 그리고 내 머리에서 손을 떼고는 일어서서 문으로 이동했다. 나는 굳은 채 움직이지 못했지만, 속으로는 화가 나서 방 밖으로 나가버리면 어쩌나 전전긍긍하고 있었다.

한번 문 열리는 소리가 울렸다. 그리고 곧 문이 닫혔다.

……나는 아, 역시나 하는 기분이 들었지만, 다음 순간 나의 굳어 있던 몸은 움직이게 된다.

문이 닫히는가 싶더니 동시에 찰칵 하는 금속음이 들려왔다.

나나미의 방에서는 별로 들어본 적이 없는 소리였지만, 나는 그것과 비슷한 소리를 내 방에서는 자주 듣고 있다. 그런 금속음이다.

놀라서 목만 휙 돌려 문을 보자, 나나미는 아직 방에 있었다. 나간 것이 아니라 문을 등진 채 손을 뒤로 돌리고 있다.

방문을 잠갔어?

왜? 뭐 때문에?

나는 엎드려 있던 머리를 천천히 들어 올렸다. 왠지 묘하게 머리가 무거운 기분이었다. 그런 내 움직임에 맞춰 나나미도 몸을 움직이기 시작했다.

천천히, 천천히. 한 걸음씩 신중한 움직임으로 나나미가 내게 다가왔다. 말 한마디 없이 그녀는 내 옆에 앉았다.

나도 모르게 긴장해서 침을 삼켰다. 나나미의 표정은 그림자에 가려서 짐작할 수 없다.

혼나는 건가?

아니, 그런 분위기도 아니다. 하지만 공기는 너무 무거웠다. 침묵하는데도 묘하게 귀가 아프다. 조용한 가운데

쿵쿵거리는 소리가 울려 퍼지는 것만 같다. 착각이지만.

옆에 앉은 나나미는 무언가 머뭇거리는 듯한 모습이었다. 다리를 굽혔다 펴기도 하고, 팔을 이리저리 움직이기도 하고……

"으음…… 나나미?"

침묵을 견디지 못한 내가 입을 열자 나나미는 말없이 몸을 돌려 정면으로 나를 바라보았다.

그리고 그대로…… 내 목에 팔을 둘렀다.

"어……?"

얼빠진 목소리를 내는 나를 아랑곳하지 않고 나나미는 엄청난 힘으로 나를 끌어당겼다. 그리고 그대로 자신의 가슴 위치로 내 머리를 가져갔다.

정말 눈 깜짝할 사이라 저항할 수도 없었고, 애초에 저항할 생각도 들지 않았다. 굉장한 힘이었던 것은 확실하지만.

속도가 붙은 내 머리를 나나미는 그대로 껴안았다.

"그, 같이 목욕하는 건 무리지만, 열심히 한 보상……"

그대로 나나미는 마치 어린애처럼 내 머리를 쓰다듬었다. 하지만 조금 무리가 가는 자세라고 할지, 꽤 앞쪽으로 기울어져 있어서 목과 허리에 충격이 올 것 같았다.

몸이 무의식적으로 떨리기 시작하자 그것을 알아차린 나나미가 잠시 내 머리를 떨어뜨렸다. 그리고 그대로 내 손을 잡고 몸을 일으켰다.

휙휙 변해가는 상황에 나는 따라가는 것만으로도 벅찼다. 나나미에게 손이 잡힌 채 그대로 이동했다. 이동한다고 해도 방안이라 긴 거리는 아니다.

문제는 향하는 곳이다.

나나미가 향한 곳은 그녀의 침대였다. 아니, 무슨 호들갑이냐고 생각할지도 모르지만, 이거 지금 엄청난 상황 아닌가?

앉아 있던 장소와 침대까지의 거리는 단 몇 걸음밖에 되지 않는다.

시간으로 따지면 단 몇 초, 하지만 침대 앞까지가 아득히 멀게 느껴졌다.

한 걸음씩 나아갈 때마다 발이 무슨 추라도 달린 게 아닐까 싶을 정도로 무거워졌다. 그 무게도 나나미의 당기는 힘에 의미가 사라졌지만.

무게뿐만이 아니다. 발이 마치 끈끈이 스티커라도 된 것처럼, 바닥에서 떨어질 때마다 쩍쩍하는 소리가 나는 것 같았다.

그런 상황에서 가까스로 침대 앞에 다다르자, 나나미는 빙글 몸을 돌려 춤추듯 나와 자리를 바꿨다. 그녀가 하는 대로 있던 나나미의 침대 바로 앞에 서 있다가…….

등을 떠밀렸다.

만화였다면 풀썩, 하는 소리가 났겠지만 실제로는 거의 무음이다. 그리고 소리 없이 나는 나나미의 침대에 쓰러졌다.

주마등……은 아니겠지만, 쓰러질 때까지의 경치가 굉장히 천천히 흘러갔다. 신기한 기분을 느끼면서 나는 그대로 쓰러졌다. 쓰러지자 침대가 조금 삐걱대는 소리가 귀에 들려왔다.

덮는 이불은 그대로였기 때문에 포근한 이불이 나를 부드럽게 감싸주었다. 푹신한 촉감에 더해 이불에서는 무척 좋은 냄새가 났다.

여기까지가 몇 분.

이대로도 충분할 만큼 혼란스러웠는데, 이후 나는 더더욱 혼란스러워졌다.

"에잇."

나나미의 작은 목소리가 내 귀에 들려왔다.

그리고 얼마 지나지 않아 나는 내 바로 옆에 바람을 느꼈다. 내 바로 옆에…… 나나미가 있었다.

이렇게 한 침대에 눕는 건 그 여행 때 이후로 처음인가? 아니, 그때는 분명 일부러 누우려고 그랬던 것이 아니라, 깨닫고 보니 그렇게 됐다는 느낌이었다. 나나미도 자고 있었고.

교복만 입은 채 이렇게 같이 누워있으니…… 굉장히 신

선했다.

엎드려 있던 나나미가 빙글 몸을 돌렸다. 하복이라 노출이 많아서 그런지 셔츠가 살짝 올라가 있다.

"자, 다음 보상."

손을 뻗은 나나미가 여전히 누워있던 나를 자신의 품에 안았다. 아니, 물론 나도 누워있었으니 조금은 도와줘야 그런 자세가 될 수 있겠지만.

그런데도 나는 침대 위에서 쓸데없이 부드럽게 움직였다.

네, 솔직히 말할게요. 제가 직접 갔습니다. 역시 누워있는 여자의 힘만으로는 끌어당길 수 없습니다.

하지만 생각해 보세요. 보상으로 이런 걸 해주는데요? 거부하는 건 실례잖아요. 아니, 물론 아무것도 하지 않는다는 전제겠지만…….

"……근데 무슨 일이야, 갑자기?"

쿵, 쿵…… 하는 나나미의 심장 소리가 들려왔다. 고동은 내가 껴안고 있어서 그런지 조금 빨랐다.

"자, 요신도 손 둘러줘."

"두르라니…… 이, 이렇게……?"

나의 의문에는 대답하지 않고 나나미는 몸을 약간 띄웠다. 내가 거기로 손을 넣자 딱 좋게 나나미 등에 손을 두른 자세가 되었다.

침대 위에서 나와 나나미는 서로 껴안고 있었다.

"으음…… 저기."

또 침묵하는가 싶더니, 나나미는 머뭇머뭇 말문을 열었다. 품에 안겨 있어서 그런지 나나미의 목소리가 조금 웅얼거리는 것처럼 들렸다.

그리고 처음 알았는데, 껴안고 있으면 목소리는 몸에서 직접 들려오는구나. 아니다, 공기가 아닌 나나미의 몸을 통해서 전해진다는 표현이 더 정확할까.

"보건 선생님한테 배웠어. 그…… 그걸 하지 않아도 여러 가지로 남자애를 기쁘게 해주는 방법."

뭘 알려주는 거야, 그 선생님은?!

흠칫 놀랐지만 끌어안고 있는 탓에 머리를 쉽게 들 수 없었다. 움직이면 그…… 여러 감촉이 강해질 것 같기도 하고.

"그리고 말이야, 알고 있어, 요신? 불순 이성 교제의 정의……."

"음……. 야한 걸 한다든가, 뭐 그런 거 아냐?"

"정확히 말하자면 '소년의 건전 육성상 지장이 있는' 행위를 말하는 거래."

그건 몰랐네. 그런 정의가 있다면 이런 행위도 안 되는 게 아닐까 생각했지만, 멈출 마음이 안 드는 건 어쩔 수 없다.

하지만 나나미에게서 튀어나온 다음 말에 내 귀를 의심했다.

"즉, 소녀에게는 적용되지 않는다!"

"잠깐만! 그건 아니지?!"

나도 모르게 나나미의 품속에서 큰 소리를 내고 말았다. 그 타이밍에 나나미가 살짝 헐떡이는 듯한 소리를 내서 상당히 이상한 상황이 연출되었다.

아니 잠깐만, 그건 완전 궤변이잖아? 그보다 여기서 말하는 소년은 남녀 모두를 가리키는 거 아니야? 물론 소년 소녀라는 표현도 있지만.

"에헤헤, 역시 그렇게 생각해?"

하지만 나나미는 포옹을 그만두지 않았다. 오히려 점점 더 나를 강하게 끌어안으며 자신 쪽으로 끌어당겼다.

"그래도 말이야, 역시 공부는 중요하잖아? 연습해야 실전도 할 수 있고. 그러니까 저는 앞으로…… 요신에게 건전한 범위 내에서 여러 가지 것들을 하겠습니다."

"건전한 범위 내에서……?"

"응, 이것도 그중 하나지. 사실은 말이야, 셔츠의 단추를 열고 상반신을 드러내서 요신의 얼굴을 직접 끼우는 건데…… 그건 좀 부끄러워서."

아니, 이것도 별반 다르지 않은 것 같은데? 확실히 셔츠라는 천 한 장으로 나뉘어 있긴 하지만, 반대로 말하면 그 너머는 맨살이다.

어쩐지 나나미가 안 좋은 영향을 받는 것 같다.

"뭔가 불건전하다는 느낌인데……."

"아냐, 아냐. 건전해~. 선생님이 말씀하시길 아이가 생기는 행위 이외에는 모두 건전하다. 아이가 생기는 행위도 피임만 하면 건전하댔어."

"건전함의 판단 기준이 너무 느슨하지 않아?!"

또 소리를 치자 나나미가 살짝 숨을 거칠게 내쉬었다. 그러지 마, 바로 머리 위에서 울리니까 몸에 직접 온다고. 불건전해진다.

정말 그 선생님 교육자로서 괜찮은 거야? 아니, 이게 올바른 보건 체육인가? 학생의 자주성을 너무 중시하는 게 아닐까.

"이것저것 배웠으니까 기대해 줘."

"좀 무섭긴 한데, 확실히 기대는 좀 되네."

나는 반쯤 어이없다는 듯 중얼거렸다. 하지만 나나미에게 안겨 있으니까 체온이 따뜻해서 편안했다. 조금 전까지 있었던, 시험에서 낙제점을 받고 가라앉았던 기분도 완전히 사라졌다.

"요신의 체온…… 편안하다. 요즘 편지 일이나 시험 일로 여러모로 애썼으니까, 좋은 휴식이 될 거야."

"나나미 침대에 누워있어서 난 좀 진정이 안 돼……. 왠지 온몸이 나나미한테 싸여 있는 느낌이야……."

"집에서 할 수 있는 꽁냥 시리즈, 초급 침대편은 대성공이네.”

　“시리즈물이었어, 이거?!”

　이쯤 되면 반대로 나도 보건 선생님께 배워보고 싶을 정도였다. 아니, 선생님은 여자니까 남자에 대해 배우는 건 어려우려나? 그건 그렇고 이게 초급이라니……. 중급, 상급이 되면 대체 어떤 일이 벌어지는 거지. 궁금하긴 하지만 나는 그것을 당하게 될 날이 조금 두려워졌다.

　내가 참아야 하는 수준이 더 높아진다는 뜻이잖아.

　지금까지의 나나미는 조금 수줍어하기도 해서 그런 모습이 사랑스러웠는데……. 폭주하지 않는 한 어떤 일정한 선을 지키고 있었던 느낌이었다.

　하지만 지금은 궤변이라도 보건 선생님께 건전하다는 보증을 받고 말았다. 즉 나나미가 망설일 이유가 하나 사라진 것이다.

　아마 나나미도 이것이 건전하지 않다는 것을 알아차렸을 것이다. 문을 잠근 것만 봐도 그것은 확실했다.

　나는 그런 나나미의 마음을 배신하지 않고 지켜줄 수 있을까? 책임이 중대하다고 해야 할지, 책임이 정체됐다고 해야 할지…….

　……근데 이거 언제까지 하는 거지?

　“편지 일, 해결하고 싶어…….”

　“그러게. 매니저님이 뭐라도 알고 있으면 좋겠는데.”

"음…… 거기서 말하니까 좀 간지럽네."

"……그럼 그만할까?"

"아니요~."

나나미는 다시 나를 안은 팔에 힘을 주었다. 입이 막혀서 숨쉬기가 좀 힘들었는데, 그것도 금세 해소되었다.

우선 대회 전의 바쁜 타이밍에 이야기를 물어보는 것은 내키지 않아서 우선은 그쪽에 집중하게 해주고, 여름 방학 중에는 해결할 수 있으면 좋겠는데.

매니저가 뭔가를 목격했다면, 그걸 단서로 삼는 것이 최선이겠지.

또 범인 후보가 몇 명 있는 것 같으니 어쩌면 매니저가 편지를 넣은 사람을 목격했을 가능성도 있다.

그건 그렇고……. 편지의 주인은 대체 무슨 목적으로 저런 걸 보낸 걸까. 정말 수수께끼다. 협박하는 것도 아니고 그냥 편지를 보낸 것뿐이다.

……편지만 보낸 것뿐? 정말 그럴까? 그 편지에는 계속되고 있느냐는 질문이 적혀 있었다. 즉…… 답을 원하는 것은 아닐까.

그럼 대답해 주고 끝내고 싶다.

이미 벌칙 게임은 끝났다고.

편지 생각에 잠겨 있으니 또 우리 사이에 침묵의 시간이 흘러간다. 하지만 그 침묵이 어딘가 기분 좋게 느껴졌다.

아마 무엇을 하는지 확실히 알고 있어서 그런 거겠지.

근데 뭔가…… 나나미의 체온이 높아진 것 같은데……? 붙어있어서 따뜻해진 건가.

귀를 기울이자…… 나나미의 심장 소리와 함께 호흡 소리도 들려왔다. 조용하고 느린 그 호흡 소리를 듣자 점차 눈꺼풀이 무거워졌다.

이대로 잠들면 기분 좋겠지. 그런 생각을 하는데, 그것이 마치 플래그가 된 듯 호흡 소리가 조금 길게 바뀌었다.

그것이 고른 숨소리로 바뀌는 데는 그리 오랜 시간이 걸리지 않았다.

색색하는 소리가 내 위에서 들려왔다. 심장 소리도 일정하다. 그 고른 숨소리와 심장 소리를 계속 듣고 있으니 나도 잠이 쏟아졌다.

나나미의 가슴을 베개 삼은 채, 나는 눈꺼풀이 무거워지는 것을 느꼈다.

깨우면 미안하니까…… 나도 이대로 한숨 잘까.

자고 나면 분명 이상한 기분도 들지 않을 거고, 그러는 편이 좋겠다. 그런 생각을 하면서…… 나는 수마에 몸을 맡기기로 했다.

이불은 덮지 않았지만 붙어있어서 따뜻하기도 하고…… 아마 몸이 식는 일도 없을 것이다.

그리고 우리는 처음으로 본인들의 의지로 침대 위에서

서로 껴안은 채 눈을 감았다.

그녀의 체온을 느끼며 나는 행복한 기분으로 잠에 빠져들었다.

……참고로 뭐, 이렇게 같이 잔 것에 대해서는 두 가지 정도의 후일담이 있다.

하나는 도중에 내 팔의 감각이 완전히 사라질 정도의 저림 현상이 일어났다는 것. 정말 깜짝 놀랐다. 다리가 저린 적은 있는데 팔도 저릴 수 있구나.

잘 생각해 보면 당연하다. 나나미 아래에 팔을 두르고 있었으니까. 아무리 이불이 부드러워도 눌리겠지……. 이건 뭐, 행복한 저림이라는 것으로…… 넘겼다.

나나미에게도 같은 일이 일어나지 않았나 했는데, 나나미는 내 머리를 감싸고 있었을 뿐이라 아무렇지도 않았다는 것이 그나마 다행이었다.

……일어난 후에 나나미가 "그럼 장래에 팔베개할 땐 조심해야겠다"라고 말한 건 좀 난감했지만. 말하고 나서 둘 다 얼굴이 빨개졌고.

언젠가 그럴 때를 위해 올바른 팔베개 방법 같은 것을 알아두는 편이 좋을까. 뭔가 검색 이력에 남는다면 조금 부끄러울 것 같기도 하다.

또 하나는…… 조금도 반응이 없는 나나미의 방에 토모코 씨가 방문한 것이다. 당연히 나나미의 방은 잠겨 있었다.

그리고 반응이 없는 방 안…….

어떤 반응을 보였는지는 말할 필요도 없다. 그렇다기보
단 역시나 이 일에는 토모코 씨조차 어떤 반응을 해야 하
는지 알 수 없어 보였다. 잔소리해야 할지, 그것마저 해도
되는 건지 아닌지.

그런 반응을 보인 토모코 씨는 처음 봤다…….

묘하게 쑥스러워하는 모습을 보자 나나미의 엄마라는
사실이 확실히 전해졌다.

어쨌든 그런 반응을 받은 덕분에 나나미도 당황해서 무
슨 일이 있었는지 다 얘기해 버리고 말았다. 하지만 그것
은 어쩔 수 없는 일이었다.

그렇게 서로 어색한 건 처음이었을지도 모르니까.

나도 방에서 엄마한테 들켰다면 그러지 않았을까. 앞으
로는 더 조심해야겠다고 결심했다.

참고로…… 우리는 안심한 토모코 씨에게 그 일로 한동
안 놀림을 받게 되었다.

"아…… 뭔가 여유롭네……."

"그러게. 이렇게 여유롭게 지내는 건 오랜만인가."

"에헤헤, 요즘은 집 데이트만 했으니까."

"그런데 괜찮아? 오랜만의 데이트니 더 멀리 나가도 좋을 텐데……."

나나미는 가까운 것도 좋다고 나에게 치아를 드러내며 웃었다. 본인이 그렇다면야.

나와 나나미는 지금 근처 공원으로 데이트를 와 있었다. 나나미한테도 말했지만 데이트도 꽤 오랜만이다. 최근에는 편지 소동이나 시험공부 등으로 바빠서 데이트를 거의 못 했으니까. 거의 매일 같이 지내기는 했지만.

편지 사건은 진전이 없었고, 추가적인 편지도 없어 아무런 소식이 없다. 오싹하니 경계는 하지만, 과하게 경계하지 않는 상태다.

그래서 이제 생활 자체는 정상으로 돌아와 있었다.

슬렁슬렁 공원을 걸으며 우리들은 따사로운 햇살을 받고 있었다. 그렇게까지 덥지는 않지만 긴팔을 입으면 좀 더운…… 그런 계절이었다. 이제 곧 여름이 오겠구나…….

둘이서 맞이하는 첫 여름이 기대되기도 하고, 어떤 일이 벌어질지 조금 불안하기도 했다. 다만 어느 것도 불쾌하지 않은 감각이었다.

오늘은 오랜만에 하는 데이트라서 행선지를 정하고 본격적으로 놀기보단 둘이서 여유롭게 보내기로 했다.

너무 이벤트가 많으면 피곤하고, 가끔은 걸으면서 수다를 떠는 것만으로도 즐겁다. 평소에도 하는 일이지만, 밖에서 하는 건 또 새로웠다.

적당히 공원을 걷다가 좀 피곤하면 벤치에 앉고, 아니면 카페 같은 곳에 들어가서 차를 마시고, 윈도쇼핑을 하러 가게에 들어가기도 하고.

목적을 정하지 않는 데이트라는 것도 즐거웠다. 둘이라서 그런 걸지도 모르겠다.

최근에는 푸드트럭 같은 것도 늘어나서 공원 안에서도 크레이프나 아이스크림 등을 편하게 살 수 있다는 점도 좋았다.

얼핏 보니 크레이프 푸드트럭에는 줄이 약간 서 있었다. 라멘 가게 줄은 본 적 있는데 크레이프 가게에도 줄을 서는구나.

"그러고 보니, 나 크레이프 먹어본 적이 없는 것 같아."

"어? 그래? 어렸을 때 부모님 졸라서 먹어본 적 없어?"

"음…… 없네, 그런 적은…….."

응, 다시 생각해 봐도 크레이프 먹은 기억이 전혀 없다.

요즘 시대엔 드문 일인가? 뭔가 인터넷 같은 데서 한때 엄청나게 본 적은 있지만, 먹고 싶다는 생각은 들지 않았다.

"나나미는 조른 적 있구나?"

"응! 어렸을 때 먹고 싶어~! 하고 사야랑 같이 졸라댔지. 뭔가 맛있어 보이지 않아? 모양도 귀엽고."

어렸을 때의 나나미라. 전에 잠깐 사진을 보여준 적이 있는데, 귀여웠지.

"고집을 부려서 곤란하게 했지만, 가끔 사줬을 때는 기뻤어."

가끔이라는 건…… 안 된다는 말을 들은 적도 있다는 거겠지.

내가 같은 상황이었다면 매번 사줬을 것 같다. 아마도 그러면 안 되겠지만, 안 되는 걸 알면서도 사주고 싶어진다.

가끔, 정말 가끔이지만…… 무한하게 모든 응석을 받아주고 싶을 때가 있다. 그것을 나나미가 원하는지 어떤지를 떠나서, 그녀의 모든 것을 긍정하고 싶어진다.

……너무 과해도 안 되겠지만.

"오늘은 먹고 싶다고 안 졸라?"

"에이, 조르는 것도 좋지만, 오히려 요신이 먹고 싶지 않아? 나나미 씨는 상냥하니까 남친의 첫 크레이프에 특별히 어울려 줄게~."

가벼운 내 물음에 나나미는 장난스럽게 대답하더니 나에게 달라붙었다. 확실히, 혼자였다면 먹지 않았을 크레이프…….

그럼 오늘은 큰맘 먹고 첫 크레이프에 도전해 볼까?

"그럼 모처럼이니 먹어볼까?"

"오랜만이라 기대된다~. 요신은 단 거랑 짠 것 중에 어느 쪽으로 할래?"

"어……? 크레이프에 짠 게 있어? 핫케이크처럼 달콤한
줄만 알았는데?"

"반죽이 달지만 의외로 치즈나 햄도 잘 어울려. 나는 달
콤한 크레이프만 먹지만."

쉽게 이미지가 떠오르지 않는다. 짭짤한 크레이프……
어떤 걸까? 조금 관심이 가네…….

"나나미는 단 걸 좋아하지?"

"응, 단 거 좋아해~. 딸기나 초코나 생크림이나~."

"그럼 나도 단 걸로 할까? 이왕이면 다른 거 사서 나눠
먹을래?"

"……응."

거기서 쑥스러워하지 말아줘, 나나미. 키스 같은 것도
하는데 왜 그렇게 이상한 곳에서 초보적인 반응을 보이는
거야……. 그런 생각을 하는데, 나나미는 자신의 부끄러움
을 감추기 위함인지 내 손을 잡고 끌고 갔다.

나나미에게 이끌려서 우리는 푸드트럭에 줄을 섰다. 줄
을 선 사람은 나 이외에 전부 여자였다.

뭔가…… 이렇게…… 여자들만 있으니 서 있기 민망했다.
나나미가 곁에 없으면 도망갔을 것이다. 나만 붕 떠 있다.

손을 잡은 채 줄을 서 있자 의외로 금방 차례가 다가와
우리는 크레이프를 선택할 수 있었다.

나는 초콜릿과 바나나 크레이프, 나나미는 딸기와 생크림 크레이프. 그렇군. 이게 크레이프인가? 생각보다 반죽이 얇네. 더 두꺼운 줄 알았는데.

역시 손을 잡고 있는 채로는 먹기 힘들어서 나도 나나미도 잠시 손을 뗐다.

크레이프는 은은하게 따뜻했고, 한입 베어 물자 쌉쌀한 초콜릿과 바나나의 단맛이 입안에 퍼졌다.

나나미도 행복한 얼굴로 크레이프를 먹고 있다. 생크림이 살짝 튀어나왔는지 입꼬리에 흰 생크림이 붙어있다.

"나나미, 크림 묻었어."

"어, 진짜? 어디지…… 으음…… 요신, 닦아줄래?"

"아, 응. 알았어."

우리는 공원 안쪽 길을 조금 벗어나 나무 그늘에서 잠시 멈춰섰다. 나는 내 크레이프를 나나미에게 건네주고 들고 다니는 티슈를 찾았다.

음…… 분명 가져왔었지? 그렇게 생각하는데, 나나미가 한 발짝 다가오며 눈을 감았다. 양손에 크레이프를 들고 있었지만, 마치 키스할 때와 같은 자세였다.

야외에서 그 자세를 보니 좀 두근거렸지만, 나는 티슈를 들고 나나미 입꼬리를 닦아주려고 했다. 그때…….

"아, 핥아서 닦아줘도 괜찮아."

나나미의 한마디에 나는 딱 움직임을 멈췄다. 무심코 그녀의 입술 옆을 봤지만, 나나미 모르게 휙휙 고개를 저었다.

"……역시, 밖에서는 못 하겠어."

"흐음…… 집에서는 해줄 거야?"

……아뿔싸, 실언했다. 아니, 실내에서도 역시 핥는 것은 좀 허들이 높다. 심지어 뺨 쪽이라면 모를까 입술 근처고.

단순한 키스보다 어려워 보였다.

핥지 않고 평범하게 나나미의 입가를 닦아준 뒤 내 크레이프를 돌려받았다. 그리고 내가 크레이프를 받아든 그 순간이었다.

"잘 먹을게~ ♪."

"앗!"

나나미가 덥석, 내 손에 있던 크레이프를 물었다. 그러지 않아도 그냥 줬을 텐데…… 갑작스러운 상황에 놀란 나는 나나미가 베어먹은 크레이프로 눈길을 옮겼다.

거기서 깨달았는데, 크레이프에는 치아 자국이…… 하나밖에 없었다. 내가 먹은 부분과 나나미가 먹은 부분 두 개가 있어야 하는데…….

둥글게 파인 곳은 한 곳뿐……. 즉…… 나나미, 내가 먹은 부분을 먹은 거야? 일부러 그런 것일까, 아니면 우연일까……. 나나미의 표정만으로는 짐작할 수 없었다.

하지만 즐거워 보이는 그녀의 표정을 보니 이걸 해보고 싶었던 거겠지. 약간의 장난 같은 것이다.

"에헤헤, 먹어버렸어. 이것도 맛있네. 자."

그리고 나나미는 나에게 본인의 크레이프를 내밀었다. ……나도 하라고? 나도 나나미가 베어먹은 곳을 먹어야 하나?

키스도 해봤고 침대에서도 자봤다. 심지어 나나미한테 적극적으로 이런저런 일을 당한 적도 있다.

그런데 왜 이런 크레이프를 어디서부터 먹을지를 망설인다고? 더 굉장한 것도 했는데?

……인간이란 신기하다.

"……안 먹어?"

고개를 갸웃거리며 나나미는 의아한 듯 물어왔다. 일단은…….

나는 나나미 크레이프 한 입 베어먹었다. 입안에서 생크림의 달콤함과 딸기의 새콤함이 퍼져나갔다. 긴장돼서 맛을 모르지 않을까 했는데 그렇지는 않았다.

"응, 이것도 맛있네."

"그렇지? 첫 크레이프는 좋은 추억이 됐네."

나는 어떻게든 평정을 가장하고 대답했다. 나나미는 환하게 웃으며 자신의 크레이프를 다시 먹으려다가…… 그대로 딱 멈췄다.

그녀는 입을 조금 벌린 채 크레이프 바로 앞에서 멈춰 있었다. 입에 손가락을 좀 넣어보고 싶긴 한데, 그건 참자.

나나미는 시선만으로 나를 보더니, 크레이프와 내 얼굴…… 아니, 입가를 번갈아 쳐다보았다. ……이제야 눈치챈 모양이네.

나는 슬쩍 나나미에게서 시선을 돌렸다. 나나미는 시선을 피한 나에게 가까이 다가오더니 얼굴에 구멍이 나지 않을까 싶을 정도로 나를 쳐다보았다.

유난히 땀이 흐르는 건 더워져서 그런 걸까? 그럴 리가.

"앗……."

나에게 얼굴을 가까이했던 나나미가 작게 중얼거렸다. 무슨 일인가 싶어 곁눈질로 나나미를 보자…… 그녀는 내가 손에든 크레이프에 시선을 떨구고 있었다.

아직 나는 건네받은 크레이프에 입을 대지도 않았다. 아까 나나미가 베어먹은 상태 그대로다. 나나미도 그것을 눈치챈 것인지…….

"……이…… 일부러 그런 건 아니었는데."

나나미가 내 가슴에 손을 얹은 상태로 작게 중얼거렸다. 아, 일부러 한 게 아니었구나……. 나는 그…… 틀림없이 알고 그런 줄 알았는데…….

"미안, 난 일부러……."

사과와 동시에 나는 자백했다. 나나미는 눈을 동그랗게 뜨고 나서 작게 미소 짓더니, 내 손을 잡고…… 크레이프를 한 입 더 먹었다.

"나도 일부러 그런 거니까, 이걸로 비긴 거야~."

그러더니 자신의 크레이프를 덥석 입에 물었다. 그대로 나나미는 내 팔을 내 입가까지 이끌었다. 그녀가 하는 대로 움직이던 나는 다시 한번 내 크레이프를 베어먹었다.

"첫 크레이프는 맛있나요?"

"……응, 맛있네."

얼굴을 붉히면서도 어딘가 의기양양한 표정의 나나미는 내 대답이 만족스러웠는지 입꼬리를 씩 올리며 미소 지었다. 그 반응에 나도 모르게 미소가 지어졌다.

나무 그늘이라서 주위에서는 보이지 않았겠지만, 야외에서 이런 대화를 하고 있다고 생각하니 조금 민망한 것 같기도 하고…… 애초에 이런 문제는 이성적으로 생각하면 안 되겠지만.

그대로 크레이프를 먹으면서 우리들은 여유롭게 공원을 산책했다. 평소에는 걷지 않았던 공원 안에는 다양한 사람들이 있었다.

벤치에 앉아 편하게 쉬는 사람들이나 공원 잔디밭에 돗자리를 깔고 그 위에 누워있는 사람, 아이와 함께 장난감을 갖고 놀아주는 아버지, 점심이 지난 시간이라 그런지 도시락을 펼치고 있는 가족도 있었다.

"공원에서 도시락 먹는 것도 괜찮은데. 도시락을 싸 올 걸 그랬나? 다음에는 피크닉 느낌으로 도시락을 싸 올까?

재밌겠다."

"그것도 괜찮겠네. 서로 반찬 만들어서 갖고 오거나……."

"좋네, 재밌겠다. 요신도 이제 요리하는 남자가 다 됐네."

"아직 나나미보단 못하지만."

그렇게 산책을 하던 우리들은 잠시 후 체인 카페를 발견했다. 계속 걷기만 했기에 잠시 쉴 겸 그곳으로 들어갔다.

오늘 데이트의 목적은 느긋하게 산책하는 것만이 아니라 하나가 더 있었는데…… 그것은 바로 여름 방학 계획을 세우는 것이다. 주로 데이트 일정이 되겠지.

데이트 중에 다음 데이트 계획을 세우는 꼴이 되겠군.

작년만 해도 나는 여름 방학 내내 게임만 하다가 여름 방학이 끝나기 직전에 서둘러 숙제를 끝내는, 아무런 계획성도 없는 나날을 보냈었다.

하지만 올해는 나나미도 있고, 하고 싶은 것도 많다. 여름 방학은 한 달이 채 안 되니까, 미리 하고 싶은 것을 정하지 않으면 아무것도 하지 못하고 끝날지도 모른다.

"일단 여름 축제는 빼놓을 수 없지. 이왕이면 유카타도 입어볼까? 분명 있었을 거야."

"괜찮네. 난 없지만. 뭐, 남자 유카타라 해봤자 거기서 거기니까."

"에이, 요신이 유카타 입은 거 보고 싶었는데……."

"아니, 아니…… 내 유카타 차림은 아마 여행 때 모습이랑 별반 다르지 않을 거야."

남자와 달리 여성용 유카타는 화려하니까. 하지만 나나미는 내 유카타 차림이 보고 싶은지 붕붕 고개를 젓고 있다.

다만 이게⋯⋯.

"유카타는 비싸단 말이지⋯⋯."

"그렇지이⋯⋯. 으으, 그래도 보고 싶어."

포기한 듯 포기하지 못한 나나미의 대사에 나는 조금 쓴 웃음을 지었다.

유카타도 그렇지만, 앞으로 여름 방학이 되면 여러모로 돈이 들어가겠지. 난 제대로 된 여름옷도 없고, 데이트 비용도 생각하면⋯⋯.

"실은, 여름 방학 때 잠깐 아르바이트할까 생각 중이야."

"어? 요신도?"

예전부터 생각하던 걸 나나미에게 전하자, 나나미가 신경 쓰이는 말을 했다. 요신'도'?

나나미도 나와 같은 생각을 했는지, 조금 멋쩍은 얼굴이었다. 나나미는 스마트폰을 눌러 사진 한 장을 보여줬다.

사진에는 조금 노출이 많은 의상을 입고 있는 오토후케 씨와 카모에나이 씨가 있었다. 딱 맞고 기장이 짧은 검은색과 흰색 상의에 같은 색의 반바지를 입고 있다.

즐거운 얼굴로 브이 사인을 하고 있고, 두 사람 사이에서 근육질의 남성이 약간 익살맞은 포즈를 취하고 있었다.

소이치로 씨……는 아닌 것 같다.

"이게 뭐야?"

"작년에 두 사람이 알바할 때 찍었던 사진이야. 오토 오빠일 때문에 두 사람 다 알바를 했거든. 나는 거절했지만 놀러는 갔었어."

몇 장의 사진을 보니 잔뜩 들뜬 두 사람의 모습이 담겨 있었다. 이렇게 보면…… 스타일도 그렇고, 도저히 고등학생으로는 안 보인다.

잠깐만, 이 사진을 지금 여기서 보여준다는 뜻은…… 설마……?!

"올해는 이 아르바이트를 해보려고…… 이틀뿐이지만."

"진짜?!"

이거 괜찮은 거야? 배꼽까지 전부 드러나는 수영복 같은 의상을 입고 사람들 앞에 선다고……?

나나미 입장에서는 위험으로 가득한 아르바이트가 되지 않을까.

"이건 작년 의상이야. 귀엽지? 올해는 또 다르다는데, 무슨 옷일지 궁금하네. 이번에도 귀엽겠지?"

"아니, 내가 걱정하는 건 그게 아니라……. 그…… 사람들이, 주로 남자들이 쳐다볼 텐데, 괜찮아?"

"허?"

"어?"

노출이 많은 것보다 귀여움이 이긴 걸까. 걱정에서 나온 내 말에 나나미가 멍한 얼굴을 했다. 예상 밖의 그 반응에 나 역시 고개를 갸우뚱했다.

아니, 방금…… 기대된다고 했잖아……?

"어?! 아, 아냐, 아냐! 나는 이 차림으로 사람들 앞에 안 나가! 뒤쪽! 뒤쪽 일손이 부족하다고 해서 그쪽에 갈 거야!"

당황한 나나미는 두 손을 흔들며 나에게 변명했다. 그 당황한 모습을 보니 정말 이걸 입고 다니는 아르바이트는 아닌 것 같다.

그렇구나. 다행이다~……! 아니, 정말로 다행이다. 진짜 다행이야. 과거 사건 때문에 시야가 좁아진 것일지도 모르겠다. 이렇게 노출 많은 옷을 나나미가 입는다고 하니까…….

"오해였구나……."

"미안! 여성들 의상 준비나 옷 갈아입는 걸 도와주거나 티켓 정리 같은 뒤쪽 일을 할 거야. 스태프가 부족하다고 해서."

응, 그러면 안심이다.

하지만 이거…… 나나미도 입게 된다는 플래그는 아니겠지? 아니, 흔히 있잖아. 급하게 입을 사람이 없어서 아르바이트생이 대타로 나간다는 전개. ……아니겠지?

"나머지는 그…… 이건 공개적인 건 아닌데…… 알바비

와는 별개지만……."

내가 나나미의 아르바이트에 대해 일말의 불안을 느끼고 있는데, 떠듬떠듬하는 말소리가 들려왔다. 양손 끝을 꼬물꼬물하며, 뭔가 다른 동물처럼 움직이고 있다.

뭔가 아르바이트에 불안한 점이라도 있나……? 그렇다면 그만두는 편이 낫지 않을까.

"그…… 올해 의상, 받을 수 있다고 하더라……."

그 순간 내 사고가 멈췄다. 그 의상을 받을 수 있어? 그런 구조야? 그러고 보니 전에 의상 이야기를 한 적이 있긴 한데……. 그걸? 받는다고?

……뭘 위해?

"단둘이 있을 때 입으면 요신이 기뻐해 줄까 하고……."

나나미는 두 손을 모은 채 고혹적인 미소를 지었다. 가게 안임에도 어딘가 야릇한 분위기를 풍기는 나나미의 모습에 나는 심장이 쿵 하고 내려앉았다.

하지만 그 분위기도 금방 사라지고 평소의 나나미로 돌아왔다. 여자는 여러 얼굴을 갖고 있다고 하더니, 나나미는 최근 들어 여러 얼굴을 갖게 된 것 같다.

그 표정을 본 나는 조금 불안해지고 말았다. 앞으로도 그녀는 점점 더 성장하면서 매력이 넘치게 될 것이다. 지금도 충분히 매력적이고, 나나미는 친구들도 많다.

이번 아르바이트만 해도 분명 내가 모르는 그녀의 모습

을 보여주겠지. 내가 모르는 지인도 생길 거고.

그것이 걱정되지 않는다고 하면 거짓말이다.

하지만 그런 직장에까지 내가 따라갈 수는 없다. 당연하다. 그건 그저 속박일 뿐이다.

그러니 나는 나나미를 믿으면서 나나미에게 지지 않도록 성장해야겠지.

"그래서 요신은 무슨 알바를 할 거야?"

"응?"

이런, 생각에 잠겨 있느라 기쁘다 어떻다 하는 대답을 하지 못했다. 기쁘지 않을 리가 없다. 제대로 표현해야지.

앞일을 걱정하기보단 지금의 나나미에게 집중하자.

"나는 쇼이치 선배한테 소개받은 곳에 가보려고. 선배가 연습 때문에 못 나가니까, 그동안 대신 일 하는 거지. 가족이 운영하는 양식당이라던데."

"선배가 양식당 알바하고 있었구나. 좋다, 그런 가게 좋아하는데."

"응. 일단 여름 방학 동안만 할 예정이야. 아마 설거지나 웨이터 같은 일이겠지."

"요신의 웨이터 차림……. 어떤 옷일까?"

아, 그런가. 나는 앞치마를 걸치는 정도만 생각했는데, 유니폼이 나올 수도 있겠구나.

그 부분에 대해서는 선배에게 아무것도 듣지 못했다. 다음에 물어볼까?

"그럼 요신이 아르바이트 시작하면 밥 먹으러 갈게. 유니폼 어떻게 생겼는지 보여줘. 분명 멋있을 거야."

"글쎄, 멋있으려나……."

평소에 교복을 입으니까 양식당 유니폼이라고 해도 거의 비슷하지 않을까……. 아니다, 애니메이션 같은 걸 보면 웨이터 옷은 의외로 교복이랑 달랐던 것 같다.

나는 스마트폰으로 적당히 웨이터 옷을 검색해서 나나미한테 보여주었다. 그러자……

"요신, 이거 빌릴 수 있으면 집에서도 입어주면 좋겠어."

농담처럼 말했지만, 나나미의 눈은 진심이었다.

말투는 그렇지 않은데, 대치하게 되면 거역할 수 없는, 반박할 수 없는 분위기가 담겨 있다……. 나는 "빌릴 수 있다면……" 하고 대답하는 것이 고작이었다.

"방에서 나는 이 옷을 입고, 요신은 웨이터 옷을 입어도 재밌겠다."

뭐야, 그 혼돈의 카오스는. 내가 상상하고 얼굴을 굳히자 나나미도 나와 같은 상상을 했는지 살짝 얼굴이 굳었다.

그 후로는 아직 하지도 않은 아르바이트 화제가 계속 이어졌다. 때로는 농담을 하기도 하고 불안한 마음을 나누기도 하며 다양한 대화가 오갔다.

"알바하는 곳에 귀여운 애가 있진 않을지 걱정이야……."

"오히려 나나미 쪽에 멋진 사람이 있는 거 아냐?"

"음…… 없을 거야. 제일 멋진 사람은 눈앞에 있으니까."

"그래……. 내 눈앞에도 제일 귀여운 사람이 있으니까 걱정 마."

내 말에 나나미는 웃어주었지만, 말과는 달리 걱정이 사라지진 않았다. 기우라고는 생각하지만. 오토후케 씨와 카모에나이 씨도 있고 소이치로 씨도 있으니까. 나나미에게 무슨 짓을 한다면 소이치로 씨가 가만히 있지 않을 것이다.

하지만 그런 식으로 그녀의 안전을 누군가에게 맡긴다고 생각하니 조금 한심한 기분이 들었다.

"아, 그리고…… 가정 교사 알바도 할까 생각 중이야. 장래에도 도움이 될 것 같아서."

생각지 못한 두 번째 아르바이트다. 가정 교사…… 아마 나나미에게는 딱이겠지. 나는 나나미에게 늘 과외를 받는 거나 다름없어서 덕분에 성적은 많이 올랐다.

이번 시험도 내가 이상한 실수만 하지 않았다면 전과목 평균 점수 이상을 받았을 것이다.

하지만 나나미가 가정 교사라면 다른 문제가 생길 것 같기도 하다…….

나는 나나미의 모습을 새삼스럽게 시야에 담고 고민했다. 음…… 건전한 남자애를 대상으로 나나미가 과외를 한다면…… 성벽이 파괴될 수도 있지 않을까……?

"참고로…… 가르치는 건 여자뿐이야?"

걱정이 담긴 내 한마디를 듣고 잠시 눈을 깜빡인 나나미는 그 말을 곱씹듯이 눈을 감더니, 금세 장난스럽게 히죽 미소 지었다.

약간의 사악함이 담긴 그 미소는 시간이 지남에 따라 점점 깊어져 갔다. 그리고 무언가에 수긍한 듯 혼자 고개를 끄덕였다.

"그렇구나…… 요신은 내가 남자애의 가정 교사를 하진 않을까 걱정되는구나……."

"아니, 걱정의 이유는 이것저것 있지만…… 응, 걱정돼."

"후후후…… 그거라면 괜찮아. 가르치는 건 여자애뿐이니까. 초등학생이나 중학생 정도의 아이에게 가르칠 생각이야."

그렇다면 안심이다. 내가 휴 하고 가슴을 쓸어내리자 나나미가 즐겁다는 듯 웃음을 터뜨렸다. 너무 표정에 다 드러났나 싶어 반성했지만, 나나미가 즐거워 보이니까 상관없나.

"그래도 너무 걱정하는 거 아니야? 초등학생 남자애라면 괜찮을 것 같은데……."

"아니, 오히려 그게 더 걱정일지도……."

"그래?"

응, 나나미도 걱정이지만 그 남자도 걱정된다. 자칫 잘 못하면 공부에 손이 안 가지 않을까? 중학생 남자라면 더더욱 위험하다.

중학생 정도의 남자라면 좋지 않은 일도……. 아니, 과외를 부탁할 정도로 성실하다면 괜찮을까……?

이런 것도 과한 걱정인 걸까? 이번 여름 방학 동안 그런 쓸데없는 걱정을 하지 않는 넓은 아량을 가지는 훈련도 해봐야 하나…….

그리고 여름 방학이 끝난 후에도 아르바이트를 할 수 있도록 노력하자. 돈을 모으면 나나미에게 평소 과외의 보답을 하고 싶다.

모은 돈으로 좀 규모 있는 여행도 하고 싶다. 찾아보니까 고등학생 간의 여행은 보호자의 허락만 있으면 할 수 있다고 한다. 평소의 보답도 할 겸 여러 가지 것들을 하고 싶다.

응, 여러모로 꿈이 늘어가네……. 일할 의욕도 생겨나는 것 같다.

"서로 첫 아르바이트 열심히 하자."

"그래, 힘내자."

나나미는 손을 뻗어 내 손을 꽉 잡아주었다. 그것만으로 몇 시간은 일할 수 있을 것 같았다. 첫 아르바이트에 대한 불안감도 눈에 띄게 희미해져 갔다.

그렇게 아르바이트에 대한 모티베이션을 올렸는데……

앞으로 나는 내 생각의 안이함이랄까, 어리석음을 통감하게 된다.

그보다는 왜 지금까지 그것을 신경 쓰지 못했을까 하고 자신의 불찰을 부끄러워하게 된다. 알아차리려면 언제든지 알아차릴 수 있었을 텐데.

그것은 나나미의 아무렇지도 않은 한마디로 인해 밝혀졌다.

"그러고 보니 요신은 생일이 언제야?"

갑자기 그런 말을 들은 나는 순간적으로 12월…… 겨울에 태어났다는 것을 전했다. 왜 생일을 물어보는 건가 했는데, 다음 한마디에 나는 몸이 굳었다.

"그렇구나, 내가 8월 7일이니까……."

……어? 나나미 8월생이야?

8월생이라는 말을 한 뒤에도 계속해서 무슨 말을 하고 있었지만…… 거기까지는 내 머릿속에 들어오지 못했다.

"나나미 생일이 8월이야?!"

"앗, 깜짝이야."

갑자기 내가 소리를 지르자 나나미가 흠칫 몸을 떨었다. 아니, 하지만 나도 이야기를 듣고 깜짝 놀랐다. 날벼락을 맞은 기분이었다.

"그렇구나, 말 안 했었나? 응, 내 생일, 8월 7일이야. 여름 방학 중에 17살이 된답니다~."

나나미는 브이 사인을 하면서 어딘가 의기양양한 얼굴을 해 보였지만, 난 그것을 신경 쓸 겨를이 없었다. 당연하다. 나나미 생일이 여름 방학 중에 있다는 말을 들었는데 당황하지 않을 리가 없다.

누구에게나 생일이 있지만, 나는 부모님께 축하받는 게 전부라 전혀 신경 쓰지 못했다…….

소셜 게임에서 생일을 설정해 두면 캐릭터에게 축하를 받거나 아이템을 받으니까 그것으로 생일을 인식할 정도였고. 그다지 중요도 높은 이벤트는 아니었다.

변명이지만 그래서 나는 내 여자친구 생일도 지금까지 몰랐다. 이 세상의 연인들은 상대방의 생일을 어떻게 아는 거지?

설마 만났을 때 자기소개나 연락처 교환 같은 걸 하면서 "생일이 몇 월이에요?"라는 말은 안 하겠지? 응, 보통은 안 할 것 같다.

"으음…… 축하해."

"아냐. 아직 일러. 그래도 고마워."

너무 혼란스러워서 이상한 타이밍에 축하의 말을 해버렸지만, 나나미는 즐거운 듯 웃고 있었다. 그렇구나…… 생일……. 여름 방학에 할 일이 또 하나 생겼네.

게다가 긍정적으로 생각하면 나나미 생일이 이미 지났거나 모른 채로 생일 축하를 지나치지 않은 것만으로도 천만다행인 일이었다.

"하지만 그렇구나. 요신이 12월생이면 내가 조금 누나네. 흐음, 그래애⋯⋯."

나나미는 작게 중얼거리더니 잠시 생각에 잠겼다. 그리고⋯⋯ 그 얼굴에 묘하게 부드러운 미소를 지어 보였다. 굉장히 다정하지만 알 수 없는 사악한 분위기가 느껴졌다.

"저기, 요신? 누나라고 불러볼래?"

"어째서?!"

"뭐 어때~. 남동생이 있는 기분을 한번 느껴보고 싶었거든."

"학년도 같고 겨우 몇 개월 차이잖아⋯⋯. 그리고 나나미 여동생도 있잖아."

여동생과 남동생은 전혀 다르다고 나나미는 그 후로도 나에게 누나라고 불러달라고 졸라댔다. 설마 크레이프 때 들었던 조름을 여기서 해 버릴 줄은⋯⋯.

결국 나는 나나미에게 '생일에 누나라고 부르겠다'라는 약속을 하고 말았다.

설마 그녀를 누나라고 부르게 될 날이 올 줄이야⋯⋯.

그것과는 별개로⋯⋯ 제대로 생일 선물을 생각해 둬야겠지.

큰 즐거움과 약간의 불안감을 품은, 나나미와 함께하는 첫 여름 방학이 바로 코앞까지 다가왔다.

남자친구와 함께하는 첫 여름 방학, 그 말만으로도 나는 너무 두근거렸다. 상당히 들뜬 것일지도 모른다.

편지 사건이나 불안한 요소는 조금 있었지만, 그것만 신경 쓰고 있으면 아무것도 못 할 테니까……. 조심은 하면서도 지나치게 조심하지는 말자는 생각이었다.

사실 여름 방학 계획은 별로 세우지 않았지만, 이것저것 요신과 함께하고 싶은 것들을 이야기하면서 결정했다.

이벤트는 준비하는 시간도 즐겁다고들 하던데, 이번에도 그랬다. 여러 가지 하고 싶은 것들이 너무 많아서 여름 방학이 평소보다 짧게 느껴졌다.

그러고 보니, 요신의 생일을 알게 된 것도 좋았다.

12월생이다. 12월에는 크리스마스 말고 그의 생일 이벤트가 있는 건가. 정월도 있고, 연말에는 즐거움으로 가득하겠네.

여름 방학도 아직인데 벌써 겨울을 생각하는 것도 좀 웃기지만. 그래도 기대되는 이벤트가 많다는 것은 좋은 일이다.

그러고 보니 세상의 커플들은 서로의 생일을 어떻게 알

려주는 걸까? 이번에는 내가 우연히 말했기 때문에 알게 된 거지만…….

나도 말하는 걸 잊고 있었다. 하지만 사귀다가 갑자기 '생일은 몇 월 며칠이야'라고 말하는 것도 이상하지 않나?

뭐, 이거면 된 거겠지. 남들이랑은 다를지도 모르지만.

결과적으로 생일 축하를 조른 꼴이 된 건 아닐까…….요신은 어떻게 생각했을까? 깜짝 놀라긴 했는데.

그런 식으로 여러 이야기를 했는데, 여름 방학 계획을 이야기하는 와중에…… 한 가지 사실을 깨달았다.

이건 아마 나도 요신도 예상치 못한 일이었을 것이다. 서로 아르바이트한다는 얘기도 나왔고, 요신은 보충 수업도 있어서 아마도 못 만날 것 같은 날이 생겼다.

거기서 깨달았다.

우리…… 여름 방학에 오히려 만나는 날이 줄어든 거 아닌가……?

아니, 정말로 예상하지 못했다. 주말에는 데이트하고 평일에는 학교에서 만나고 밤에도 비교적 한쪽 집에서 같이 있으니까.

냉정하게 생각해 보니 알게 된 이후로 거의 매일 만나고 있다.

혹시 하루 정도는 못 본 날이 있지 않았을까 싶었는데, 적어도 나는 그와 만나지 못했던 날을 떠올리지 못했다.

그 정도로 매일 같이 있었다.

그런데 설마 여름 방학에 오히려 떨어지게 될 줄이야.

조금 불안하다. 매일 만나다가 요신을 못 보는 날이 생긴다면 난 괜찮을까?

그를 만날 수 없는 날을 견딜 수 있을까?

그런 생각이 머리를 스쳤다. 그를 속박하고 싶지는 않지만, 갑자기 그런 변화가 생기면 당황스럽잖아.

그걸로 요신의 마음이 나에게서 멀어지진 않겠지만, 조금 걱정되는 것도 사실……. 내가 생각하기에도 감정이 무겁달까, 걱정이 너무 과하달까…….

그때, 내 안에서 '혹시 매일 만나는 게 오히려 특수한 건 아닐까……?' 하는 의심이 생겨났다. 늘 같이 있는 게 자연스러웠는데, 사실 아닐 수도 있지 않을까.

반에서 남자친구가 있는 아이들은 어떠려나……. 물어볼까?

가장 먼저 하츠미네에게 물어봤더니 『우리는 매일 볼 수 없으니까, 매일 볼 수 있으면 보고 싶지. 그게 평범하지 않나?』라는 대답이 돌아왔다.

그렇구나, 하츠미네는 애초에 만날 수 없는 날도 있구나. 오토 오빠도 슈 오빠도 혼자 사니까……? 그래도 혼자

사는 쪽이 만날 기회는 더 많을 것 같은데…….

하츠미네에게 물어본 뒤 다시 다른 친구들에게 물어보니 의외의 대답이 돌아왔다. 모두에게서 온 의견은 이렇다.

『나는 매일 만나고 싶지만, 남자친구는 만나는 빈도를 줄이고 싶어 해서 싸우는 중이야.』

『남자들은 매일 만나면 질린다고 들어서 만나는 빈도는 줄이고 있어.』

『사회인이라 매일은 못 봐. 가끔 만나면 너무 좋아서 불타오르지.』

『일주일에 세 번 정도려나. 요즘은 만나도 그것밖에 안 하니까 슬슬 헤어질 것 같아.』

……뭔가 꽤 적나라한 의견도 있구나. 나는 보는 것만으로도 얼굴이 빨개졌다. 특히 마지막 건 뭐야. 게다가 헤어진다니…… 헤어지기로 했다니…….

들으면 들을수록 혼란스럽긴 했지만 매일 만나는 사람이 더 소수였다.

그건 그렇고 남자는 매일 만나면 질려……? 질리는 거야?! 그건 처음 알았다. 이런 일이 아니었다면 평생 몰랐을 것이다.

그렇다면 내가 하는 일은 역효과다. 하지만 질린다고 해도 별로 감은 오지 않는다. 어쩌면 앞으로……?

음…… 그런 일은 없어, 분명 없을 거야.

그 후로도 계속해서 친구들에게 연락이 왔지만, 동아리 활동, 아르바이트, 일, 다른 친구들과의 일정 등…… 여러 가지 이유로 매일 만나지 않는 사람이 더 많았다.

 결과적으로는 우리가 더 소수파였다.

 그렇구나……. 우리가 특수했던 거야……. 매일 볼 수 없으면 불안하고 외로운데, 다들 그렇지는 않구나.

 요신은 어떨까? 비교적 어른스럽게 생각하니까 만날 수 없어서 외롭진 않으려나? 아니면 만날 수 없는 날이 많아서 외롭다고 생각해 줄까?

 데이트할 때는 만날 수 없는 날이 있다니 신기하네, 라고만 말하고 끝났기 때문에 어떻게 생각하는지까진 물어보지 못했다……. 나도 그때는 생각이 정리가 안 됐었고.

 고민이 될 때는 본인한테 물어보는 게 최고지. 전에 요신도 아무 말 없이 상상하고 지나치는 게 더 싫다 그랬었고.

 우선 나는 대답해 준 친구들에게 감사의 인사를 전하고…… 요신에게 전화를 걸었다.

 아까까지 함께 있었으니 전화를 받기까지 조금 시간이 걸리지 않을까 했는데 금세 그의 목소리가 들려왔다.

 『여보세요? 나나미, 무슨 일이야?』

 "요신, 갑자기 미안해, 지금 괜찮아?"

 『괜찮아. 무슨 일 있어? 목소리에 기운이 없는 것 같은데.』

 어? 그런가? 의식하고 그랬던 건 아닌데, 목소리에 힘이 없었나? 눈치챈 것은 좀 기쁘다.

서론을 길게 끌면 좋지 않을 것 같아서 나는 아까까지 생각하던 것을 요신에게 전했다. 만나는 빈도에 대해…… 어떻게 생각하냐고.

요신은 내 말을 잠자코 들었다. 걱정이 과하다며 웃는 일도 없이, 그저 내가 말을 끝낼 때까지 계속 가만히 들었다. 그래서 나도 안심하고 이야기를 전할 수 있었다.

『그렇구나. 다른 커플은 매일 보지 않는 경우가 많구나.』

"그런 것 같아. 그래서 조금 불안해져서…… 특히 매일 만나면 질린다는데…… 정말일까?"

『음…… 질린다…… 질린다라…….』

내가 모든 것을 전하자, 그는 질린다는 말을 듣고 신음했다. 혹시 짐작 가는 것이 있나 했지만, 그의 대답은 그렇지 않았다.

『어려운 문제네. 그래서 나는 나나미가 나한테 질리지 않도록 노력하고 싶어.』

어? 어느새 내가 질린다는 이야기가 된 거지? 혹시 전달이 잘 안 됐나?

『질리냐 안 질리냐 하는 이야기는 상대방을 지루하게 하느냐 아니냐와 연관이 있겠지. 그러니까 뭐, 언제나 나나미가 즐거울 수 있도록 노력하면 되지 않을까. 뭐, 내가 나나미에게 질릴 일은 없겠지만.』

"나도 그래. 요신에게 질릴 리도 없고, 애초에 사람과의 교제에 싫증이 난다는 감각을 모르겠어……."

그렇단 말이지. 질린다고 말하는 애도 있었는데, 애초에 그건 어떤 느낌이지?

아니, 말의 의미는 안다. 하지만 그것이 사람을 대상으로 일어난다는 것이 잘 와 닿지 않는다.

『나나미도 그렇게 생각해 줘서 기뻐. 하지만 뭐라고 해야 할까, 그것과는 별개로 질리지 않으려는 노력이 필요하지 않을까.』

그는 거기서 생각에 잠기듯 말을 잠시 끊었다.

『생각이 잘 정리되진 않았지만, 만약 내가 나나미에게 질리면, 아마 나나미도 나에게 질리겠지. 그러니까 그렇게 되지 않도록 노력해야지.』

……그런 일이 있을까? 요신도 그런 미래는 상상할 수 없지만, 하고 어딘가 힘없이 웃었다.

『미안해, 이상한 얘길 해서. 그래서 어쨌든, 첫 번째 질문…… 만날 수 없는 것에 대해서 말인데, 외롭긴 하지만 여름 방학은 그걸 대비한 훈련이 된다고 생각해.』

"훈련? 그게 무슨……."

『나와 나나미는 지금은 계속 함께 있지만, 앞으로도 계속 그렇다고 보긴 어렵잖아. 대학이나 직장이 있을 테니까.』

"아, 응, 그렇지, 그럴 가능성도 있지……."

그의 말대로, 내가 선생님이 되려면 교직 과정을 거쳐야 할 거고, 요신이 같은 대학을 선택하더라도 같은 수업을 듣는다는 보장은 없다. 아무래도 떨어질 때가 찾아오겠지.

『그러니까 그때를 대비해서 만날 수 없는 날엔 어떻게 지낼지도 고민해보고, 나나미를 너무 걱정한 나머지 속박하지 않기 위한 훈련도 되지 않을까 싶어.』

"속박이라니……. 요신도 그런 생각을 해?"

『물론이지. 나도 나나미가 걱정되니까. 너무 걱정돼서 온종일 함께 있고 싶지만, 그게 과연 옳은 일일까?』

……그렇구나. 요신은 늘 아무렇지도 않아 보여서 괜찮은 줄 알았는데, 사실 그 부분의 속사정은 나와 거의 다르지 않았구나.

그건 좀…… 기쁘긴 하지만 동시에 왠지 미안해지고 말았다.

나도 가능하면 종일 같이 있고, 아무 데도 가지 않고, 서로만 볼 수 있다면 좋겠다고 생각한 적이 있지만, 그건 건전한 관계가 아니겠지.

이런 걸 뭐라고 하더라. 멘헤라? 얀데레? 전에 어디선가 살짝 들었다.

"그렇구나. 요신도 걱정되고 외롭다고 생각하는구나."

『그럼. 하지만 걱정이란 뒤집어 말하면 상대를 온전히 믿지 않는다는 뜻이기도 하잖아? 이런 건 균형의 문제이지.』

"균형이라……."

『나는…… 우리는 이런 부분에서 아직 초심자니까, 신중하게 생각하고 연습해야 한다고 생각해.』

하긴 그렇다. 나도 요신도 사귀는 것은 처음 있는 경험이니까. 그 부분을 의식하고 행동하지 않으면 잘못됐을 때 큰일이 날지도 모른다.

공부는 내가 요신에게 알려줄 수 있지만, 이런 문제는 함께 공부해야 한다.

하지만 공부라고 하면…… 목표 설정이 중요한데.

"그럼 여름 방학 중에 목표를 정하지 않을래?"

『목표? 어떤……?』

"예를 들면…… 사귄 지 1년이 되는 기념일에 뭔가 한다든가."

나는 속으로 조금 두근거리면서 요신은 뭐라고 대답할까 하는 기대를 담아 목표에 대해 말했다.

물론 1년 기념일에 무엇을 할지 구체적으로 정하지는 않았다. 이상한 의미도 전혀 없다…… 없어, 진짜. 정말로. 하지만 1년 기념일에 뭔가 하자는 말을 요신에게 듣는다면…… 뭐든 해버릴지도 모른다.

그게 뭐가 될지는 모르지만, 여름 방학에 목표를 정하고, 그것을 위해 여러 가지 쌓아가면서 준비하다 보면…… 분명 1년은 눈 깜짝할 사이일 것이다.

요신은 무슨 말을 해줄까 생각했더니, 그는 조용히……
천천히 입을 열었다.

『내가 어렴풋이 한 가지 생각한 게 있거든. 앞으로도 알바를 계속해서 돈을 모아야겠다고 생각하게 된 계기가…….』

"뭐 갖고 싶은 거라도 있어?"

『갖고 싶은 거랄까…… 장래엔 대학을 가든 전문학교에 가든…… 그…… 18살이 되면 어른이 되잖아?』

"그렇지?"

음, 그렇구나. 내년이면 18살이다. 요신도, 나도.

술은 아직이겠지만, 그래도 어엿한 어른이 되는 건가? 좀 기대된다. 하지만 중학교 때부터 어른이라는 자각을 가지라는 말을 들어왔기 때문에 새삼스럽다는 생각도 들었다.

그것도 신기하지. 어른이라는 자각을 가지라고 하면서 정작 무슨 일이 생기면 어린애니까…… 라는 식으로 말하니까. 어른 취급을 하고 싶은 건지 애 취급을 하고 싶은 건지.

뭐, 적당한 분별력을 지니라는 거겠지. 분명 계속 듣게 될 것이다. 나도 분명 장래엔 말할 것 같고.

『그래서 말인데, 그…….』

요신은 왠지 말을 꺼내는 것이 어려워 보였다. 보기 드물게 머뭇거리는 모습이었지만, 이제는 내가 그의 말을 기다릴 차례다. 천천히 기다리는 것도 좋지.

『18살이 되면…… 고등학교를 졸업할 때쯤 자취를 시작할까 생각 중이야. 앞으로 어느 길로 가든지 부모 곁에서 떨어져 보려고.』

자취 생활.

좋겠다, 나도 그 생각은 좀 했었는데. 하지만 아빠가 대학까지는 집에서 다녀도 되지 않겠냐고 했었다.

혼자 살면 여러모로 걱정할 것도 많고, 집에 있는 편이 아르바이트를 해도 돈을 모으기에는 더 좋을 거라고…….

좀 고민은 했지만, 그것도 괜찮지 않을까 생각했었다.

그래서 나는 지금 혼자 살 생각은 없는데, 요신은 다른 것 같다. 그 결단이 부럽기도 하고 좀 걱정되기도 했다.

괜찮을까 생각하는데…… 놀라운 말이 내 귀에 와 닿았다.

『근데, 그때쯤이면 우리가 사귄 지 1년 이상 지났을 때잖아? 그러니까 그때…… 나나미도 같이 있으면 좋겠다 싶어서…….』

그의 말에 나는 말문이 막혔다. 그렇다기보다는 요신의 말을 곧바로 이해할 수가 없었다고 해야 할까.

같이? 이건 즉…….

내가 말이 없는 것을 요신은 어떻게 생각했는지 모르겠지만, 그는 당황한 듯 빠른 어조로 말을 이었다.

『미안, 잊어버려! 아니, 딱히 이건 당장 한다거나 반드시 한다는 게 아니고, 나나미의 의견도 물어봐야 한다고 생각했어. 그게 아니라 그, 1년이 지나자마자 바로는 어려울 거고, 부모님의 허락도 필요하고, 뭣하면 혼자 살 거니까 놀러 오라는 얘기일 뿐이고…….”

“이게…… 그러니까…… 같이 살자는 뜻이야?”

계속 떠들던 그가 거기서 말을 딱 멈췄다. 나도 그 이상은 더 말을 잇지 못했다.

서로 침묵이 이어졌다.

그 침묵이 깨진 것은 거의 동시. 하지만 분위기는 전혀 달랐다.

『응……. 아, 하지만…….』

“하자!”

즉답했다.

좀…… 꽤 큰 소리가 나와 버려서 깜짝 놀랐을지도 모르겠다. 게다가 뭔가 요신이 하려던 말과 겹치고 말았다.

그리고 “하자”라니…… 좀 더 다르게 대답할 수도 있었잖아. 너무 흥분했어.

어라, 요신의 대답이 없다. 뭐지? 무슨 일 있나?

『귀가…….』

“아…… 미, 미안…….”

여, 역시 목소리가 너무 컸구나……. 개인적으로도 역대 최고의 성량이었다. 노래방에서 불렀을 때보다 더 컸을지도 몰라.

아까와는 다른 이유로 요신이 침묵해 버렸다.

『으음…… 어디까지 이야기했더라?』

"내 목소리가 너무 커서 기억이……."

방금 말했던 내용을 잊을 정도였나……? 이건 다음에 만났을 때 사과해야겠다.

혼란스러워하는 요신에게 나는 조금 전까지의 이야기를 정리해서 전해 주었고…… 조금 기대하며 다음으로 이어질 말을 기다렸다.

『맞다, 자취. 자취 생활 말인데…… 음, 그렇지. 최종적으로는 둘이서 살 수 있으면 좋겠다고 생각했어.』

"최종적으로는?"

어라? 뭔가 아까보다 톤이 다운된 것 같은데? 최종적이라는 건 어떤 걸까. 뭔가 문제라도…….

『사실상 같이 살게 되면 여러모로 넘어야 할 장벽이 많을 거야. 부모님의 허락이라든가, 진학이라든가, 돈이라든가, 여러 문제가 있겠지.』

"아, 그렇지……. 그래서 최종적이라고 한 거구나."

듣고 보니 그렇다. 나도 들떠서 살겠다고 하긴 했지만, 문제가 한둘이 아니다. 특히 아빠는 내가 집을 나가는 것에 반대할 것 같고…….

『그리고 내 생각이지만, 만약 우리가 같이 살면, 매일 얼굴을 마주치지 않더라도 안심감이 생기지 않을까.』

"아, 그렇구나! 확실히 그럴지도 몰라. 하지만 같이 산다

면 결국 매일 만나는 거 아냐?"

『꼭 그렇지만도 않을걸. 서로 사정이 있을 테니까. 얼굴을 보지 못하는 날도 있겠지. 우리 부모님만 해도 그런 상황이잖아?』

하긴. 확실히 그럴 수도 있겠구나. 그래도 같이 산다면, 집에 돌아가면 요신이 있다고 생각할 수 있으니 견딜 수 있을지도 모른다.

……즉 그렇다는 건 내가 "어서 와"라고 말할 일도 있다는 걸까.

내가 좀 일찍 퇴근해서, 아무도 없는 집을 좀 쓸쓸하게 느끼면서도 사 온 식자재로 요리를 하고…… 요리하는 중에 요신이 돌아오고, 나는 그에게 어서 오라고 말하고…….

……좋다, 너무 좋다. 앞치마 차림으로 마중을 나간다거나…….

『……아직은 단순한 구상단계이니까. 실제로는 내가 생각지도 못한 문제점도 있을 거야. 다만 해보지 않으면 모르니까 현재의 목표로 삼기엔 좋지 않을까 하고.』

"흐어? 아, 응, 그렇지. 응, 그럴지도 모르겠네."

망상이 조금 폭주한 나에게 그의 냉정한 의견이 와 박혔다.

확실히 관문이 굉장히 높아 보인다. 돈도 많이 들 거고. 그럼 나도 열심히 모아야겠지.

그리고 나와 요신은 장래에 산다면 어떤 집이 좋을지, 가사 분담을 한다면 어떻게 할지 하는 이야기로 달아올랐다.

　장래에 대한 상상…… 이라는 느낌으로, 별로 현실적이지 않을지도 모르지만, 그래도 조금 전까지의 불안감이 씻겨나갈 정도로 무척 즐거운 이야기였다.

여름 방학.

학생에게 있어서는 고대하던 장기 연휴이며, 그 기간은 약 1개월…… 지역에 따라서는 1개월 이상이나 된다고 들은 적이 있다. 아쉽게도 우리 고등학교는 한 달이 안 되지만.

아무튼 그런 여름 방학이라는 귀중한 장기 휴가에 작년의 나는 무엇을 했는가 하면…… 게임 삼매경이었다.

아침에 일어나서 게임을 하고, 점심을 먹고 게임을 하고, 밤에도 다시 게임을 했다. 그것도 기본적으로는 똑같은 인터넷 게임을 계속했다. 여름 방학 한정 이벤트를 반복하는 것이다.

랭킹을 걸고 치렀던 당시의 대격투는 지금도 기억하고 있다. 다른 팀과 추격전을 벌이는 것을 본 바론 씨가 『어? 아직도 하고 있어?』라며 어이없어했던 것도 좋은 추억이었다. 피치 씨도 어이없어했었나.

그만큼 나는 게임에 푹 빠져 있었다.

지금 와서 생각하면 잘도 그렇게 푹 빠져 있었구나 하고, 내가 생각하기에도 감탄스럽다. 그때의 열정을 지금 떠올리라고 해도 이제는 무리다.

열정을 쏟는 곳이 달라졌다고 할 수 있겠지.

아니, 이렇게 말하면 새로운 열정을 쏟을 곳을 발견하면 지금의 열정은 식는다는 것처럼 들리니 오해를 부를 것 같다. 우선순위가 바뀌었다고 말하는 것이 적절하려나.

아무튼 여름 방학이다. 대망의 여름 방학.

그 첫날인데…… 나는…….

"왜 나는 여기에 있는 거지……."

"그건 네가 낙제점을 받았기 때문이지. 미스마이의 경우는…… 근래에는 거의 볼 수 없는 케이스였지만."

선생님이 프린트를 나눠주며 한숨을 뱉은 내 말에 대답해 주었다. 그런 반응을 해주는 것도 이 교실 안에 사람이 적기 때문이었다.

그 말에 반박할 말도 없었지만, 가볍게 넘겨준 것이 감사했다. 정말로 바보 같은 이유였으니까.

선생님은 나 이외의 다른 아이에게도 프린트를 건네주었다. 실로 놀랍게도…… 수학 보충 수업 대상 학생은 우리 반에서 두 명뿐이었다.

그럴 수가 있나? 싶었지만 그럴 수가 있는 것 같다. 뭐, 자신의 반에서 보충 수업을 받는 거니까 어디까지나 우리 반에 한정된 이야기다.

분명히 다른 반 아이들도 한꺼번에 모여서 하는 건 줄

알았는데, 여러 가지 사정으로 인해 각자의 반에서 받는다고 한다. 각박한 세상이다.

뭐, 나로서는 감사했다. 같은 반 아이조차도 이야기해 본 적이 없는 애들이 많은데, 다른 반의 아이까지 더해진다면…….

참고로 또 다른 보충 수업 대상자는 여자애였다. 대화해 본 적 없는 아이다.

그 아이는 딱히 내 쪽을 신경 쓰지 않고 선생님께 프린트를 받아들고 말없이 그것에 시선을 떨어뜨렸다. 나도 낯을 가리는 편이라 다행이었다.

"자, 4일 보충 수업으로 그 프린트를 다 끝내면 끝이야. 기본은 자습이고 모르는 건 서로 알려줘도 돼. 단, 답을 그대로 베끼는 건 안 돼."

사실 수학에서 답을 통째로 베끼는 건…… 정답이라면 그나마 다행이지만 만약 틀리면 비참해질 테니 그런 짓을 하는 애는 없겠지.

의외로 수학에서 실수하는 포인트는 사람마다 다른 법이고, 그것이 완전히 겹칠 확률은 엄청나게 낮다……. 그보다 애초에 서로 가르쳐 주는 것조차 불가능하다.

……왜냐면 나, 이 애 이름도 모르는걸.

"빨리 끝내면 그만큼 보충 수업도 빨리 끝날 거야. 뭐, 4일 치 프린트니까 그렇게 빨리는 못 끝내겠지만."

수십 장은 되는 프린트 뭉치에 시선을 떨어뜨렸다. 확실히 이 정도면 하루로는 힘들 것 같다. 4일로도 가능할까……. 아니, 4일이면 그나마 가능성이 있으려나.

"마지막에는 서로 채점해서 선생님한테 가져와."

"네?"

선생님은 그 말만을 남기고 다른 반으로 이동했다. 아뇨, 잠깐만요. 대화해 본 적도 없는 여자애랑 서로 채점하다니, 너무 벽이 높은데요.

그런 건가, 같은 반이니까 괜찮다고 생각한 걸까. 젠장, 날 얕보지 말라고. 얘기해 본 적 없는 반 애들이 얼마나 많은데.

……허무한 기분이 들었다. 프린트나 하자.

오늘은 나나미와는 아침부터 개별 행동을 하고 있었다. 보충 수업까지 같이 등교할 수는 없으니까. 다만 점심은 같이 먹기로 약속했다.

아무래도 도시락을 싸서 오는 것 같다. 그것만으로 벌써 데이트하는 기분이 드는 것이 신기했다.

오토후케 씨와 카모에나이 씨도 같이 온다고 하니 점심은 오히려 평소보다 더 떠들썩해질지도 모른다. 점심시간이 기대됐다.

그건 그렇고…….

나는 문제를 풀면서 지난 일을 회상했다.

아니, 떠올랐다…… 갑자기 찾아온 생각이니 떠올랐다고 하는 것이 맞겠지.

얼마 전 나는 나나미에게 엄청난 발언을 해버렸다.

같이 살지 않겠냐고…… 뭐, 직접적으로 그렇게 말한 건 아니지만. 자취할 때 나나미가 있었으면 좋겠다고 생각한 건 사실이다.

이번 편지 같은 일이 생겼을 때 함께 있는 편이 지켜주기도 쉽지 않을까 하는 생각도 있었고. 다만 그건 좀 자만이 아니었나 싶기도 했다. 어차피 내가 할 수 있는 일은 뻔하니까.

그래도 나나미가 기뻐해 준 것은 그나마 다행이었다.

그런 목표를 직접 말했는데…… 지금의 내 모습은 너무 꼴사납다. 이렇게 보충 수업을 받으면서 무슨 자취야. 그거랑 이건 무관할지도 모르지만.

자취하려면 앞일이 산더미다. 집안일도 할 수 있어야 한다. 지금은 요리는 할 수 있어도 빨래나 청소 같은 건 해본 적도 없다.

그것을 목표 삼아 지금부터 준비…… 아니, 할 수 있는 것을 조금씩 늘려가야 한다. 분명, 장래에 자취를 못 한다 해도 헛수고는 아닐 테니까.

"저……."

그건 그렇고 나나미는 일부러 도시락까지 만들어 오겠

다고 했었지. 여름 방학 첫날부터 미안하네……

내 보충 수업만 없었어도 첫날부터 데이트했을 텐데. 다만 매일 데이트하려면 돈이 부족했을 테니, 어쩌면 딱 좋았으려나.

뭐, 4일간의 보충 수업이 끝나면 바로 여름 축제다. 시베즈 선배네와도 약속이 있으니 그것을 기대하며 우선 보충 수업을 열심히 하자. 아니, 목적은 또 있지만……

그래도 기대되는 것엔 변함없다. 내 기억상으로는 첫 여름 축제다. 나나미는 유카타를 입고 온다고 했던가…… 어떤 유카타일까? 기다리는 즐거움이 있을 것 같다.

"음…… 저기……?"

첫 아르바이트도 하게 됐고…… 처음 받은 아르바이트비는 어디에 쓸까. 부모님이나 신세를 진 사람에게 뭔가 사주는 것도 좋겠다. 나나미한테도 뭔가 선물하고 싶다.

김칫국을 마신다는 건 딱 지금의 나에게 어울리는 말이었다. 애초에 아르바이트는 처음이니까 어떻게 일하면 좋을지도……

"저기, 미스마이 군……?"

"어? 나?"

갑자기 들려온 말에 나는 소리가 난 방향으로 고개를 돌렸다. 목소리의 주인은 조금 전의 같은 반 여학생이었다. 나한테 말을 걸었어?

자세히 보니 그녀는 프린트를 들고 어느새 내 바로 옆에 서 있었다. 이런저런 생각을 하고 있던 탓에 가까이 와 있었다는 것 자체를 전혀 깨닫지 못했다.

음…… 무슨 일이지?

"저기, 알려줬으면 하는 게 있어서……."

나한테? 이런 말을 들은 적이 처음이라 나는 어떻게 반응해야 할지 알 수 없었다. 음…… 어떻게 알려줘야 하는 거지.

그녀의 겉모습은 전형적인 반장 같은 느낌이었다. 안경에 땋은 머리, 목까지 잠긴 셔츠에 긴 치마……. 평소의 나나미와는 정반대다.

적어도 여름 방학 때 보충 수업에 나올 것 같지는 않다. 보충 수업을 감독하러 왔다고 해도 믿었을 것 같다.

"음. 내가 알려줄 수 있는 거라면……. 프린트 내용…… 맞지?"

뭔가 묘하게 한심한 말투가 나와버렸다. 프린트 내용이라니, 뭘 당연한 걸 묻는 거야. 여학생 양은…… 뭔가 이 말투 보건 선생님 같네……. 아무튼 여학생은 수줍은 얼굴로 작게 고개를 끄덕였다.

모르는 부분은 프린트의 첫 부분. 나도 힌트 없이 알 수 있는 문제였다. 그것을 가능한 한 알기 쉽게…… 내 나름대로 알기 쉽게 알려주었다.

그것을 여학생은 술술 풀어갔다. 딱히 내가 알려주지 않아도 괜찮지 않았을까, 이거……?

"……미스마이 군, 바라토 씨와 아직 사귀고 있구나."

문제를 풀다가 그런 말을 듣고 말았다. 음, 혹시 성실한 사람에게는 불순해 보인다거나, 그런 걸까.

그런 걱정을 하면서도 나는 조심스레 대답했다.

"응. 사귀고 있어."

"그, 전에 다쳤던 건…… 이제 괜찮아? 머리에 양동이를 맞아서 다쳤다고 들었는데."

"아아, 응. 생각보다 상처가 얕아서 아무렇지도 않았어."

초면인 또래 여자와의 대화는 이렇게 하면 되는 건가. 익숙해질 수밖에 없겠지만, 아무래도 어색한 느낌이었다.

그런 식으로 자리를 옆에 두고 앉아 있는데, 갑자기 교실 문이 열렸다.

"요신~, 나 왔어~. 보충 수업 열심히 하고 있어~? 도시락도 싸 왔……."

어째서인지 그 손에 도시락 꾸러미를 든 나나미가 교실로 들어왔다. 나는 갑작스러운 난입에 깜짝 놀라 몸을 크게 떨고 말았다.

나나미는 도시락을 든 채로 굳어 있었다. 복장은 교복이 아니라 사복이었다. 그러고 보니 여름 방학 중에는 사복 등교도 괜찮다고 했었다. 보충 수업 해당자는 안 되지만.

오늘은…… 더워서 그런지 얇게 입고 있었다. 통이 넓은 반팔 셔츠에 무릎보다 조금 위까지 오는 여유 있는 반바지. 아래는 실내화인데 혹시 맨발인 건가? 아니면 짧은 양말을 신고 있는 걸까?

머리는 좌우를 땋은 스타일로 앞쪽에 챙이 달린 둥근 모자를 쓰고 있었다. ……저런 모자는 뭐라고 하지.

굳어진 나나미의 뒤에서 오토후케 씨와 카모에나이 씨가 얼굴을 내밀었다. 두 사람은 한 손을 들어 나에게 가볍게 인사해 왔다.

오토후케 씨는 민소매 셔츠에, 카모에나이 씨는 얇은 후드를 걸치고 있다. 둘 다 더워서 그런지 비교적 얇은 차림이다. 선생님한테 들키면 혼나지 않을까?

"……오오, 희귀한 구도네."

그런 말을 꺼낸 것은 카모에나이 씨인가 오토후케 씨인가. 확실히 희귀한 구도일지도 모른다.

"나나미, 왜 그렇게 굳어 있어?"

"치……."

치?

뭐지, 치라는 건. 나나미는 천천히 우리 쪽으로 다가왔다. 뒤에서는 오토후케 씨 일행이 조금 당황한 표정을 짓고 있었다.

나나미는 내 눈앞에 우뚝 섰다. 한 손에는 도시락, 다른 한 손은 허리에 얹은 당당한 포즈였다. 나는 앉아 있었기에 자연스럽게 그녀를 올려다보는 형태가 되었다.

"치사해! 나도 요신 옆자리에 앉아서 공부해 보고 싶은데!"

그 외침에 오토후케 씨와 카모에나이 씨가 비틀거렸다. 고전적인 리액션이구나. 나는 멍하니 그런 생각을 했다. 여학생은 눈을 깜박이며 놀라고 있었다.

나나미, 평소에도 내 옆에 앉아서 공부하잖아. 물론 학교에서 자리는 떨어져 있지만.

"……음, 이상한 오해는 안 해?"

깜짝 놀라던 여학생은 이내 평정심을 되찾은 표정으로 나나미에게 조용히 물었다. 나나미는 그 말을 듣고 허리에 손을 얹은 채 고개를 갸우뚱했다.

"오해라니…… 무슨?"

"아니, 나랑 미스마이 군이 가까이 있었으니까…… 뭔가 수상한 행동을 하고 있다든가?"

"음…… 그건 있을 수 없는 일이니까, 딱히 이상한 오해는 안 했는데?"

"……그렇구나, 정말 사이가 좋네."

나나미는 크게 신경 쓰는 기색도 없이 담백하게 말했다. 아니, 확실히 말도 안 되는 건 맞는데 나나미, 잘 모르는 사람한테 그런 말을 하면 좀 창피한데.

왜 나는 교실에서 새빨간 얼굴을 하는 걸까. 오토후케 씨

237

와 카모에나이 씨는 히죽거리며 이상한 미소를 짓고 있다.

웃지 마, 둘 다.

"그건 그렇고 반장이 보충 수업이라니 별일이네. 성적 좋지 않았어?"

"……수학만은 잘못해. 이것만큼은 보충 수업 단골이야."

"그렇구나~. 아, 다음에 다 같이 모여서 노래방 가자. 얼마 전에 처음 노래 들었는데 꽤 잘하더라."

"……생각해 볼게."

오토후케 씨와 카모에나이 씨는 여학생의 친구였던 것인지 수다를 떨기 시작한다. 아니, 지금 뭐라고 했어? 반장? 뭐야, 진짜 반장이었구나.

전혀 기억하지 못했던 나는 속으로 좀 당황했지만, 그 후 세 사람은 한바탕 수다를 떨며 프린트를 풀어나가는 것 같았다.

아니, 평범한 수다가 아니라 두 사람이 반장한테 알려주고 있는 건가? 조금 전까지 알려주고 있던 나는 역할을 면제받아 내 프린트에 임하기로 했다.

다시 해볼까 하고 의욕을 불어넣는데…… 어느새 옆에 책상을 붙인 나나미가 있었다.

"……나나미?"

"이럴 줄 알았으면 나도 교복 입고 올 걸 그랬어. 이렇게 옆에서 같이 공부하는 건 학교에서는 쉽게 할 수 없잖아."

자리를 바꿔 옆자리가 되고 싶긴 하지만, 제비뽑기라서 쉽게 옆자리는 될 수 없단 말이지, 하고 나나미는 양손으로 턱을 괴며 탄식했다.

학교 교실에 사복을 입은 나나미가 앉아 있으니 묘하게 이질적인 느낌이었다.

나나미는 다리를 탁탁 움직이며 내 수중에 있는 프린트물을 들여다보았다. 문제를 확인하고는 뭔가 납득한 듯 연신 고개를 끄덕인다.

뭔가 이상한 점이라도 있나 싶었는데, 그것이 아니었다.

"굉장히 알기 쉽게 만들어졌네. 나도 이 프린트 좀 갖고 싶다. 선생님께 부탁하면 받을 수 있을까?"

프린트의 차이 같은 것은 잘 모르는 나는 나나미의 감탄 포인트에 감을 잡지 못했다. 수학이니까 있는 문제를 풀기만 하면 되는 거 아닌가?

『아, 알려준 대로 풀고 있네, 훌륭해. 원래도 실수만 없었다면 제대로 했을 테니까.』

중간까지 문제를 풀던 나를 나나미는 머리를 쓰다듬으며 칭찬해 주었다. 아니, 교실에서 칭찬을 받으니 굉장히 민망한데…….

아, 오토후케 씨와 카모에나이 씨가 또 히죽거리는 눈빛으로 보고 있다. 반장은 뭔가 깜짝 놀란 얼굴이다. 그렇겠지, 교실에서는 이런 모습을 보여준 적이 없으니까.

"나나미, 좀 부끄러운데……."

"늘 하는 일이잖아."

"아니, 늘 이렇게까진 안 했잖아. 게다가 여긴 교실이니까…… 다른 학생이 없다고는 해도 부끄러워."

내 항의에도 불구하고 나나미는 계속 내 머리를 쓰다듬었다. 오늘따라 유난히 그만두려는 기색이 보이지 않아 나는 그녀가 하는 대로 가만히 있었다.

왜 그러는 걸까 생각했는데…… 혹시 나나미, 아까 반장과의 일 때문에 조금 불안하다거나…… 질투 같은 걸 느낀 걸까?

그래서 일부러 교실에서 머리를 쓰다듬는…… 아, 잠깐만, 너희들. 스마트폰 올리지 마. 쓰다듬는 모습 찍지 말아줘.

손을 뿌리칠 수도 없었던 나는 그대로 문제를 계속 풀어나갔다. 오토후케 씨와 카모에나이 씨는 웃고 있었고, 반장은 어째선지 깜짝 놀란 모습으로 보고 있었다.

어쩔 수 없잖아, 속이 풀릴 때까지 하게 해 줘야 만족할 테고.

머리를 쓰다듬 받으며 문제를 푸는 이 기묘한 보충 수업은 그 상태 그대로 진행되었다. 그리고 어느 정도 진도가 나간 시점, 타이밍 좋게 점심시간 종소리가 교실에 울려 퍼졌다.

휴식을 알리러 온 선생님은 나나미 일행의 등장에 깜짝

놀라긴 했지만 그뿐이었다. 나를 살짝 놀리기만 하고는 공부를 너무 방해하지 말라는 말만 남기고 떠나갔다.

그래도 되는 건가요, 선생님…… 뭐 나나미 일행은 성적이 좋으니 혼날 일은 없겠지만. 좋든 나쁘든 성적만 좋으면 세세한 부분은 신경 쓰지 않는 학교다.

"점심시간이네~. 뭔가 평소 수업보다 더 편한 느낌이야."

가볍게 기지개를 켜면서 나는 마음을 가라앉혔다. 아니 정말로, 보충 수업이 이렇게 편할 줄은 몰랐다. 과거의 내가 이 사실을 알았다면 시험공부를 안 하고 보충 수업을 받지 않았을까.

지금은 나나미한테 배우고 있으니까, 일부러 보충 수업을 듣는 짓은 하지 않겠지만.

"어허, 보충 수업이니까 편하다고 생각하면 안 되지. 겨울은 반드시 보충 수업 없이 가자."

내 이마 언저리에 손가락 끝을 가볍게 튕기며 나나미가 살짝 화를 냈다. 전에도 말했지만 나나미에게 꾸중을 듣는 건 좀 기분 좋다. 뭐, 일부러 그러진 않겠지만.

"그럼 점심 먹을까? 도시락 맛있게 싸 왔어~."

"오늘은 우리들도 도왔어."

"도왔어~."

나나미 일행과 도시락을 식당에서 먹을까, 이대로 교실에서 먹을까 하며 시끌벅적 이야기를 나누는데, 반장이 교실에서 나가려고 했다.

나나미도 그걸 눈치챘는지 그 등에 대고 말을 걸었다. 이런 부분은 솔직히 대단하다. 나는 이럴 때 가만히 보고만 있었을 텐데.

"반장도 같이 도시락 먹지 않을래? 오늘은 좀 많이 만들어 왔으니까 괜찮다면."

반장은 천천히 돌아보더니 잠시 그늘진 표정을 지었다.

"마음만 받아둘게. 방해하면 미안하고, 나도 점심은 가져왔으니까."

"그래? 아, 요신 수학 보충 수업 때는 도시락 싸서 올 거니까 괜찮다면 같이 먹자."

"고마워. 그럼 이만."

그렇게 말한 반장은 교실에서 나갔다. 조금 신경이 쓰인 것은 그녀가 아무것도 들지 않고 교실을 나갔다는 점이다. 가방은 여기에 두고 있는 거 아닌가?

뭐, 상관없나. 신경 써도 소용없다.

나나미가 펼친 도시락을 보니 정말이지 다양한 반찬들이 담겨 있었다. 색색의 삼각김밥에 닭튀김, 달걀말이, 작은 새우튀김, 연어구이, 감자샐러드 등 도시락에서 좋아하는 것들이 나나미가 말한 대로 잔뜩 담겨 있었다.

넷이서 잘 먹겠습니다, 인사한 뒤 점심을 먹었다. 뭔가 소풍이나 운동회 때 같다. 보충 수업인데 어쩐지 즐겁다.

"그러고 보니 반장도 친구였어?"

"응. 성실하고 차분한데 반 모임 같은 데는 의외로 잘 참석해."

"노래방에는 저번 시험 끝난 뒤에 처음 참가했었지. 깜짝 놀랐어."

그랬구나. 나는 반 모임에 참석한 적이 없지만, 역시 나나미 일행에게는 내가 모르는 교우관계가 있는 거겠지.

나도 조금은 참석하는 편이 좋을까.

"나나미의 신발장 일도 반장이 목격했다고 했었고."

"아, 그러고 보니 노래방에서 들었다고 했나? 우연히 봤다고."

그랬구나. 덕분에 단서가 생겼으니 나도 감사 인사를 해야 했나? 내일 보충 수업 때라도 감사 인사를 해 둘까?

"아, 요신 이거. 오늘 달걀말이에 다진 고기를 넣어서 오믈렛 형식으로 해 봤거든. 먹어봐. 자, 아~ 해."

"나, 나나미…… 여기 교실인데……."

"다른 사람도 없으니 딱히 먹어도 상관없잖아. 나나미 성격상 반장이 있어도 할 것 같긴 하지만."

그건 참아줘…… 라고 생각했지만, 나나미는 내가 입에 넣을 때까지 달걀말이를 계속 들고 있을 기세였다. 표정이 그렇게 말하고 있다.

그렇다면 반장이 돌아오기 전에 해 버리는 편이 좋겠

지……. 그렇게 생각한 나는 나나미가 내민 달걀말이를 입에 넣었다.

마침 그 타이밍에…… 가방을 잊어버린 반장이 돌아와서 딱 목격당하고 말았지만…….

"……미안해, 방해했나?"

그런 사과의 말을 듣고, 나는 신경 쓰지 말라고 대답하는 것이 고작이었다.

◇◇◇◇◇◇◇◇◇◇

그리고 나의 보충 수업은 특별한 일 없이 무사히 진행되었다. 비교적 일찍 끝났고, 나나미가 점심을 같이 먹어준 덕분에 거의 평소와 다름없었다.

반장과는 마지막에 서로의 프린트 정답을 확인하는 정도로는 대화할 수 있게 되었다. 잡담 같은 건 아직 무리지만.

친해졌다고 말해도 좋을지는 모르겠지만, 평범하게 대해 주긴 했다. 다만 점심을 같이 먹지는 않았다.

나나미가 매번 권유했지만, 이런저런 이유를 들어 거절했다. 뭐, 둘째 날부터는 오토후케 씨와 카모에나이 씨가 오지 않았으니 그것도 이유였을지도 모른다.

그리고 보충 수업 3일째도 끝나고…… 수학 보충 수업은 앞으로 하루만 있으면 끝나는 시점에 드디어 그날이 찾아왔다.

여름 축제다!

보충 수업이 전부 끝났다면 좋았을 텐데, 아쉽게도 보충 수업은 다 끝나지 않았다. 그래도 거의 막바지라 마음 놓고 축제를 즐길 수 있었다.

뭐, 남아 있었다 해도 여름 축제는 즐겼겠지만. 그건 그 거고 이건 이거다.

선배들도 대회에서 돌아왔다고 하고, 여름 축제는 부원 분들도 거의 다 참가한다고 했다. 몇 안 되는 쉬는 날을 다 들 즐기고 싶다면서.

선배들과는 축제 장소에서 합류하기로 하고, 나와 나나 미는 함께 축제 장소까지 가기로 했다. 예전처럼 장소를 정해서 만나려고 했는데, 오늘의 나나미는 유카타를 입을 예정이다.

유카타를 입은 나나미가 밖을 걷는다.

100% 헌팅당할 것이다. 이건 이미 기정사실이다. 나이 트풀 때도 아주 잠깐 눈을 뗀 사이에 헌팅당했는데, 유카 타로 헌팅당하지 않을 리가 없다.

그래서 함께 걷는 것은 필수……. 물론 헌팅을 당하면 도와줄 용기는 갖고 있었지만, 애초에 헌팅 당하지 않는 편이 가장 좋다. 괜히 무섭게 만들 필요는 없으니까.

다만…… 조금 계산하지 못한 것이 있다면…….

"요신 군은 유카타 안 입니? 그이가 옛날에 입던 게 있으니까 입어보지 않을래?"

"좋다, 같이 유카타 입고 축제 가자!"

"어, 아니 그…… 빌리는 것도 죄송하고……."

"괜찮아, 사이즈가 작아져서 그이는 못 입게 된 옷이니까. 아마 사이즈는 딱 맞을 거야."

"그래, 그래, 입어보자. 분명 어울릴 거야."

"음……."

바라토가의 모녀 두 사람이 적극적으로 나섰다. 참고로 사야는 학교 친구들과 이미 축제에 가서 부재중이었다.

겐이치로 씨는 두 사람과 함께하지는 않았지만 내가 입는다면 손질을 해야겠다며 부랴부랴 준비하러 갔기 때문에 도움은 기대할 수는 없을 것 같았다.

뭐, 그렇게까지 강한 거부감이 드는 것도 아니니까…….

"그럼, 감사히 입겠습니다……."

내가 그렇게 말하는 순간, 나나미와 토모코 씨가 함께 승리의 포즈를 취했다. 아니, 그 정도까지는 아니잖아.

"그럼 옷을 입어볼까? 해본 적 있어?"

"아, 아니요. 없어요. 유카타는 처음이에요."

그럼 배울 겸 해볼까, 하고 나는 겐이치로 씨에게 옷 입는 법을…….

"아니, 왜 보는 거야?"

"헉, 들켰다!"

아니, 들킨 게 아니라 대놓고 봤잖아. 숨을 생각도 없었잖아. 자신의 머리를 통 때린 나나미는 과장되게 웃어 보였다.

아직 벗기는커녕 유카타를 받지도 않았기 때문에 아마정말 볼 생각은 없었겠지만. 내가 갈아입는 모습을 본다고해서 딱히 재미있진 않을 텐데…….

그리고 나나미는 토모코 씨와 거실에서 다른 방으로 이동했다. 그렇다고 해도 문 하나를 사이에 두고 바로 옆이었지만. 서로 각자의 옷을 입어 나갔다.

유카타를 입는 것은 처음이지만…… 직접 할 수 있을 것같지 않았다. 요령만 알면 쉽다고 듣긴 했지만…….

겐이치로 씨는 나직이 "뭐, 입는 법은 기억해 두면 장차도움이 될 거다"라고 말씀하셨는데, 유카타 입을 기회가그렇게 많을까?

내 인생에서는 별로 없을 것 같은데. 뭐, 지식이란 건 배워서 손해 볼 것은 없으니 연습해서 배워두면 좋을 것 같다. 뭐든 배우고 볼 일이다.

아무래도 입는 것은 내가 먼저 끝난 것 같았다. 나는 거울 앞에서 내 모습을 시야에 담았다. 차분한 감색 바탕에 희미하게 흰 세로줄 무늬가 들어 있다. 착용감은 나쁘지 않다…… 오히려 너무 좋다. 생각보다 시원했다.

"응, 딱 맞네."

"감사합니다. 생각보다 위화감이 있네요. 평범한 옷밖에 입어본 적이 없어서……."

"아, 그 위화감은 나도 잘 알지. 결혼식 때 일본식 옷을 입었는데 계속 이상한 기분이 들었거든. 지금부터 익숙해지는 편이 좋아."

거기까진 너무 성급한 거 아닐까요……. 내가 침묵하자 겐이치로 씨는 유쾌하게 웃었다. 나도 따라 웃고 있는데, 닫혀있던 문이 열렸다.

"오래 기다렸지."

느릿하게, 옷을 차려입은 나나미가 내 시야에 들어왔다. 예전에도 유카타 차림을 본 적은 있었지만, 그건 호텔에 비치된 유카타라 아주 수수한 것이었다.

그래도 그녀에게는 무척 잘 어울렸고, 호텔에 비치된 유카타인데도 묘하게 세련돼 보였던 기억이 난다.

하지만 지금 눈앞에 있는 유카타 차림의 나나미는…… 그때와는 레벨이 달랐다.

아니 레벨이라는 표현이 적절한지는 모르겠지만, 어쨌든 그런 표현밖에 떠오르지 않았다. 그때가 유카타 레벨 10 정도였다면 지금의 나나미는 유카타 레벨 100 수준이었다.

유카타 레벨이 대체 뭐지. 어쨌든 그만큼 압도적인 존재감이었다.

"어때?"

머리를 살짝 쓸어올리며, 수줍은 얼굴로 나나미가 볼을 붉혔다. 귀한 집안의 아가씨라고 해도 믿을 것 같다. 이건.

색기와 청초함과 기품…… 온갖 매력의 요소가 다 담겨 있는 느낌이다. 모순되는 요소조차 전부 다 들어있었다.

"너무, 잘 어울려."

진부한 대사였지만, 그 말밖엔 할 수 없었다. 괜히 어설프게 센스 있는 말이나 시적인 표현 같은 것은 넣을 엄두가 나지 않았다. 아무튼 잘 어울린다. 그것밖에 할 말이 없다.

내 말을 듣고 수줍게 웃는 모습도 근사했다. 작은 브이 사인을 뺨 옆에 대고는 어딘가 자신감에 찬 표정을 짓는 것도 사랑스럽다.

유카타는 청량한 파란색 바탕이었다. 파란색과 흰색 줄무늬에 곳곳에 꽃무늬가 그려져 있었다. 꽃 색깔은 연청색과 보라색이다.

헤어스타일은 유카타라서 그런지 올림머리 스타일이었고, 그건 이전 호텔 때와 거의 같았지만…… 다른 점은 머리 장식이 붙어 있다는 점일까.

파란색과 흰색 꽃장식이 달려 있다. 아니, 저건 비녀인가?

오비(띠)도 평범한 오비와는 다른 것 같은데? 언뜻 내 시야에 파란색 오비가 보였다. 유카타의 꽃 색깔과는 조금 다르니까…… 남색이라고 해야 할까?

위에서 아래까지…… 꽃이 만개한 느낌이었다.

"아, 오비가 신경 쓰여? 귀여운 거야, 이거."

나나미는 빙글 그 자리에서 돌더니 두 손을 약간 들어 나에게 등을 향했다. 오비가 마치 꽃처럼 묶여 있다. 그걸 흔들면서 나나미는 천진난만하게 떠들었다.

그녀가 움직일 때마다 오비가 바람에 날리는 꽃처럼 아주 조금씩 흔들렸다. 꽤 단단하게 고정되어 있어서 크게 흔들리지는 않았다.

"나나미, 그렇게 움직이면 안 되지. 옷이 흐트러지잖니."

토모코 씨가 조금 난처한 듯 미소를 지어 보였다. 그리고는 나를 보더니 그 미소가 더욱 깊어졌다.

"응, 딱 맞네. 요신 군, 잘 어울려."

"가, 감사합니다."

"아잇! 엄마한테 첫 칭찬 뺏겼어!"

조금 아이처럼 나나미가 볼을 부풀렸다. 토모코 씨가 아직 칭찬하지 않은 거냐며 어이없다는 듯 말했지만, 그것을 무시하고 나나미는 나에게 다가왔다.

그리고 유카타 차림의 나를 가만히 보고는…… 씨익 웃었다.

"응, 역시 잘 어울려. 너무 멋있어. 반할 것 같아."

이미 반했지만, 하고 작게 덧붙이는 나나미에게 나는 고맙다며 작은 소리로 대답하는 것이 고작이었다. 칭찬을 너무 받으면 민망하다.

그리고 한동안 우리는 서로의 유카타를 칭찬하거나, 겐이치로 씨와 토모코 씨에게 유카타의 주의점을 듣거나, 흐트러지는 옷매무새를 고치는 법 같은 것을 배웠다.

"자, 그럼 슬슬 갈까?"

"그래, 기다리게 하면 안 되니까."

그리고 나나미는 스윽 내 손을 잡았다. 다른 두 사람이 있는데 너무 자연스럽게 손을 잡기에 나도 무의식적으로 그녀의 손을 맞잡았다.

연인들이 잡는 손깍지가 아니라 단순히 잡는 거였지만.

겐이치로 씨도 토모코 씨도 어딘가 뿌듯한 얼굴로 우리들을 바라보고 있었다. 여기서 손을 떼는 것도 반대로 부끄럽게 느껴져서…… 우리는 두 사람을 향해 다녀오겠습니다, 라고 말했다.

평소와는 다른 차림으로 익숙한 현관을 나서자 마치 다른 세계로 출발하는 듯한 기분이 들었다.

여름 축제에 유카타를 입고 귀여운 게다(나막신)를 신고 와서 발이 다친 여자아이를 업어준다. 그런 전개는 만화에서는 거의 정석이다.

대체로 그런 일은 축제 도중이거나, 귀갓길이거나…… 아니면 가장 달아오르는 불꽃놀이 전에 일어나는 경우가 많다.

하지만 이번에 우리에겐 그럴 걱정은 전혀 없다.

단순한 이야기다. 우리는 게다가 아니었기 때문이다. 유카타에 신발을 신으면 이상하지 않을까 생각할 수도 있지만, 디자인에 따라서는 그렇게까지 이상하지는 않다.

나나미는 고풍스러운 느낌의 부츠를 신고 있었고, 나는 부드러운 샌들이었다.

어느 쪽도 유카타와 위화감 없이 녹아들었다……고 생각한다.

"생각보다 유카타를 입은 사람이 많네, 평소에는 신경 쓰지 않아서 몰랐어."

"어? 축제 때 유카타 입고 왔던 거 아니야?"

"하츠미네는 축제 데이트 때 유카타를 입었다고 하긴 했는데, 셋이서 갔을 때는 평범한 옷이었거든. 유카타를 입고 축제에 가는 건 이번이 처음이야."

"나도 처음이야."

서로 똑같이 처음이라며 나나미는 기쁜 듯이 웃었다. 서

로 처음을 공유하는 것은 매우 귀중한 경험이었기에 나도
기뻤다.

나나미는…… 역시 주목받고 있었다. 기분 탓이 아닐까
생각했지만, 생각보다 남성이 뒤돌아보는 일이 잦았다. 그
리고는 옆에 내가 있는 것을 보면 노골적으로 실망한 얼굴
을 했다. 죄송하네요, 옆에 제가 있어서.

응, 역시 나중에 만나지 않길 잘한 것 같다. 이건 무조건
헌팅당했다. 자신의 판단이 정답이었다는 사실에 속으로
승리의 포즈를 취했다.

손을 잡고 있어서 그런지 다행히 말을 걸어오는 무리는
없었다. 뭐, 축제라서 경찰도 가끔 보이는 것 같고……. 반
대로 평소보다 치안은 더 좋을지도 모른다.

아까 연락을 확인하니 선배들은 이미 도착했다고 했다.

아무래도 쇼이치 선배만 일찍 도착한 것 같았다. 회장
입구에서 기다리겠다는 연락이 온 것이 10분 정도 전이다.
살짝 초조한 마음으로 우리도 곧 축제 장소에 도착했다.
어디 보자, 선배가 있는 곳은 어디지……?

……저긴가? 뭔가 엄청 여자들한테 둘러싸여 있는데.

뭔가 연상의 누님 같은 사람이 말을 걸어오고, 그 사람
이 떠나면 또래 같은 여자 그룹에서 말을 걸어온다. 우리
가 선배를 발견하고, 그 근처에 다가가기 전까지 몇 쌍의
여성들이 수시로 교대해 가며 말을 걸고 있었다.

뭐지, 무슨 이상한 인력이라도 발생하는 건가?

아니 뭐, 선배가 인기 있다는 건 알고 있었지만……. 설마 학교 밖에서도 이렇게 인기가 많을 줄은 몰랐다.

어라? 매니저가 아직 안 왔네. 그녀가 함께 있었다면 저렇게 말을 걸어올 일도 없지 않았을까?

"선배, 엄청난 인기네. 뭐야, 저 현상."

"응, 그러게……."

나나미도 잠시 감탄한 듯 중얼거렸다. 오늘의 선배는 사복 차림이다. 처음 봤지만 심플한 차림인데도 무척이나 근사했다. 역시 본바탕이 좋으면 다 잘 어울리는구나.

선배는 우리를 알아차렸는지 얼굴에 함박웃음을 지으며 손을 붕붕 흔들었다. 마치 대형견 같다. 저게 대형견 타입이라는 건가?

나와 나나미가 선배에게 다가가자 순간…… 아주 순간적으로 주위에 험악한 분위기가 느껴졌다. 하지만 그것도 잠시, 선배의 한마디에 그런 분위기도 사라졌다.

"그래, 두 사람. 유카타를 입고 등장하다니 사이좋네. 부러워."

"오래 기다리셨죠. 선배, 혼자세요?"

"아, 매니저는 이제 준비를 마치고 거의 다 왔대. 서두르지 않아도 된다고 했는데 말이야. 여자는 치장에는 시간이 걸리는 법이니까."

그렇구나. 매니저는 준비하느라 안 온 거구나. 확실히 여성의 치장에는 시간이 걸리는 법이지.

"저…… 오래 기다렸죠……."

우리가 선배와 합류한 직후, 등 뒤에서 쭈뼛거리는 목소리가 들려왔다. 조금 낮고 허스키한 목소리…… 난 거의 들은 기억이 없지만, 나나미와 선배는 목소리가 난 쪽으로 시선을 돌렸다. 그곳에 있던 것은…… 유카타 차림을 한 매니저였다.

쇼이치 선배 못지않은 장신의 여성이지만, 유카타가 묘하게 잘 어울렸다. 차분한 남색 유카타로 곳곳에 노란색 무늬가 그려져 있다.

그녀는 쇼이치 선배를 보고 이어서 우리들을 보고 살짝 놀란 모습이었다.

"저…… 으음…… 두 사람은……."

"응, 오늘은 넷이서 축제를 둘러보려고. 이제 다 모였네."

즐겁게 웃는 선배와는 대조적으로 매니저는 눈에 띄게 어깨를 축 늘어뜨렸다. 이렇게까지 실망했다는 표현이 어울리는 상황도 드문데…….

나나미가 매니저에게 가까이 가서 뭔가 위로하듯 어깨를 감싸 안고 있었다. 나나미가 키가 작아서 까치발을 한 모양새였지만.

나는 슬그머니 시베츠 선배에게 다가가 작은 소리로 물

어보았다.

"……선배, 무슨 말로 부르셨어요?"

"아니, 그냥 나랑 축제에 가지 않겠냐고 권유한 것뿐인데……. 어라?"

드물게 선배도 작은 소리로 말했지만……. 아니, 선배, 저도 예리한 편은 아니지만 그렇게 권유하면 매니저는 선배랑 단둘이 가는 줄 알 거 아니에요. 봐요, 엄청 실망하고 있잖아요. 우리를 말하는 걸 깜빡한 거 아니에요?

그리고 아무래도 그것이 정답이었던 것 같다. 선배는 대놓고 당황한 기색을 내비쳤다.

매니저는 선배를 보며 작게 한숨을 내쉬었다. 나와 나나미는 그 모습을 조금 두근거리는 마음으로…… 마른침을 삼키며 지켜보았다.

갑자기 싸움 나는 건 아니겠지? 선배도 살짝 몸을 빼고 식은땀을 흘리고 있다. 한 대 정도는 맞을 것을 각오한 눈빛이었다.

하지만 우리가 생각한 일은 벌어지지 않았다.

"……뭐, 주장이니까 그럴 거라고 생각했어요."

약간 체념한 듯하면서도 묘하게 안심한 듯한, 복잡한 뉘앙스를 담은 목소리로 매니저는 중얼거렸다.

이내 선배가 작게 미안하다고 했고, 매니저는 용서하듯 미소 지었다. 직후 매니저는 우리를 돌아보고는 그대로 꾸

벅 고개를 숙였다.

귀여운 인사와 함께 나온 말은 방울이 울리는 듯한 작은 목소리였다.

"……두 분 다, 오늘은 잘 부탁드립니다."

낯을 가린다고 들었으니 분명 최대한의 용기를 쥐어짜 말을 걸어 준 거겠지. 우리도 얼굴을 마주 본 뒤 매니저에게 잘 부탁한다며 고개를 숙였다.

오늘은 매니저와 친목을 다진다는 의미도 있었다. 그러니 이 일을 계기로 친해질 수 있다면 좋겠다.

나나미는 바로 내 옆으로 다가와서는 마치 매니저에게 보여주듯 나와 손을 잡았다. 이번에는 아까와 달리, 손깍지였다.

"좀 혼잡하니까 놓치지 않도록 손을 잡고 갈까요? 전 요신과 잡을 테니 두 분도 잡으세요."

잡은 손을 그대로 들어 살랑살랑 흔들어 보인다. 선배는 어딘가 생각에 잠긴 듯한 모습이었지만 매니저는 망설임 없이 선배에게 손을 내밀었다.

"……주장, 손, 잡을까요?"

"음…… 그래도 괜찮아, 매니저? 나는 거부감이 없지만, 매니저는 나와 손을 잡는 게 싫지 않나?"

"주장이 미아가 되는 게 더 싫거든요. 전국까지 갔던 농구부 주장이 축제에서 미아라니……."

"그렇군. 으음, 확실히 그러면 볼썽사납겠지. 이런 혼삽함이라면 확실히 떨어질 것 같고……. 어쩔 수 없지, 매니저만 괜찮다면 부탁해."

선배가 내미는 손을 매니저는 천천히 잡아 그대로 가볍게 움켜쥐었다. 매니저가 기뻐 보이는 건 기분 탓일까.

그대로 쇼이치 선배는 걷기 시작했다. 키가 비슷해서 그런지 나란히 걷자 그림이 된다. 우리는 약간 뒤쪽에서 그 뒷모습을 바라보았다.

"매니저님, 선배 좋아하는 걸까?"

"분명 확실해~. 이번 축제에서 잘되면 좋겠다."

나나미는 즐거운 얼굴로 두 사람을 따스한 눈빛으로 지켜보았다. 그런데 두 사람이 잘될 수 있도록 뭘 한다는 걸까?

"아니, 특별한 건 아무것도 안 해. 섣불리 간섭했다가 더 이상한 방향으로 갈 수도 있고, 매니저님도 숨기는 것 같으니까, 넷이서 평범하게 놀고 즐기면서 거리를 좁혀 나가는 게 최고지."

마치 연애 상급자처럼 나나미는 검지를 번쩍 치켜세우며 해설했다. 굉장히 자신에 차 있는 모습이다. 호언장담하니 설득력은 느껴졌지만…….

아니, 잠깐. 나나미는 나하고만 사귀었는데 어떻게 그런 연애 상급자 같은 말을 할 수 있는 거지?

내가 살짝 어이없는 눈빛으로 나나미를 빤히 쳐다보자

자신감에 차 있던 나나미가 서서히 당황한 듯 얼굴이 굳어 갔다.

찌르는 듯한 시선이라는 표현이 있는데, 정말 시선이 어디로 향하는지 알 수 있단 말이지. 그래서 나나미도 지금은 내 시선을 느끼고 있는 것 같았다.

나는 딱히 아무 말도 하지 않았는데, 눈은 입만큼이나 많은 말을 한다. 나나미는 내가 하고 싶은 말을 알아차렸는지 세워둔 검지를 내리며 자백했다.

"요즘 그…… 요신과의 관계에 도움이 될까 싶어서 연애 관련 페이지나, 그런 작품 같은 걸 다 보고 있거든."

……생각보다 나에게 기쁜 이유였다. 아무래도 경험에 근거한 것이 아니라 배운 지식으로 자신감을 뽐냈던 것 같다. 그것이 귀여워서 나는 나도 모르게 웃어버렸다.

그 웃음을 나나미는 놓치지 않고, 이번에는 나나미가 나를 어이없는 눈으로 바라볼 차례가 되었다. 아니, 아니, 내 경우는 불가항력이었잖아.

완전히 공수교대. 나나미의 찌르는 듯한 시선이 내게 와 박혔다. 아까까지 내가 하던 일이 완전히 부메랑이 되어 돌아와 버렸다.

"자신감 넘치는 나나미가 귀엽다는 생각에 저도 모르게 웃어버렸습니다."

내가 자백하자 나나미는 더 작게 신음하며 내 옆구리 근처를 검지로 찔렀다. 그것은 달게 감수하도록 하자.

나나미가 몇 번인가 찔렀는데, 그걸 받는 동안 내 안에 하나의 욕심이 생겨났다.

……나도 찔러도 되나?

그런 욕심이 갑자기 마음 깊은 곳에서 조금씩 흘러나왔지만, 지금은 참았다. 갑자기 했다가 나나미가 놀라서 옷이라도 흐트러지면 큰일이니까.

그렇게 내가 욕심을 억누르는 줄도 모르고 나나미는 꾹꾹 잘도 찔러댔다.

하지만 그것도 끝을 맞이했다.

"이봐, 두 사람. 그쯤 노닥거리고 축제를 돌아보자."

조금 떨어진 곳에 있던 선배가 그렇게 말을 걸어왔다. 꽤 큰 목소리로, 어딘가 흐뭇한 광경이라도 보는 듯 따뜻한 시선을 나와 나나미에게 향하고 있었다.

설마 두 사람의 시선을 받을 줄이야. 좀 부끄럽다.

아, 선배가 매니저한테 작게 찔렸다.

"그럼 갈까."

"그렇지, 더블데이트네~."

우리는 서둘러 달려가 두 사람과 축제를 돌아보기 위해 이동을 시작했다.

축제를 차분히 돌아본 적은 없었는데, 기억 속 깊은 곳에 있는 축제와 크게 다르지는 않았다.

다양한 포장마차, 제비뽑기, 금붕어 잡기, 귀신의 집…….
귀신의 집은 지금도 아직 있구나. 오히려 신선하네.

그리고 사람이 꽤 많다. 불꽃도 날린다고 해서 그런 것
같다.

"요신은 축제 오랜만이지?"

"응, 엄청 오랜만이야. 기억과 별반 차이는 없지만……
그래도 어떻게 즐겼는지는 전혀 기억이 안 나."

"그렇다면 제가 여름 축제 즐기는 법을 가르쳐드리죠."

그렇구나, 나나미는 매년 오니까 어떻게 노는지 알고 있
겠지. 유카타 차림으로 크게 몸을 숙인 나나미에게 감탄한
나는 잘 부탁한다고 고개 숙였다.

그러자 선배와 매니저도 알려달라고 부탁했다. 똑같은
반응이 재미있게도, 조금 신기하게도 느껴졌다.

"선배랑 매니저님도요? 농구부에서 여름 축제 같은 거
안 오나요?"

"아니, 다 같이 오긴 하는데. 여자와 단둘이 온 적은 한
번도 없어. 그때를 위해 두 사람을 참고하고 싶어."

여자와 단둘이라는 말에 매니저가 뺨을 살짝 붉게 물들
였다.

오, 가능성이 있는 건가……? 나와 나나미는 서로의 얼
굴을 마주 보았다.

하지만 그것도 잠시, 매니저는 곧 불안한 표정이 되었다.

언짢다기보다 무언가를 걱정하는 것처럼 보였다.

모처럼이니 다 같이 즐긴 다음 이야기할까.

"저, 저는 주장과 돌아볼게요. 두 분을 방해하면 미안하고…… 뭣하면 돌아가도 되니까……."

갑자기 그런 말을 꺼내서 나도 나나미도 당황하고 말았다. 어, 혹시 우리와 있는 게 불편했나……?

아, 그게 당연한가. 애초에 매니저는 우리가 있는 걸 몰랐다. 기묘한 서프라이즈가 된 셈이었다.

하지만 그것에 이의를 제기한 것은 의외로 나나미였다.

"방해라니 말도 안 돼~. 모처럼인데 불꽃놀이까지는 같이 다니지 않을래? 우리, 동갑이지? 좋은 기회인데 친하게 지내자."

전혀 개의치 않고 매니저에게 다가간 나나미는 다정한 미소로 매니저에게 권유했다. 그 미소에 짓눌린 것인지, 매니저는 매정하게 거절하지도 못한 채 살짝 뒤로 물러서기만 했다.

그 후, 나나미가 그녀에게 다가가더니 우리에게는 들리지 않는 목소리로 무언가를 이야기했다.

그 말을 듣자마자 매니저는 눈을 크게 뜨고 놀란 표정을 지었다. 나도 선배도 얼굴을 마주 보며 고개를 갸우뚱했지만, 나나미는 웃는 모습 그대로다.

그리고 잠시 혼란스러워하던 매니저는…… 이윽고 결의

를 굳히고 작게 고개를 끄덕였다.

나나미는 만족한 듯 고개를 끄덕이더니 매니저에게 손을 내밀었다.

"난 바라토 나나미야. 잘 부탁해!"

나나미의 손에 흠칫 놀라면서도 매니저는 손을 잡았다. 가볍게 움켜쥐고 그대로 살짝 손을 흔든다.

"……이쿠사가와 린입니다. 바라토 씨, 잘 부탁드려요."

"나나미라고 불러도 되는데~. 그리고 동갑이잖아. 존댓말 안 해도 돼."

매니저…… 이쿠사가와 씨는 작게 고개를 옆으로 흔들더니, 반말은 잘 못한다고 작게 중얼거렸다.

나나미는 그 말을 듣고 그렇구나, 라고만 대답하고는 천천히 손을 놓았다. 이쿠사가와 씨는 잡혔던 손을 무언가 확인하듯 바라보고 있다.

"음…… 나는 미스마이 요신이야. 잘 부탁해, 이쿠사가와 씨."

나도 그녀에게 자기소개했다. 잘 생각해 보니 이제껏 이름을 밝히지 않았었다. 아, 물론 손을 내밀지는 않았다.

이쿠사가와 씨는 눈을 가늘게 뜨고 나를 보더니, 잘 부탁한다며 작게 고개를 숙였다. 역시 낯가림이 심하네. 마음은 알겠지만.

그럼 다시 축제를 돌아볼까, 그렇게 생각한 시점에…….

"그리고 나는 시베츠 쇼이치다. 앞으로도 잘 부탁해."

선배가 마치 마무리 콩트라도 날리듯 우리를 보며 크게 가슴을 펴고는 다시 한번 자기소개를 했다. 아니, 알고 있거든요.

그런 선배를, 이쿠사가와 씨도 어딘가 쓴웃음을 지으며 보고 있었다.

◇◇◇◇◇◇◇◇◇◇

서로 자기소개를 마친 우리는 여름 축제를 함께 즐겼다. 군것질, 제비뽑기, 뽑기, 고리 던지기 등등……

나나미 왈, 축제는 현장의 열기와 분위기를 즐기는 거라 한다. 그래서 평소였으면 따질 만한 일도 쉽게 넘어간다나.

뭐, 확실히 평소에는 거리에서 야키소바를 먹지 않지.

"요~신♪. 자, 아~해♪."

"자, 잠깐, 나나미…… 그건……."

나나미는 야키소바를 먹고 있는 나에게 손에 든 소시지를 내밀어 왔다. 케첩이랑 겨자가 묻은 꽤 큼직한 것이었다.

빨리 먹지 않으면 소스가 유카타에 떨어질 것 같아 나는 얼른 입에 넣었다. 진하고 바삭한 소시지와 케첩의 새콤함, 겨자의 매콤함이 입안으로 퍼져나갔다.

뽀득, 하는 기분 좋은 소리를 내자 나나미도 소시지를

입에 넣었다. 앉아 있다고는 하지만 야키소바는 먹여주기 힘드니 나도 그런 걸로 할 걸 그랬나.

그런 우리들을 두 사람이 멍한 표정으로 바라보았다.

"야아, 새삼 보는 거지만 정말, 뭐랄까…… 굉장하네."

선배는 말을 고르려다 결국 포기하고 돌직구로 표현해 왔다. 그러고 보니 이런 모습을 선배한테 보여주는 건 처음인가.

축제 열기에 휩싸인 것인지, 나나미는 남의 눈도 개의치 않고 단둘이 있을 때와 같은 태도를 유지했다.

반 아이들이 보면 어쩌나 하는 생각에 나는 살짝 제정신이 아니었다.

새삼스러운 이야기일지도 모르지만, 여러모로 다 떨쳐내지 못했다는 뜻이겠지. 아니, 다 떨쳐내는 게 좋은지 어떤지는 또 다른 문제이지만.

나도 아까까지는 분위기에 좀 휩쓸렸던 것 같다. 평범하게 먹여주는 것을 받아먹었는데, 학교에서 하는 것과는 사정이 다르지.

"으음…… 이쯤은 보통이에요! 보통!"

"그런가요?"

"네, 늘 하고 있으니까!"

시선을 깨닫자마자 나나미는 황급히 변명했다. 뺨의 붉은빛이 축제의 열기 때문인지, 보인 것이 쑥스러워서 그런 것인지는 모르겠다.

나나미는 연신 보통이라는 말을 반복했지만, 이게 보통이라면 이 단어는 이미 의미를 잃은 것이다. 뭐, 나나미도 알고 말하는 거겠지만.

다만…… 보통이라 이거지? 내 안에 약간의 장난기가 싹트고 말았다. 응. 보통이지, 라면서 나는 야키소바를 젓가락으로 집어 들고 나나미를 향했다.

느리게 움직이는 나를 본 나나미는 그 동그란 눈을 더 동그랗게 뜨고는 내 쪽…… 아니, 내 손에 들린 야키소바를 바라보았다.

나는 조금 짓궂게 웃고는 나나미에게 "아~해"라고만 말한다.

일시 정지한 것처럼 나나미의 움직임이 딱 멈췄다.

그리고 천천히 고개를 들어 나를 보고, 똑같이 천천히 움직여 두 사람을 보고, 또다시 나를 본다.

나나미는 살짝 긴장된 미소를 지었지만, 곧 체념한 듯 눈을 감고 입을 열었다.

나는 흘리지 않도록 천천히 그 입에 야키소바를 먹여주었다. 후루룩 빨려 들어간 면발이 나나미의 입안으로 들어갔다.

"그렇죠……. 보통이에요, 보통."

우물우물하며 나나미가 먹고 있는 와중, 나는 임무를 마친 심정으로 되도록 평정을 가장하며 중얼거렸다.

이거, 조금도 평범하지 않다.

유카타라 그런지 평소보다 더 요염하고, 그런 나나미에게 음식을 먹여주니 더 긴장하게 된다. 근데 뭔가 다시 해보고 싶은 마음이 드는 것이 신기했다.

일단 내 야키소바를 다시 먹어볼까. 입가를 누르고 있는 나나미는 기분 탓인지 나를 조금 노려보고 있었다. 아니, 먼저 한 건 나나미잖아……

참고로 선배는 사과 사탕을 먹고 있고, 이쿠사가와 씨는 오코노미야키를 먹고 있었다.

힐끔 곁눈질로 바라보니, 이쿠사가와 씨는 자신이 먹고 있는 오코노미야키에 시선을 떨구더니 쇼이치 선배를 번갈아 보고는…… 움직였다.

"……주장, 저기…… 아 해봐."

진짜로?! 그녀는 오코노미야키를 젓가락으로 잘라 그것을 집어 선배에게 내밀었다. 나도 나나미도 그 행동에 화들짝 놀랐다.

대담한 행동이긴 한데, 쇼이치 선배는 어떻게 반응할까. 나도 나나미도 두근거리는 마음으로 함께 상황을 지켜보았다.

젓가락은 안 떨어지는 게 신기할 정도로 떨리고 있었고, 이쿠사가와 씨는 조금 시선을 내리깔고 있었다. 보고 있는 이쪽이 긴장되는 분위기 속 선배의 반응은 담백했다.

"오. 주는 거야? 고마워. 하압."

선배는 내민 오코노미야키를 덥석 입에 물었다.

조금의 부끄러움 없이 담백하게 먹으니까 나도 나나미도 벙찐 얼굴이 되었다. 이쿠사가와 씨는 하아, 하고 한숨을 쉬고는 고개를 저었다.

아, 그렇구나. 선배는 인기가 많으니까 이 정도는 일상다반사인가? 하지만 아까 나랑 나나미한테는 달달하다고 했으면서.

설마 본인 일에만 둔감한 건가……?

뭔가 만화 주인공 같네. 이렇게 되면 선배한테 호감을 전하는 게 상당한 난이도가 되지 않을까.

"야아, 오늘은 매니저도 상냥하고, 축제는 즐겁네."

"……딱히, 늘 화를 내는 것도 아니잖아요."

아니, 보기에 따라서는 이건 이거대로 달달한 느낌인가. 이대로 거리가 좁혀진다면 좋겠다.

나나미도 그렇게 생각했는지 내 손을 꼭 잡은 채 두 사람을 흐뭇하게 바라보고 있었다.

"잠깐, 나만 얻어먹는 것도 미안한데……. 매니저, 사과 사탕 안 먹을래?"

잡고 있던 나나미의 손에 힘이 실렸다.

꼭 쥔 채 선배의 그 행동을 반짝반짝한 눈빛으로 응시하고 있다. 나도 깜짝 놀라 나나미와 함께 선배를 주시했다.

이쿠사가와 씨는 너무 놀라 입을 떡 벌린 채 사과 사탕을 손가락으로 가리켰다. 선배는 천천히, 상냥하게 미소 짓고 있을 뿐이다.

또 한 번의 긴장감이 우리를 감쌌다.

이쿠사가와 씨는 금붕어처럼 입을 떡 벌리고 있다가, 이 윽고 그 입을 한번 꾹 다물고는 조용히 선배에게 한 걸음 다가갔다.

그리고 작게 입을 열더니 선배의 손에 얼굴을 가까이 가져갔다. 선배는 그것을 조용히 기다렸다. 매니저가 천천히 사과 사탕을 먹고 떠나자, 작은 치아 모양이 사과 사탕에 남았다.

선배는 만족스러운 듯 함박웃음을 짓고 있었고, 이쿠사가와 씨는 마치 사과 사탕처럼 새빨갛게 변해버렸다.

……아니, 우린 대체 무슨 광경을 보고 있는 거지?

너무나도 풋풋하고 달콤한 광경을 보고 있는 기분이었다. 야키소바나 소시지를 먹고 있는데, 그것들이 달콤하게 느껴진다고나 할까…….

"아니, 무슨 말을 하는 거야? 너희가 하는 일에 비하면 이 정도는 귀여운 수준이지……."

어라? 나 소리 내서 말했나? 어이없다는 듯 나온 선배의 말에, 우리가 붙어 있는 모습을 오늘 하루밖에 보지 못한 이쿠사가와 씨마저 작게 고개를 끄덕였다.

"그래요? 그 정도는 아닌 것 같은데……."

"아니, 그 정도가 맞아. 지금도 손을 꼭 잡고 있고. 서로 기대고 있고. 눈치 못 챘어? 헌팅하려고 다가왔던 남자들이 너희 모습을 보고 질렸다는 얼굴로 후퇴하는 걸 말이야."

응?

잠깐, 그게 뭐야. 전혀 눈치 못 챘는데요. 확실히 나나미는 눈길을 끌긴 하지만, 개의치 않고 헌팅해 오려는 사람이 있었던 걸까……. 아니, 그 사람들마저 후퇴했다니…… 그렇게 붙어 있었다는 자각은 없었는데…….

나나미도 눈치채지 못했는지 한 손으로 얼굴을 가리고 있었다. 놀라움과 수치심으로 뺨이 물든 것 같았다.

본인 일은 본인이 잘 모른다는 말을 듣긴 했지만…… 이렇게 대놓고 지적받을 때까지 모를 줄은 몰랐다.

"뭐, 그거지. 바보 커플은 본인들만의 세계에 들어가 있으니까 좀처럼 눈치채지 못하는……."

"……주장, 말을 가려 하세요……. 너무 돌직구잖아요."

귀를 꽉 잡힌 선배는 아프다며 소리쳤다. 기껏 지금까지 혼이 나지 않았는데 기어이 혼이 났군요.

"응, 다음부터 밖에서 너무 달라붙는 건 좀 자중할까?"

"어?"

나나미의 그 중얼거림에 나도 "응?" 하고 되받아쳤다.

그녀는 무의식적으로 나온 한마디였는지, 입가를 누르고 잠시 시선을 아래로 향하고 있었다.

서로 얼굴을 마주 보는데 왠지 초조해지는 기분이었다. 그것은 나나미도 마찬가지였는지 그것을 얼버무리듯 웃어 보인다.

뭐, 뭐어…… 지금까지 무의식적으로 해왔으니 의식적으로 바꾸는 건 어려울지도 모른다. 평소처럼, 평소처럼 갈까.

그런 생각을 하는데, 나나미가 내 귓가에 다가와서는…… 두 사람에겐 들리지 않는 작은 목소리로 속삭여 왔다.

"밖에서 자중한다면…… 집에서 더 많이 붙어 있자?"

……더?!

휙 떨어진 나나미를 보자 아무렇지도 않은 표정을 짓고 있다. 그리고 조용히 시선만을 내게 돌리더니 그 입술에 옅은 호선을 그렸다.

그 입가도 어느새 가져왔는지 푸른색 부채로 가려져 있어 정면에서는 보이지 않았다. 나에게만 보일 뿐이다.

밖에서 자중하면 집에서는 더…… 인가……. 어떻게 하면 좋을까 하는 궁극의 선택이었다. 나는 어떻게 해야 할까.

문득 정신을 차려보니 아프다며 시끄럽던 두 사람도 말이 없다. 나도 나나미도 그쪽으로 시선을 보내자…….

"그렇군. 이게 바로 진짜인가."

"······굉장해. 머리에 쥐가 날 것 같아."

여전히 귀를 잡힌 선배와 귀를 잡고 있는 이쿠사가와 씨가 중얼거린다. 아니, 뭐예요 진짜라니.

"그, 그러고 보니 슬슬 불꽃놀이가 시작될 것 같은데. 어디에서 볼까요?"

나는 얼버무리기 위해 화제를 바꿨다. 적당히 떠오른 대로 말했는데, 아마 거의 시간이 임박한 듯싶었다. 나나미도 연신 옆에서 고개를 끄덕였다.

"그렇구나, 슬슬 불꽃놀이가 시작될 시간이네······. 흠, 그럼 다들 잠깐 따라와 줄래?"

스마트폰으로 시간을 확인하자 불꽃놀이가 시작되기까지 아직 조금 시간은 남았지만, 장소 이동을 생각하면 딱 적당한 타이밍이었다.

앞장서는 선배를 따라 나도 나나미도 이동했다. 앞을 걷는 두 사람은 망설임 없이 움직이고 있는데, 불꽃놀이 장소에서는 멀어지는 느낌이었다.

"선배, 어디 가세요?"

"아, 불꽃놀이를 여유롭게 볼 수 있는 비밀 장소가 있거든. 거기라면 사람이 거의 없으니까 불꽃놀이도 여유롭게 볼 수 있을 거야."

선배는 축제 장소의 출구를 향해 걸어갔다. 그런 곳이

있나. 확실히 인파를 피할 수 있다면 감사한 일이었다.

따라가다 보니 점점 인기척이 사라졌다. 가로등도 적어
지고, 아까까지 밝았는데 거짓말처럼 어두워졌다.

불빛보다 밤의 어둠이 더 많아지자 주위는 주택가 되어
있었다. 꽤 걸어왔는데, 이런 곳에 비밀 장소가 있는 건가?

"바로 여기야."

우뚝 멈춘 끝에는 적은 가로등 불빛을 받은 아담한 공원
이 놓여 있었다. 사람도 아무도 없고 놀이기구도 적어 좀
쓸쓸한 느낌이다.

확실히 비밀 장소가 같긴 한데, 여기서 불꽃놀이가 보이
나? 주위에는 꽤 높은 아파트도 많아서 안 보이는 거 아닐까.

"……그쪽이 아니에요, 이쪽이에요."

나와 나나미가 고개를 갸우뚱하는데, 그 뒤쪽에는 4층짜
리 아파트? 맨션? 같은 것이 있었다. ……그러고 보니 맨
션과 아파트의 차이는 뭘까. 다음에 알아볼까.

나와 나나미가 그 건물을 올려다보고 있자, 선배가 그
안으로 들어갔다. 우리들은 황급히 선배를 따라 맨션으로
들어갔다.

"……선배, 함부로 들어가는 건 좀 위험할 것 같은데요."

"아아, 아냐. 여긴 내가 사는 맨션이거든. 부끄럽지만 혼
자 살고 있어서 친척 맨션에 신세를 지고 있어."

선배의 설명을 들으며 계단을 올라갔다. 그렇구나, 여기

서 선배가 자취를…… 응? 선배 혼자 살았어?

계단을 다 오르자 바로 옆에서 후우, 후우 하는 거친 숨소리가 들려왔다. 목소리의 주인은…… 나나미다.

"나나미, 괜찮아?"

"괘, 괜찮아……. 최근에는 좀 운동이 부족해서……."

나나미는 괜찮다고 하면서도 나에게 손을 얹었다. 나는 그 손을 잡고 그녀의 손을 이끌어주듯 함께 걸었다. 계단이고, 너무 당기면 위험하니까 만일의 상황을 대비해 손을 잡고 있다는 느낌이었다.

숨을 몰아쉬고 땀을 흘리면서 우리들은 계단을 올라갔다. 선배 집이 꽤 높은 곳에 있다 싶었는데 그게 아니었다.

계단을 오르자 눈앞에는 묵직해 보이는 문이 하나 있을 뿐, 주위로 집이 전혀 보이지 않는 곳에 도착했다. 으음…… 여기는 어디죠?

선배는 그 묵직해 보이는 문을 천천히 열었다. 강한 바람이 문틈 사이로 들어와 우리 몸을 때렸다.

그 문을 지나자 주위가 높은 펜스로 둘러싸인 곳이 나왔다.

"여긴…… 옥상인가요?"

"맞아, 이 맨션은 불꽃놀이 때만 옥상이 개방되거든. 거주자와 거주자의 지인밖에 올 수 없으니 비밀 장소지."

몇 명이 이미 자리를 잡고 있는지 다들 편안하게 앉아

있었다. 의자를 가져와 앉아 있거나 음료수를 마시고 있다.

"아, 모처럼이니 돗자리라도 가져올까? 아니면 음료수를 마시면서 보는 것도 좋겠군. 잠깐만 기다려."

"……도와드릴게요."

우리도 도와주려고 했지만, 선배는 두 사람은 기다리고 있으라는 말만 남기고는 이쿠사가와 씨와 옥상에서 나갔다.

사람도 드물고 공간도 비어 있었기에 우리는 우선 적당한 장소로 이동했다. 맨션 옥상은 처음 와봤는데…… 의외로 이것저것 놓여있네.

학교 옥상이랑 별반 다르지 않은 것 같다.

"하아…… 시원하다……."

"숨이 많이 찼지…… 잠깐, 나나미?!"

나나미는 유카타의 옷깃을 느슨하게 하고는 팔랑팔랑하며 그 안에 공기를 넣어 시원하게 하고 있었다. 사소한 행동에 나는 당황했지만, 동시에 그렇게 더웠나 싶어 걱정이들었다.

옥상은 어두웠기 때문에 유카타 틈으로 뭔가가 보이지는 않았다. 잠시 나나미의 피부가 보였지만 그뿐이다.

……피부가 보인다?

그러고 보니 유카타 안에는 아무것도 안 입는다는 이야기를 들은 적이……. 뭔가 만화 같은 걸 보면 그렇지 않나? 어? 설마 나나미, 아무것도 안 입은 거야?

아니, 아니, 그럴 리가 없지. 그렇다면 이렇게 팔랑거리며 흔들지는 않겠지. 응, 괜찮을 거다, 분명.

하지만 더워하는 모습은 좀 안쓰럽다. 그러고 보니 아까 부채를 들고 있었지. 지금은 안 들고 있는 것 같은데, 어디에 있지……?

"나나미, 부채로 부채질할래? 아까 들고 있었지?"

"아, 응. 고마워. 오비(띠)에 꽂아뒀어~."

오비에? 그렇게 생각하고 뒤로 돌아가니 오비에 깔끔하게 부채가 꽂혀 있었다. 오, 이런 보관 방법이 있었다니. 뭔가 좀 낭만적이네.

아니지, 낭만을 느낄 게 아니라 제대로 부채질을 해 줘야지.

나는 나나미의 오비에서 부채를 빼려고 했다.

이때 나의 어리석은 실수는 나나미가 유카타를 느슨하게 한 채 옷깃을 팔랑거리고 있다는 사실을 잊고 있었다는 것이다.

나중에 깨달았지만, 유카타라는 것은 일반적인 옷과는 달리 그 사람의 움직임으로 쉽게 느슨해진다고 한다. 평범한 셔츠를 다루듯이 만지다 보면 순식간이라고.

게다가 오비가 유카타를 고정하고 있지만, 벨트와는 구조가 전혀 다르다. 외형은 비슷했기에 벨트와 같은 느낌으로 다루면 금방 느슨해진다.

그러니까 즉…… 무슨 일이 있었냐면…….

내가 부채를 집어서 정면에서 부채질하려는 순간…….

나나미 유카타 오비가 풀려버렸다.

아마 느슨한 상태에서 내가 부채를 집은 것이 최종적인 원인이 된 것 같았다. 안 그래도 나나미는 유카타 오비에 부채를 꽂기 위해 다소 무리한 자세를 하고 있었다.

그래서 우리가 예상한 것보다 오비가 더 느슨해졌고…… 그대로 풀렸다.

더 최악인 것은 나나미가 덥다면서 유카타 안으로 시원한 공기를 들여보내는 움직임을 하고 있었다는 점이다. 그것은 유카타에 익숙한 사람이라면 절대 하지 않을 동작이다.

그 상태에서 오비가 풀렸으니…….

"흐에……?"

유카타 앞이 완전히 열린 상태가 되고 말았다. 고정하고 있던 부분이 흘러내리고, 겨우 한 장의 천으로 만든 유카타와 흘러내린 오비. 내가 한 부채질로 인해 더욱 벌어진 것 같았다.

새하얀…… 새하얀 무언가가 내 눈앞에 나타났고. 내가 움직인 것과 나나미가 움직인 것은 거의 동시였다.

큰 소리를 내지 않은 것은 정답이었다. 만약 냈다면 주위에 있는 사람들이 우리를 주목하면서 더 곤란해졌을 것이다.

나나미는 벌어지는 유카타를 바로 잡아채 피부를 가렸고, 나는 나나미의 몸을 허리부터 끌어안듯이 잡아 그대로 그녀를 남의 눈에 띄지 않는 그늘까지 이동시켰다.

글자만 놓고 보면 완전 수상한 사람인데, 그렇게밖에 표현할 수 없으니 어쩔 수 없다. 그늘이라고 해도 그리 많지는 않아서 옥상으로 들어온 입구 뒤편으로 가는 정도였다.

하지만 다행히 그곳에는 아무도 없었다. 생각보다 좁은 공간이 그 이유일지도 모른다.

"어째서?! 보통은 이렇게는 안 되잖아?!"

아니, 나도 그렇게 생각한다. 여러 우연이라고 할까, 운 나쁜 요소가 겹친 결과 이렇게 되어 버렸다고밖에 말할 수 없었다.

"……으…… 봤어?"

"음…… 그…… 아래에도 입고 있었구나."

"당연히 입고 있지?!"

무슨 소리냐며 나나미한테 한 소리를 들었지만, 어쩔 수 없다. 혼란스러웠으니까. 하지만 동시에 안심도 됐다. 나나미는 유카타 안에 캐미솔 같은 걸 입고 있었다.

그 덕분에 유카타가 벌어지며 맨살이 보이는 사태는 막을 수 있었다. 뭐, 하얀 건 보여버렸지만. 그것뿐…… 아니, 그것뿐이라는 것도 좀 이상하네.

"이거 어쩌지……. 아, 그래도 좀 시원하다……."

나나미는 아무도 보고 있지 않다는 안도감 때문인지 앞쪽을 살짝 열고 바람을 느끼고 있었다. 나로서는 나나미를 봐도 되는지 안 되는지 알 수 없어 조마조마했다.

아니, 봐도 되는 건 아니니까 보지 말자.

나나미의 옷이 스치는 소리와 맨션 주민들의 대화 소리가 멀고도 작게 내 귀에 들려왔다. 한동안 그런 상황이 이어졌는데…… 뒤이어 들려온 것은 귀를 의심하는 한마디였다.

"……부채질 안 해 줘?"

작은 소리로, 딱히 별 생각 없이 말해봤어요, 라는 느낌으로 들려온 한마디에 나는 나나미의 부채를 들고 있다는 것을 떠올렸다. 분명 내가 그렇게 말하긴 했지만…….

그건 제가 돌아서서 부채질하라는 말인가요? 아니, 물론 그것밖에 없겠지만, 지금 상황에서 그건 힘들지 않을까.

그런 내 걱정을 알아차린 듯, 나나미는 내 등을 한 손으로 만졌다. 그 닿은 손에서 나나미가 말할 때마다 진동이 전해지는 것 같았다.

그 진동이 내 안에서 말이 되어 울리는 것 같은 착각이 들었다. 실제로 말은 고막에 닿는 것이고 딱히 팔에서 진동은 오지 않는다. 하지만 의식이 그 닿은 손에 집중된 상태다 보니 그런 착각을 하게 되었다.

"유카타는 두르고 있으니까 이쪽 봐도 괜찮아. 시원해지면 옷 입는 거 도와줬으면 좋겠어."

그제야 오기 전에 들었던 겐이치로 씨의 말이 떠오른다.

『입는 법은 기억해 두면 장차 도움이 될 거다.』

이렇게 빨리 복선을 회수할 줄은 몰랐는데. 그보다 어떻게 입히는 건지 전혀 모르겠다. 스마트폰으로 조사해 보면 되나?

여러 가지 생각들이 빙빙 맴돌았지만, 나는 결국 몸을 휙 돌렸다. 이제 될 대로 되라는 심정이었다. 적어도 밖이니까 이상한 짓은 안 할 거야. 자신을 믿어!

그리고 시야에 지금의 나나미가 비쳤다.

오비는 거의 풀려서 간신히 허리에 걸쳐져 있는 상태였다. 비스듬하게 되어 있는데 완전히 떨어지지 않은 것이 신기했다.

유카타 자체는 몸 전체에 휘감은 느낌이었고, 옷깃을 손으로 누르고 있었다. 그 손을 떼면 금방이라도 앞이 완전히 벌어질 것처럼 보였다.

전에 어딘가에서 본 적이 있는데, 젊은 애들이 기모노 입는 방법이 단정치 못하다든가, 옷을 헐렁하게 입는 것은 본래의 방식이 아니라든가…… 그런 말이 떠올랐다.

그러니까 지금의 나나미가 단정치 못하게 느껴졌다는

것이 아니라…… 그 반대다.

완전히 지금의 나나미는 유카타를 벗기 직전의 상황이었다. 이렇게까지 흐트러지면 차라리 이런 예술이 있지 않을까, 하고 나는 생각했다.

전통과는 또 다른 장점이 여기에는 있었다.

아니, 물론 이 상황에서 사람들 앞에는 절대 못 나가겠지만. 아무래도 걱정되는 수준이었다.

하지만 그것과 몸에서 흘러나오는 아름다움은 별개라고 생각한다.

왠지 묘한 매력이 깃든 그 모습을…… 나는 부정할 마음이 들지 않았다.

"저기…… 요신……?"

"헉?! 미안, 넋을 잃고 있었어."

나는 나도 모르게 지금의 심정을 솔직히 털어놓았다. 어두워서 좀 알긴 어렵지만, 나나미는 놀란 듯 숨을 죽이는가 싶더니 옅은 미소를 지었다.

작게 "변태"라고 중얼거린 것 같긴 하지만, 일단 나는 손에 든 부채로 나나미를 가볍게 부채질해 주었다.

작은 소리로 더 가까이와도 된다는 말이 들려왔지만, 두 걸음 정도 떨어진 이 정도가 나에겐 최선이었다. 그 상황에서 천천히 그녀를 부채질했다.

되도록 너무 강하지 않게, 또 너무 약하지 않게……. 후우,

하고 숨을 내쉰 나나미는 기분이 좋아 보였다. 역시 유카타는 더웠을까. 나는 이 옷 아래에 나나미 같은 속옷은 안 입어서 그나마 괜찮은데.

근데 이거 나나미가 시원해진 뒤엔 어떡하지? ……일단 오비를 묶어서 입어야 할 텐데…… 스마트폰 정보만으로 할 수 있을까?

그러는 사이에 두 사람의 목소리가 들려왔다. 아, 돌아왔구나. 숨어 있는 모양새가 됐으니 제대로 설명해야겠지.

"음? 그 두 사람은 어디 있지……? 어디 숨어서 오붓한 시간을 보내는 건가?"

맞지도 않지만 틀리지도 않은 소리를 하는 선배의 목소리가 점점 다가왔다. 숨는다면 이 근처가 제일 가까울 테니 금방 오겠지.

하지만 위험하다. 이 상태의 나나미를 보여줄 수는…….

초조한 마음에 일단 내가 먼저 나가서 설명할까 하는 순간, 선배의 발소리가 멈췄다. 아무래도 함께 있는 이쿠사가와 씨의 말에 멈춘 것 같았다.

다행이다…… 라고 생각했지만, 그것은 잠시였다.

"……주장, 잠깐 물어보고 싶은 게 있어요."

"응? 뭐야? 내가 대답할 수 있는 일이라면 뭐든…….'

"……벌칙 게임이라는 게…… 뭐예요?"

그 순간, 선배의 말이 멈췄다.

동시에 나와 나나미의 움직임도 멈춰버렸다.

뜻밖의 말에 나도 나나미도 서로를 마주 보았다. 우리들이 묻고 싶었던 것이고, 그리고 선배가 부정했던 것의 대답이…… 갑작스럽게 등장했기 때문이다.

이대로 나가도 될까 말까 망설이는데, 두 사람은 침묵하고 있었다.

잠시의 침묵 후…… 선배의 목소리가 바로 지척에서 들려왔다. 아무래도 바로 옆까지 이동한 것 같다.

"……무슨 얘기지?"

"우연히 들었거든요. 부실에서 하는 이야기. 벌칙 게임이라는 말이 들렸는데, 뭔가 심각해 보여서…… 그래서 선배는, 어떤 벌칙 게임을……."

"……그건 내 입으로는 설명할 수 없어."

당황한 기색으로 시치미를 뗀 선배는 이내 진지한 어조로 확실하게 설명할 수 없다고 말했다.

들었다는 건 그때인가. 역시 학교에서 이야기한 건 좋지 않은 선택이었을지도 모른다. 이건 완전히 내 잘못이다.

선배의 거절과도 비슷한 말에 쿵 하는 소리가 들려왔다. 살짝 들여다보니 선배의 몸에 이쿠사가와 씨가 쓰러지듯 안겨 있었다.

선배는 이쿠사가와 씨를 안아야 할지 망설이는 듯 손을 허공에 띄우고 있었다.

"……처음에는 선배가 협박당했나 싶었는데, 대화해 보니 두 사람 다 좋은 사람이고…… 도저히 뭐가 뭔지 모르겠어요……!!"

조용한 목소리지만 그 목소리는 조금 떨리고 있고…… 울 것 같았다. 그래…… 확실히 그 사실을 알았다면 혼란스럽겠지.

도중에 나와 나나미를 둘만 있게 하려던 것도 배려해서 그런 것이 아니라 우리에게서 떨어뜨리려 했던 것이다. 확실히 무섭겠지.

"……미안해, 걱정을 끼쳤네."

"사과하지 마세요……. 사과할 바엔 무슨 일이 있었는지 알려주세요……."

"그건……."

선배는 말하기 어려운 모습이었다. 아마 선배는 말하지 않겠지. 그렇다면 이미 벌칙 게임에 대해 알려진 이상 내가 설명하는 게 나을 것이다.

나나미에게 눈짓하자 그녀도 작게 고개를 끄덕였다. 응, 그럼…… 가볼까.

"죄송합니다, 그건 제가 설명할게요."

느닷없이 나온 나에게 둘 다 대놓고 화들짝 놀라며 몸을 떨었다. 아, 적어도 예고는 할 걸 그랬나⋯⋯.

선배는 편의점 봉투 비슷한 것을 몇 개 들고 있었다. 그래서 시간이 걸린 건가?

뭐, 그건 놔두고⋯⋯ 나는 이쿠사가와 씨에게 일의 경위에 대해 설명하기로 했다. 여기서는 섣불리 얼버무리는 것보단 정확한 정보를 알고 있는 편이 낫겠지.

그렇게 생각하고 입을 열려는 순간⋯⋯.

이쿠사가와 씨가 나에게 고개를 숙였다.

"⋯⋯부탁드려요⋯⋯. 주장을 용서해 주세요⋯⋯!!"

음? 어째서? 갑작스러운 행동에 나도 선배도 놀라고 말았다. 내가 용서한다니⋯⋯ 왜? 내가 말을 꺼내지 못하고 있자 그녀가 고개를 숙인 채 말을 이었다.

"아마도 주장이 미스마이 씨에게 져서 벌칙을 받게 된 거겠지만, 염치없는 말인 것도 알지만⋯⋯ 용서해 주세요⋯⋯!"

쇼이치 선배가 나한테 졌어⋯⋯? 무슨 말인가 했는데, 생각해 보니, 나랑 선배는 딱 한 번 대결을 했었다.

나나미와 사귀었던 거의 초창기의 이야기라 완전히 기억에서 밀려나 있었다. 그때 나는 매우 비겁한 수를 써서 선배에게 이겼다.

혹시 그거랑 벌칙 얘기를 연결 지은 건가?

확실히 이야기만 들으면 앞뒤는 맞다. 아니, 완전히 앞뒤가 맞춰진다. 선배에 대한 벌칙은 전혀 없었는데.

계속 고개를 숙이고 있는 이쿠사가와 씨와 그녀를 걱정스러운 얼굴로 바라보는 선배……. 나는 그런 두 사람에게 말을 걸었다.

 "음…… 일단 고개를 들어주세요. 무슨 일이 있었는지 다 얘기할 테니까요.

 "……요신 군, 괜찮겠어?"

 "뭐, 벌칙에 대해 들었다면 제대로 설명해 두는 편이 좋겠죠."

 쇼이치 선배는 미안하다는 한마디만을 입에 담았다. 고개를 든 이쿠사가와 씨에게 나는 천천히…… 일의 개요를 설명하기 시작했다.

 "뭐부터 말해야 할지. 일단 처음부터 말하자면……."

 나는 다시 한번 무슨 일이 있었는지 복습하듯 말했다.

 새삼스럽게 그때 행동을 입에 올리려니 좀 쑥스러웠다. 누구에게도 알려지지 않았던 흑역사를 공개하는 기분이다. 나나미와의 추억은 소중하지만, 아무래도 그렇게 느껴지는 부분은 부정할 수 없었다.

 지나고 나면 다 좋은 추억이라고는 하지만, 이걸 좋은 추억이라고 말하기 위해서는 아직 조금 더 시간이 필요할 것 같았다.

 말하는 동안 내 이야기를 아주 조용히 들은 이쿠사가와 씨는 입을 떡 벌리고 있었다.

그야 그렇겠지. 이런 이야기를…… 갑자기 듣는다면 곤란하겠지.

"……그게 정말이에요?"

그녀가 힐끔 선배 쪽을 보자 선배는 과장된 말투로 사실이라고 단언했다. 자꾸만 거짓말이 아니냐, 다른 숨기는 건 없냐는 식의 대화가 반복됐다.

최종적으로는 선배의 "내가 능숙하게 숨길 수 있을 것 같아?"라는 한마디에 납득한 것 같았다.

납득하는 방법이 좀 의아하긴 했지만, 어쨌든 오해는 풀린 것인지…… 이쿠사가와 씨는 안심한 모습으로 가슴을 쓸어내렸다.

"……다행이다…… 다행이에요."

안도의 말을 쏟아내는 그녀의 눈에 희미하게 눈물이 어렸다. 그렇게 걱정했던 걸까. 확실히 본인의 친한 선배가 무슨 일에 휘말려 있으면 걱정되겠지…….

"주장 성격상 바보 같은 짓을 해서 큰 폐를 끼치고, 그것 때문에 벌칙 같은 걸로 용서받을 때까지 속죄하는 건 줄 알고……."

……걱정의 방향성이 생각했던 것과는 조금 달랐다.

"너무하네, 매니저. 내가 그런 바보 같은 짓을 할 리 없잖아?"

"하잖아요, 바보잖아요. 뭐예요, 여자아이를 걸고 승부라니, 진짜 실망했어요. 내체 무슨 생각이에요?"

지금까지 걱정하고 있던 것에 대한 반동인지, 아니면 이쪽이 원래의 모습인 건지…… 아까까지의 얌전한 인상이 거짓말이라는 듯 선배를 몰아붙인다.

어쩐지 부부싸움은 개도 안 말린다는 말이 떠올랐다. 매번 흐뭇한 모습의 두 사람이다. 내가 쓴웃음을 지으며 보고 있는데…….

"그러고 보니…… 바라토 씨는 왜 없어요?"

"아, 나나미는 저쪽에……."

느닷없이 던져진 화제에 나는 나도 모르게 나나미가 지금 있는 곳을 가리키고 말았다. 그곳은 완전히 그늘에 가려져 있었기에 지금의 나나미가 어떤 상황인지는 볼 수 없었다.

그래서 나나미의 모습을 확인하기 위해 이동하는 것은 어쩔 수 없는 일이었다고 할 수 있다.

"바라토 씨에게도 큰 실례를 했으니 사과를 해야……."

터벅터벅 가벼운 발걸음으로 이쿠사가와 씨가 이동한다. 마치 날아가는 듯한 움직임이라, 매니저가 아니라 선수 같다는 엉뚱한 감상이 내 머릿속에 떠올랐다.

너무 갑작스러워서…… 미처 생각하지 못했다.

지금 나나미의 상황을.

"앗……."

"어어엇?!"

내가 말리기도 전에 이쿠사가와 씨의 목소리가 들려왔다.

나는 뛰쳐나가려던 쇼이치 선배를 황급히 제지했다. 선배는 영문을 모르겠다는 표정으로 날 바라보았다.

"미, 미스마이 씨?! 밖에서 대체 무슨 짓을?!"

어두워도 알 수 있을 정도로 얼굴을 붉힌 이쿠사가와 씨가 얼굴을 내밀었다. 아니, 그 차림의 나나미를 봤다면 이런 리액션이 나올 수밖에 없는 건 아는데…….

"그 뭐냐, 저…… 사정이 있어서……."

"사, 사정?! 어떤 사정이죠?! 설마 참지 못한 건가요?!"

"아냐, 아냐, 아냐!"

이런. 이러면 또 다른 오해를 낳을 것 같다. 일단 세세한 부분을 설명해야겠다고 판단한 나는 나나미가 숨어있는 곳까지 이동했다.

사정을 모르는 선배가 따라오려다가 "주장은 거기 계세요"라는 말에 얌전히 멈춰 섰다. 죄송해요, 선배.

"어, 어둡기도 하고…… 바깥이라 개방적이고…… 그럼 그런 기분이 드는 거야? 하지만 고등학생이고, 너무 과한 거 아냐……?"

이쿠사가와 씨는 중얼중얼 입가에 손을 대고는 망상을 펼치고 있었다. 나나미는 손으로 유카타를 누른 채 쓴웃음을 짓고 있었다.

우선 그녀는 놔두고 나나미에게 제대로 유카타를 입혀줘야 했다. 그런데⋯⋯ 이건 어떻게 하는 거지?

"아⋯⋯ 저 입는 법 아는데, 도와줄까요?"

망상의 세계에서 돌아온 이쿠사가와 씨가 감사한 제안을 했다. 할 수 있는 사람에게 도움을 받는다는 것도 괜찮겠지.

하지만⋯⋯ 음.

그때 갑자기 무언가가 나를 잡아당겼다. 뭐지 싶어 시선을 움직이자, 나나미가 내 유카타 끝자락을 잡고 있는 것이 시야에 들어왔다.

눈이 마주친 나나미는 작게 고개를 저었다. 이건⋯⋯ 그런 뜻일까?

나는 이쿠사가와 씨에게 시선을 돌려 내 생각을 전했다.

"고마워. 하지만 마음만 받을게. 모처럼이니까 나나미 옷은 내가 입혀주고 싶거든. 아, 그래도 이상한 부분이 있으면 알려줘도⋯⋯."

힐끔 다시 시선을 나나미에게 돌리자 그녀는 빙긋 웃으며 고개를 끄덕였다. 아, 역시 나한테 해달라는 말이었구나. 성급히 판단하지 않아서 다행이다.

그래도 정말 괜찮을까? 뭔가 이렇게⋯⋯ 유카타를 입혀준다는 건 다시 말해 옷을 입혀준다는 뜻이잖아? 일본과 서양의 차이가 있다고는 해도⋯⋯ 뭔가 굉장히 부끄럽다는 느낌이었다.

"그럼…… 그…… 한다?"

"응, 부탁할게……."

일단 우리는 스마트폰을 보면서 우왕좌왕하면서도 유카타를 입어 나갔다. 영상으로 보니까 입히는 것 자체는 그렇게까지 어렵지 않았다.

그래, 입히는 것 자체는 확실히 어렵지 않았다. 입히는 것뿐이라면.

'으아, 이렇게나 가까이……. 심지어 뭔가 묘하게 좋은 냄새가 나…….'

유카타를 입을 땐 앞을 활짝 벌려야 하는 경우도 있었기에, 나는 유감스럽게도 그 부분에 대해서는 아무것도 할 수 없었다. 거기만 잘라내면 입히는 건지 벗기는 건지 헷갈릴 정도다.

그래서 뒤에서 나나미를 도와주려는데, 맨살에 닿은 것이 아니라 유카타만 만지고 있는데도 일일이 두근거렸다.

그런 내 심정을 모르는 나나미는 익숙해지면 자신 혼자할 수 있을 것 같다면서 천진한 얼굴로 말하고 있다. 배우는 것보다도 익숙해지는 게 제일이니까.

그렇게 가까스로…… 나나미의 옷 입히기가 완료되었다. 임무를 완수한 기분이 든 나는, 후우, 하고 한숨을 내쉬고 이마의 땀을 닦는 시늉을 했다.

사실 긴장감 때문에 땀이 과하게 났다.

맵시 좋고 예쁘게 나오지는 않았지만, 그래도 어떻게든 모양은 갖춘 것 같았다. 뭐, 오비 매듭 모양이나 이런 건 전혀 다르지만 벌어지지만 않는다면 괜찮겠지.

내가 한 발짝 떨어지자 나나미는 자신의 몸을 내려다보기도 하고 두 손을 들어 빙글빙글 도는 등 기운 넘치는 모습을 보여주었다.

"에헤헤, 요신이 해줬다~."

나는 별다른 일은 하지 않는데…… 기뻐해 주니 다행이다. 빙글빙글 웃는 나나미는 마치 소녀처럼 순수하게 기뻐했다.

아, 하지만 그렇게 돌면 또 옷이 흐트러질 텐데…… 고치면 되긴 하지만. 그래도 조금 조마조마한 기분이다.

"……정말. 사이가 좋네."

거기서 우리들은 이쿠사가와 씨가 있다는 사실을 뒤늦게 떠올렸다. 응, 이런 부분을 고쳐 나가야 하는 거겠지. 요즘은 바로 둘만의 세계로 들어가는 것 같다.

춤추듯 도는 것을 멈춘 나나미가 내 옆으로 스윽 이동하더니 다소곳하게 두 손을 앞으로 모았다. 아니, 이미 너무 늦었어.

그리고 이쿠사가와 씨는 나나미를 향해 고개를 숙였다.

"미안해요, 이상한 의심을 해서…… 제가 태도가 좋지

못했죠. 정말, 죄송합니다."

"아, 아니야. 응, 괜찮아, 괜찮아. 신경 안 써도 돼."

사과를 받은 나나미는 어딘가 가벼운 느낌이라 나는 살짝 고개를 갸우뚱했다. 편지를 받은 사람은 나나미니까 조금 더 불평해도 되지 않을까 생각했는데.

"좋아하는 사람을 위해 마음이 앞서가는 건…… 이해하니까."

그 말을 들은 이쿠사가와 씨는 아까 얼굴 전체를 붉힌 것과는 달리 이번에는 희미하게 뺨을 물들이더니, 이어서 작게 고개를 숙였다.

……정말로, 선배를 좋아하는구나. 새삼스럽게 확인한 나는 깜짝 놀랐다.

"그리고 애초에 내가 원인이니까. 정말 괜찮아."

나나미는 붕붕 양손을 흔들었고, 곧 감사하다는 말이 들려왔다. 좋아하는 사람을 위해 마음이 앞서간다. 확실히, 나도 그 마음은 알 것 같다.

"……감사합니다."

그 한마디를 듣고 나나미도 웃었다. 응, 이것으로 일단 나나미에게 온 편지 문제는 해결인가. 다행이다.

"……슬슬 나도 끼워주면 안 될까?"

불쑥 얼굴을 내밀고 들여다보는 쇼이치 선배의 모습에 우리들은 셋 다 화들짝 놀라고 말았다. 아니, 정말 갑자기 귀신같이 얼굴을 내밀면서 등장한 탓에 나나미가 너무 놀라 날 끌어안았다.

나는 막연하게 '그러고 보니 귀신의 집에는 들어가지 않았구나' 하는 생각을 했다.

우리의 소동이 끝난 타이밍에 마침 불꽃놀이도 시작할 시간이 되었다. 옥상에는 드문드문 사람들이 있었지만 붐비지 않아서 여유롭게 불꽃놀이를 볼 수 있을 것 같았다.

선배는 옥상에 비닐 돗자리를 깔고 그 위에 앉았다. 일부러 집에서 가져다준 것이었다. 돗자리 위에는 음료나 과자 같은 것들이 놓여 있어서 약간 소풍 온 기분이 들었다.

나나미는 유카타를 입고 능숙하게 시트 위에 앉더니 손에 쥔 부채로 팔랑팔랑 부채질했다. 옥상이라서 그런지 시원한 바람이 불어와서 무척 상쾌했다.

"야아, 오늘은 아주 즐거웠지. 또 다 같이 놀자. 건배!"

우리는 선배가 준비해 준 페트병 차를 손에 들고 선배의 목소리에 맞춰 그 페트병을 가볍게 맞댔다.

약간 신기한 느낌이었는데, 농구부에서는 마무리로 이렇게 건배를 한다고 한다. 체육계는 다 그런 느낌인가?

아직 차가운 음료가 더위로 뜨거워진 몸에 스며드는 것

같아 무척 기분이 좋았다.

그리고 그 타이밍에 옥상으로 빛이 비쳐들었다.

뒤늦게 펑 하는 소리가 귀에 들렸다. 소리가 나는 방향으로 시선을 돌리자 밤하늘에 예쁜 불꽃이 튀는 중이었다.

첫 번째 불꽃은 놓쳐버렸지만 이어서 두 발, 세 발 불꽃이 피어올랐다. 이렇게 가까이서 불꽃놀이를 올려다본 적이 없기 때문에 살짝 감동했다.

"타마야~."*

주위의 목소리에 맞추듯 나나미는 작게 불꽃놀이 때의 상투적 문구를 입에 담았다. 나도 나나미의 말에 이어서 말하는데, 그러고 보니 이건 무슨 뜻이지?

형형색색의 불꽃이 밤하늘에 뜨고 사라지고, 뜨고 사라졌다. 여유롭게 불꽃놀이를 감상할 기회가 없었기 때문에 무척 신선했다. 밤에 불꽃놀이를 보는 게 얼마 만이지?

설마 그걸 여자친구와 함께 보는 날이 나에게 오다니…….

나는 힐끔 옆의 나나미에게 시선을 보냈다.

"불꽃, 예쁘네."

천진하게 웃는 나나미의 미소가 무척 예뻤다.

눈치 빠른 남자였다면 여기서 네가 더 예쁘다고 말했으려나? 아니, 그건 그거대로 너무 폼을 잡는 것 같다.

잠시 불꽃놀이와 나나미의 표정을 만끽하고 있자……

---

*불꽃놀이를 볼 때 외치는 말. 에도 시대 있었던 불꽃놀이 가게 이름.

문득 선배 쪽이 눈에 들어왔다.

그쪽은 그쪽대로 무척 거리가 가까워 보였다. 선배도 이쿠사가와 씨를 싫어하지 않는 것이 아닐까 하는 생각이 들었다.

뭐, 나는 남녀의 분위기 같은 것에는 익숙하지 않으니까 보는 것만으로는 잘 모르지만.

나는 살며시 나나미의 손에 내 손을 포갰다. 그녀는 아주 살짝 반응을 보이더니, 내 포개진 손 아래에서 손가락을 조금 움직였다.

나나미의 손가락과 내 손가락이 얽히고…… 우리들은 서로 시선을 주고받았다.

"나나미, 수고 많았어."

"요신도 수고 많았어."

나와 나나미는 다시 페트병을 가볍게 부딪치며 건배했다. 무엇에 대한 수고인가 하면, 뭐 여러 가지였다.

편지 사건도 일단락, 나의 보충 수업은 딱 하루 남아서 내일이면 끝난다. 되돌아보니 훌륭하게 여름 방학을 시작한 것 같았다.

이대로 순조롭게 내일 보충 수업만 끝나면, 하고 싶은 일을 잔뜩 할 수 있는 여름 방학이 다시 시작되는 것이다.

아르바이트나 나나미와의 데이트…… 그리고 공부도. 이번 일로 공부는 꾸준히 하는 것이 최고라고 생각했다.

그리고 실수는 더는 하지 말자.

맞다, 여름 방학 중에 나나미 생일도 있지. 생일…… 생일이라…….

"저기, 나나미…… 생일에 뭐 갖고 싶어?"

"응? 내 생일?"

내가 생각해도 좀 한심한 것 같았지만, 뭘 원하는지는 나나미에게 직접 물어보기로 했다.

생일 선물을 물어보는 것이 얼핏 보면 생각을 포기한 것 같겠지만, 어느 쪽이냐 하면 이건 생각하기 위한 질문이었다.

예를 들어 생일 선물로는 액세서리를 갖고 싶다고 하면, 그럼 어떤 액세서리가 좋을지를 생각할 수 있다. 어떤 물건인 경우 특정 장르를 원한다면 그 원하는 것 중 뭐가 좋을지 최대한 생각해 볼 수 있다.

그러는 쪽이 더 실수 없이, 구체적으로 원하는 걸 주면서도 서프라이즈를 연출할 수 있다. 중요한 것은 마음이지만, 마음을 표현하는 방법에는 궁리가 필요했다.

마음만 있으면 뭐든 좋다고 할 수도 있겠지만, 그런 말에 의지하고 싶지는 않았다. 어디까지나 내 생각이지만.

명품을 조른다면 금전적으로는 좀 힘들겠지만, 차라리 알기 쉬울지도 모른다. 하지만 나나미는 아마 어디어디 명품 같은 구체적인 요청은 하지 않을 것 같다.

그 증거로 내 질문에 진지하게 고민하고 있다.

"생일이라……. 마음은 고맙지만, 뭐든 괜찮아?"

"응, 괜찮아."

불꽃놀이를 보면서 나나미는 신음하며 잠시 생각에 빠졌다.

나도 불꽃놀이를 보면서 나나미의 대답을 기다렸다. 그나저나 요즘 불꽃놀이는 여러 가지가 있구나. 내가 몰랐을 뿐 옛날부터 있었던 걸까.

잠시 말이 없더니 이윽고 하나의 대답에 도달했는지, 나나미가 불꽃놀이를 올려다보며 입을 열었다.

"생일 때 계속 같이 있었으면 좋겠어."

불쑥 그녀가 그런 말을 중얼거렸다.

……그걸로 된다고? 아무것도 바라지 않는 것과 똑같은 것이 아닌가 했지만, 그녀의 생각은 그렇지 않은 것 같았다.

"생일의 처음부터 끝까지…… 계속 단둘이 있을 수 있다면 좋겠어."

계속……? 설마?

"……당일 0시부터 날짜가 바뀔 때까지 계속?"

내가 확인하자 나나미는 고개를 끄덕였다.

아침부터 밤까지라는 그런 단순한 이야기가 아니었다. 말 그대로 24시간 같이 있자는 뜻?

아무래도 그건 현실적으로 어렵지 않을까. 심야부터 나

나미랑 같이 있을 수 있었던 건 저번 여행 때뿐이었는데, 그건 부모님도 있었던 가족 여행이었고.

그리고 나나미 집에 묵었던 적도…… 아니, 하지만 그때도 가족이 있었지. 역시 단둘뿐이라는 건…….

단둘이……. 설마…….

"……혹시, 내 생각이 틀렸다면 미안하지만, 단둘이 여행을 가고 싶다는 뜻이야?"

내가 말을 마치자마자 나나미는 펑 소리가 나지 않을까 싶을 정도로 순식간에 빨개졌다. 아무래도 정곡이었나 보다. 이 얼마나 에두른 요청인가…….

하지만 단둘이 여행이라……. 거짓말을 하고 같이 가는 방식은 아무래도 걱정을 끼칠 것 같고……. 하지만 원하는 건 이뤄주고 싶은데…….

"그건…… 부모님이 허락하시면 같이 갈까? 역시 우리들끼리 결정하면 무슨 일이 있을 때 걱정을 끼칠 테니까."

아마 우리들은 고등학생이니까, 마음만 먹으면 몰래 여행을 다녀올 수 있을 것이다. 요즘 시대엔 스마트폰도 있고. 어느 정도는 하려고만 하면 뭐든지 할 수 있었다.

아마 할 사람은 하고 있겠지.

친구 집에 머문다고 하면서 애인 집에 머문다거나. 세간의 윤리관이야 어떻든 고등학생이라면 그 정도 하는 사람은 얼마든지 있을 것이다.

하지만 나는 상대방의 부모님과도 알고 지내는 만큼 그런 수는 쓰고 싶지 않았다.

결국 그것은 나나미에게 좋지 않은 일이 될 테니까. 하려면 정정당당하게…… 정직한 자가 손해를 보는 것이 아닌, 정직하기 때문에 할 수 있는 일을 하고 싶었다.

그리고 어차피 거짓말 같은 것은 언젠가 들통날 것이다. 그렇다면 거짓말 같은 것은 하지 않는 편이 좋다. 거짓말을 해서 스스로 리스크를 높일 필요는 없다.

나의 이런 대답을 나나미는 예상한 것일까. 조금은 못마땅한 얼굴로 미간을 좁히면서도 역시 그렇겠지, 하고 중얼거렸다.

분명 알고도 밑져야 본전이라는 마음으로 말한 거겠지. 그러니까 뭐, 나는 타협안이랄지, 지금 이야기를 듣고 나서 떠오른 생각을 입에 담았다.

"아니면 우리 집에 머물면서 축하할래?"

내가 나나미 집에 묵은 적은 있지만, 우리 집에 나나미를 재워본 적은 아마 없었다. ……아닌가?

내 집에 있는 경우가 너무 적어서 기억이 잘 나지 않는다.

그래도 나나미를 재워본 적이 없는 만큼, 생일 정도는 자고 가도 좋지 않을까. 물론 이것도 부모님이 허락했을 때의 이야기지만.

"뭐, 안 된다 해도 생일 전부터 통화를 한다거나, 방법은 얼마든지 있을 거야."

사실은 이게 제일 가능성이 높을 것 같기도 하다. 그러고 보니 나나미랑 통화하면서 잠들었던 적은 없네. 아니, 아무하고도 안 해봤지만.

하지만 잘 생각해 보면 매번 "잘 자" 하고 통화를 끊고 나서 잤었나. 나나미는 통화하면서 잔다는 것의 존재를 알고 있을까. 이번 생일 때가 아니라도 따로 해 봐도 좋을 것 같다. 아니, 어디까지나 실험으로서 말이다.

나나미는 나의 타협안에도 기뻐했다. 특히나 우리 집에 자고 가는 것을 해보고 싶었던 것인지, 부모님들도 허락해 줬으면 좋겠다는 희망을 말해온다.

나나미 생일에 그럴 수 있다면 최고겠지.

우리 집에 머무른다면 돈은 다른 데 써야겠다. 역시 선물은 따로 사둘까…….

"반대로 요신은 생일에 갖고 싶은 거 없어? 해 줬으면 하는 거라도 상관없는데."

"해 줬으면 하는 거? 으음…… 당장은 생각이 안 나네."

갖고 싶은 건 딱히 없고……. 해 줬으면 하는 것도 딱히 떠오르지 않는다.

그리고 내 생일은 꽤 뒤라 잊어버릴 것 같다.

하지만 나나미는 나에게 딱 달라붙은 채 불꽃놀이에 시선을 두고는 즐거운 듯…… 내 생일 이야기를 했다.

"생일에 뭐든지 해줄 테니까 편하게 말해 줘."

예전에 난 뭐든지라는 말은 섣불리 하는 게 아니라고 했던 것 같은데.

정말로 뭐든지라는 말은 거부권이 없다는 뜻이다. 그걸 핑계 삼아 뭘 시킬지 알 수가 없는 것이다.

하지만 지금의 나는 나나미의 그 말을 부정하지 못하고 있었다.

이상한 의미가 아니라…… 나나미는 정말로, 나를 위해서라면 뭐든지 해줄 것 같다는 마음이 전해졌기 때문이다.

기쁘다고 생각하는 반면 조금 위험할 수도 있겠다는 생각이 들었다.

좋아하는 사람을 위해 무엇이든 할 수 있다는 것은 분명 멋진 일이지만, 그것은 분명 위험도 내포하고 있을 것이다.

균형을 맞추기 어려운 이야기다. 나나미라면 괜찮다고 생각하지만, 믿는 것과 과신하는 것은 다르니까…… 그 부분은 나도 조심해야겠지.

"음…… 조금 멀긴 하지만 기대할게."

흐뭇한 미소를 짓던 나나미가 나에게 더 달라붙었다. 그 타이밍에 커다란 불꽃이 피어올랐다. 그것이 마치 축포 같았다.

나나미도 그렇게 생각했는지 불꽃놀이를 올려다본 뒤 내 얼굴을 들여다보듯 얼굴을 가까이 가져왔다.

"야한 것도……."

"여러모로 위험해지니까 그건 그만두자."

"쳇."

작게 혀를 찬 나나미는 불꽃이 올라온 타이밍에 내 뺨에 입술을 닿았다.

너무 기습적이라서 나는 영문도 모른 채 만진 부분을 손으로 누를 뿐이었다.

"모처럼 유카타 차림인데 키스하지 않았잖아."

입술을 브이 사인 사이에 끼우면서 말했지만, 키스에 모처럼이라는 게 있나?

물론 불꽃놀이가 한창일 때라 주변 사람들이 이쪽을 보지는 못했지만. 그래도 야외에서 이런 행동은 배짱이 필요하다.

하지만…… 당했으니 되돌려주려는 건 아니지만…… 나도 해보고 싶어졌다. 다음 불꽃이 피어올랐을 때 할까, 해보자.

남몰래 결심한 나는 불꽃놀이를 보면서 타이밍을 쟀다.

그리고 다음 불꽃이 피어올랐다. 그것은 유난히 크고, 빛도 강하고…… 연속적인 불꽃이었다. 이거면 다들 위에 주목할 테니 우리가 보일 걱정도 없다.

그렇게 생각한 나는 나나미의 뺨에 다가가 입술을 가져갔다.

"우와, 대단해! 요신, 불꽃이 잔뜩……."

그 타이밍에 나나미가 이쪽을 돌아보았다. 앉은 자세에서, 내 입술은 불시에 나나미의 입술과 겹쳐졌다.

곧바로 떼지도 못한 채, 우리들은 그대로 한동안 입술을 포개고 있었다.

내가 떨어진 것은 연속적인 불꽃이 진정되고 주위가 조용해진 타이밍이었다. 나나미도 나도 침묵한 채였다.

하지만 나나미는 내게서 떨어지지 않았다. 나는 이유 없이 붙어 있는 나나미의 허리에 손을 둘렀다.

나나미가 살짝 움찔하긴 했지만, 그대로 말없이 더 나한테 다가왔다. 평소보다 밀착도가 높은 것 같았다.

그 자세 그대로 나도 나나미도 말없이 불꽃놀이를 계속 바라보았다. 잠시 후 불꽃놀이가 끝난 뒤에도 나와 나나미는 붙어 있었다.

우리의 모습을 본 선배가 중얼거렸다.

"이것이 바보 커플인가?"

"주장, 말 좀 가려서 해요."

네, 죄송합니다.

딱히 잘못한 건 아니지만 왠지 사과하고 싶은 기분이 들었다. 하지만 나나미는 선배의 그 말을 듣고 어딘가 자신에 찬 얼굴로 그들에게 브이 사인을 향하고 있었다.

그런 포즈를 한 나나미와 나에게 선배는 스마트폰을 향

했다. 아무래도 사진을 찍어주려는 것 같았다. 설마 돗자리 위에서 사진을 찍을 거라고는 생각하지 못해서 나는 꽤나 얼빠진 표정을 짓고 말았다.

다만 불꽃놀이 도중에 키스한 것은 들키지 않은 모양이었다. 응, 그건 정말 다행이다. 보여 버렸다면 여러모로 좋지 않다고 할까…… 단순히 부끄럽다.

아까의 연속 불꽃이 마지막이었는지, 그 후 밤하늘엔 더이상 불꽃이 피어오르지 않았다. 오늘은 이제 끝인가. 마침 시간도 딱 맞고…… 예정보다 좀 늦은 것 같긴 하지만.

나도 나나미도 일어나서 가볍게 기지개를 켰다. 그렇게늦은 시간은 아닌데 하품이 나오는 건 왜일까. 선배와 매니저도 그랬는지 크게 팔을 쭉 뻗고 있다.

아, 맞다…….

나는 마지막으로 신경 쓰였던 것을 이쿠사가와 씨에게물었다. 마침 좋은 기회고, 오늘을 놓치면 더 이상 이 이야기는 물어볼 수 없을 것 같았기 때문이었다.

"그러고 보니 나나미 신발장에 넣어둔 편지 말인데."

"어? 편지……?"

어라?

나도 이쿠사가와 씨도 서로 얼굴을 마주 본 채 고개를갸우뚱했다. 우리 둘의 머리 위에는 물음표가 떠 있었다.

어? 왜 물음표지?

그 모습을 보자 단번에 등이 서늘해지는 기분이었다. 이제 와서 그런 일이 있을 수 있나?

"자, 잠깐만. 이쿠사가와 씨, 나나미 신발장에 이걸 넣은 거 아니었어?!"

당황한 나는 그녀에게 스마트폰에 저장해 둔 편지 사진을 보여주었다. 벌칙 게임에 관해 묻는 편지인데, 그녀는 그것을 보더니 고개를 갸우뚱했다.

다 끝난 상황에서 무슨 일이야, 이건.

"예……? 전 이런 편지 모르는데요……?"

지금 와서 편지를 넣지 않았다고 부정할 의미는 전혀 없을 것이다. 애초에 그녀는 벌칙 게임에 관해 물어봤으니까. 아니, 잠깐만. 난 그녀의 말을 떠올렸다

그래…… 그녀는 편지에 대해서는 아무 말도 하지 않았다.

내 멋대로 그녀가 한 말이 편지에 대한 이야기라고 생각했을 뿐이다.

내 모습과 그녀의 말에 나나미와 선배도 가라앉은 공기를 느끼고 식은땀을 흘렸다. 더운데 몸이 차가워지는 모순된 감각을 맛보고 있었다.

간신히 내가 내놓은 말은 이 한마디였다.

"혹시 나나미의 신발장 근처에 온 적 있어?"

"아, 네. 바라토 씨한테 벌칙에 관해 물어보고 싶어서 신발장에서 기다렸는데, 동아리 활동 시간도 다가오고 있어

서 결국 아무것도 못 하고……."

아무것도 못 했다고? 그럼 그녀는 신발장에서 목격되었을 뿐……?

그럼 대체 누가 편지를 넣은 거지?

해결되었다고 생각했던 일이 전혀 별개의 이야기가 되고 말았다.

조사가 원점으로 돌아갔다. 산 넘어 산이라는 건 이럴 때 쓰는 말일까, 하고 그때의 나는 현실 도피적인 생각을 하고 있었다.

"하아……."

오늘로 겨우 보충 수업도 끝이지만, 기분은 별로 후련하지 않았다. 그도 그럴 것이 어제 마지막 순간 엄청난 사실이 밝혀졌기 때문이다.

결국 쇼이치 선배가 말한 것은 옳았다. 우연히 실내의 대화가 들린 것뿐이고 매니저…… 이쿠사가와 씨는 편지를 보내지 않았다.

확실히 이쿠사가와 씨의 발언과 편지 내용은 모순이었다. 눈치채지 못했지만.

편지에는 벌칙이 계속되고 있냐고 적혀 있었다. 하지만 그녀는 벌칙이 계속되고 있는가 보단 벌칙 자체가 무엇인지 묻고 있었다.

비슷한 것 같지만 다르다. 계속하고 있느냐는 말은 나와의 교제가 계속되고 있는지를 묻는 것이다.

"다시 조사해 볼까."

나는 혼자 마음을 다잡았다.

그 이후로 특별한 움직임은 없었으니, 적어도 여름 방학 중에는 아무 일도 없을 것이다.

학교가 시작되기 전까지 대책을 생각해야 하지만, 시급히 대응할 정도는 아니다.

너무 태평할지도 모르지만…… 과하게 신경 쓰는 것보다는 낫다.

무슨 일이 있어도 나나미는 내가 지킨다는 건 멋진 말이긴 하지만, 그러다가 내가 쓰러져서 나나미를 슬프게 하면 본말전도. 그러니까 대책은 하되 적당히가 중요하다.

"이걸로…… 끝이다."

나는 마지막 문제를 풀었다. 이것으로 4일에 걸친 수학 보충 수업도 끝이다. 섭섭…… 하지는 않네. 진짜, 이제야 끝났다는 느낌이다.

"미스마이 군…… 오늘로 보충 수업 끝?"

갑자기 조금 떨어진 자리에서 목소리가 들려왔다. 목소리의 주인은 반장이다. 요 며칠 사이에 완전히 친해진…… 아니, 그렇게까지 가깝게 대화하지는 않았나?

그래도 아침 인사나 잡담을 하는 수준은 되었다. 다른 여자애들과 사이좋게 지내는 건 되도록 피하고 싶지만, 그렇다고 해서 매정하게 내칠 수는 없다.

나는 그 적당한 균형을 나나미에게 물어보면서 시험해 보고 있다.

물어보니까 "글쎄, 단둘이 만나는 게 아니라면 대화 정도는 괜찮지 않아?"라는 말을 들었다.

그릇이 크다.

나는 나나미가 다른 남자애와 대화하는 것만으로도 마음이 답답해질 것 같은데. 나나미는 그 정도는 아무렇지 않다니…… . 나도 조심해야지.

"응, 나는 수학만이니까 이걸로 끝이야. 반장…… 씨는?"

반장이란 단어조차 이름을 부르는 것처럼 느껴져서 무심코 '씨'를 붙이고 말았다. 이상하게 생각하지 않을까 했는데, 다행히 별다른 반응은 없었다.

반장은 내 대답에 작게 "그래……"라고만 대답하고 다시 자기 자리로 돌아갔다.

왠지 좀…… 어색하다. 공기가 무겁다고나 할까. 결국 같이 점심을 먹는 일도 없었다.

뭐, 남들이랑 잘 못 먹는 사람도 있으니까.

"바라토 씨랑은…… ."

응?

멀리서 들려오는 작은 목소리에 나는 별다른 대답을 하지 않고 그녀의 말을 기다렸다. 그녀는 다음 말을 망설이고 있었다.

잠시의 침묵 끝에 반장은 천천히 입을 연다.

"……오늘도 데이트하는 거야?"

"아, 응."

그것만 말하고 다시 침묵. 어쩌지. 이럴 땐 이야기를 이어가는 편이 좋을까……? 나는 침묵을 견디지 못하고 딱히 묻지도 않은 말을 무심코 내뱉고 말았다.

"슬슬 서로 아르바이트도 시작하고, 만날 수 있을 때 만나두는 게 좋을 것 같아서…… 여름 방학에 매일 만나지 못한다는 것도 아이러니하지만."

"음…… 그렇구나……."

또다시 침묵.

이런 식으로 침묵과 대화하기를 몇 번 반복했다. 내용은 주로 나나미와의 관계에 관한 것. 여자애들은 역시 연애 이야기를 좋아하는구나.

하지만 그게 아니었다. 나는 이 대화의 의미를 깊게 생각해야 했다. 왜 나한테 말을 걸어오는지에 대해서.

뭐, 생각해 봤자 몰랐을지도 모르지만.

"……아직 사귀고 있구나."

갑자기 그런 말이 들려왔다. 그러고 보니 전에도 같은 걸 물어보지 않았나? 그게 그렇단 말이지…….

"한 달 정도면 헤어질 줄 알았는데."

그 한마디에 나는 가슴이 철렁 내려앉았다. 한 달이면 정확하게 벌칙 기한이다.

나는 위화감을 느꼈다. 왜 갑자기 그런 얘기를……?

"저기, 왜 바라토 씨가 미스마이 군에게 고백했는지……

이유를 알고 있어?"

"이유······?"

그저 어떻게 고백받았는지를 묻는 첫만남에 관한 이야기이건만, 위화감을 느낀 나에게는 오싹하기 이를 곳 없는 질문이었다.

도대체 왜 그걸······.

"나······ 알고 있어······. 바라토 씨가 너에게 고백한 이유."

뭐?

갑자기 무슨 소리를 하는 거지?

아마 지금 나는 상당한 얼빠진 얼굴로 그녀를 보고 있을 것이다. 아무런 말도 못 한 채 그저······ 그녀를 바라보고만 있었다.

내 반응을 어떻게 받아들인 건지, 그녀는 슬픈 얼굴로 나를 바라보고 있었다.

이거······ 뭐라고 대답해야 하지······?

"······역시 모르는 것 같네."

그리고 그녀는 일어서서 내게 다가왔다. 천천히, 마치 유령처럼. 나는 나도 모르게 한 발짝 물러나고 말았다.

"애초에 남의 일이고, 끼어들 생각도 없었어. 하지만······ 미스마이 군이 모르고 당하는 건 공정하지 않은 것 같아서."

내 대답이 없어서 그런지, 그녀는 그대로 말을 이었다. 마치 무슨 연극이나 TV를 보는 것처럼 비현실적인 느낌이었다.

그것은 그녀의 말이 어딘가 연기처럼 들리기 때문일까.

그리고…… 그녀는 내 책상에 종이 한 장을 올려두었다.

"만약 진실이 궁금하다면 여기로 연락을 줘. 바라토 씨에게 물어봐도 그녀는 알려주지 않을 테니까……. 나도 보충수업은 이걸로 끝이니까 여름 방학 중 아무 때나 괜찮아."

어딘가 근심이 서린 듯한, 하지만 어딘가 연극적인…… 나쁘게 말하면 거짓말 같은 표정을 지으며 반장은 그대로 교실에서 나가려고 했다.

"반장……?"

"미안해, 이상한 말을 해서……. 그럼, 다음에 봐."

처음으로 나에게 "다음에 봐"라고 말한 그녀는 교실을 빠져나갔다.

뒤에 남은 것은 그녀의 연락처가 적힌 종이 한 장.

그 종이는 나나미의 신발장에 들어 있던 편지와 같은 종이였다. 적어도 나는 그렇게 보였다.

보통 같으면 여기서 그런 말을 들으면 동요하거나, 나나미가 고백해 온 이유에 정신이 팔리는 전개가 이어지겠지. 물론 아무것도 몰랐다면 그렇게 됐을 것이다.

하지만…….

"……나, 전부 알고 있는데."

뭔가 좀 안타까운 듯한 얼굴로 선언을 들어버렸는데, 뭐라 형용할 수 없는 마음이 내 안에 솟아올랐다.

이건…… 어떻게 하면 좋을까.

그런 생각을 하면서 나는 나나미와 합류하기 위해 걷기 시작했다.

다시 이렇게 책을 내게 되어 감사한 마음입니다. 유이시입니다.

6권을 읽어주셔서 감사합니다. 이번 권은 즐거우셨나요? 즐거우셨다면 좋겠습니다.

작중에서는 드디어 여름 방학에 들어갔습니다. 4권까지는 한 달을 4권으로 묘사했는데, 5권부터는 조금 시간이 빨라지고 있네요.

뭐, 관계 진척 정도에 비해 시간 진행은 느린 것 같기도 하지만요.

마지막 선만큼은 넘지 않았습니다만…… 그것도 언제가 될지. 담당자분께서 부드럽게 말씀하셨지만 좀 참아달라는 말을 듣기도 합니다(웃음).

작중에 여름 축제에 대한 묘사가 있었는데, 얼마 전에는 코로나로 취소된 축제도 많았던 것 같습니다. 올해는 눈 축제도 열렸으니 조금씩 늘어나지 않을까요.

저도 수십 년 만에 눈 축제에 다녀왔습니다. 여름 방학 이야기 중 겨울 화제를 꺼내 죄송하지만, 축제는 축제이니 이해를 부탁드립니다.

눈 축제에 마지막으로 간 것은 학생 시절이었는데, 그 무렵과는 크게 달라져 있더군요. 이대로 이야기가 진행된다면 두 사람도 눈 축제에 보내 볼까요?

그리고 보니 제 기억에는 눈 축제에 눈 미끄럼틀이 있었는데 그건 못 봤네요. 장소가 달랐던 것 같습니다.

눈 미끄럼틀에 관해서는 한 가지 슬픈 추억이 있습니다.

어렸을 때 눈 축제에 갔을 때 꽤 큰 눈 미끄럼틀이 있어서, 그것을 타는 걸 기대하고 있었습니다.

하지만 가족끼리 갔을 때는 마침 기온이 높았고, 그 미끄럼틀이 무너질 뻔해서(일부가 무너졌었나?) 미끄럼틀이 갑자기 중지되어 버렸습니다.

지금 같으면 미끄러지다가 무너지면 큰 사고가 나겠구나 하고 이해할 수 있었겠지만, 그때는 큰 충격을 받고 큰 소리로 엉엉 울었더랬죠.

다음 해부터는 타고 싶은 미끄럼틀에 가장 먼저 가게 되었지만요. 그것이 눈 축제에서 가장 기억에 남는 추억이기도 합니다.

작중에는 되도록 그런 슬픈 추억은 만들지 않고 싶습니다. 즐거운 추억만 많이 만들었으면 좋겠네요.

좀 불온한 전개도 나오고 있긴 하지만…….

그리고 보니 수십 년 만의 재시작……까지는 아니지만,

한 가지 꽤 오랜만에 하는 것이 있습니다.

트위터를 봐주시는 분들은 이미 아시겠지만, 오랜만에 극장에서 영화를 보는 것에 푹 빠져 있습니다.

영화 자체는 보고 있었는데 극장에 가서 보는 건 작년에 딱 한 번뿐이었고, 기본적으로는 방송을 기다리는 편입니다. 그래서 영화관에 가는 것 자체가 수십 년 만이네요. 당시 어떤 영화를 봤는지는 기억도 아련하지만…….

계기는 굉장히 사소합니다. 올해부터 업무 환경이 좀 바뀌어서 한 달에 한 번은 야근하게 됐습니다. 야근이라고 할지, 시간적으로는 어중간해서 한밤중에 귀가하거나 새벽에 귀가하게 되는 불규칙한 근무입니다.

그 첫 야근 후에 무슨 생각을 했는지 '영화를 보자'라는 생각에 충동적으로 어떤 작품을 보러 갔고, 그리고 올해는 한 달에 두 번은 영화관에 가고 싶다고 생각하게 되었습니다.

아마 야근 후의 묘한 감성 같은 거였겠죠. 어쨌든 그것이 계기가 되어 오랜만에 제 안에서 영화 붐이 일고 있습니다.

영화관 분위기를 만끽하며 주스를 한 손에 들고 보고 있습니다.

여러분은 영화관에서는 뭔가 먹는 파인가요? 안 먹는 파인가요?

제 안에서는 영화관에서 먹는 음식=팝콘인데 이것도 제 안의 이미지와 많이 달라졌더군요.

제 안에서 팝콘은 짠맛뿐이었는데 지금은 캐러멜이나 딸기 같은 다양한 맛이 있더라고요. 올리브 오일 같은 것도 있어서 깜짝 놀랐습니다.

그 밖에도 감자튀김이나 치킨, 추로스, 아이스크림 크레이프 등이 있는 것을 보면서 시대의 흐름과 변화를 느꼈습니다……. 옛날에도 있었으면 좋겠다고 생각하긴 했지만 돈도 별로 없었기 때문에 주문은 못했을 것 같습니다.

제가 지금 빠져 있는 시각은 아침 일찍 영화관에 가서 아침 식사로 음료와 피자나 핫도그를 구매해 먹으면서 영화를 감상하는 것입니다.

그리고 후기를 쓰다가 깨달은 사실인데, 그 와중에 팝콘은 먹지 않았네요. 다음에 먹어봐도 좋을 것 같습니다. 아침에 팝콘은 좀 그렇지만, 팝콘일 땐 낮에 보면 되겠죠.

뭔가 추천해 주실 만한 영화가 있다면 알려주시면 감사하겠습니다.

영화하면 집에서 영화 볼 때는 V튜버의 영화 동시 시청 기획 같은 것에 참여하기도 합니다. 제가 선택하지 않는 영화를 보는 계기가 되기도 하거든요.

그리고 댓글이 나오거나 V튜버가 리액션을 하기에 본인 외에 다른 사람들은 어떤 식으로 재미를 느끼는지, 다수의 사람이 반응이 좋은 것은 어떤 장면인지 알 수 있어 매우 큰 공부가 됩니다.

뭐, 단순히 V튜버에게 빠진 것도 있습니다만······.

이런 식으로 올해는 작년에 하지 않았던 것이나, 새로운 것을 적극적으로 해보자는 생각을 늘 염두에 두고 있습니다.

저는 30대 말에 데뷔한 탓에 다른 데뷔 작가들에 비해 꽤나 나이가 많은 신인인 셈입니다.

그렇기 때문에 감성이라는 것을 유지해 나가기 위해서라도 늘 새로운 것을 경험하거나 과거 젊은 시절에 하던 일을 부활시킬 필요가 있지 않을까 생각합니다.

물론 억지로 하는 것은 아니고 즐겁게 해 나갈 생각입니다.

그렇지만 더는 젊지 않으니 신입 사원이었을 때를 떠올리며 겸허하게, 그리고 의식적으로 여러 가지를 접해 봐야 할 것 같습니다.

영화관에 가는 것은 즐겁게 할 수 있으니 그 밖에도 여러 가지를 해볼까 생각 중입니다. 프라모델을 몇 년 만에 사서 조립해 보거나, 그림도 그려보고 싶긴 한데, 애초에 그림도 그려본 적이 없군요······.

그리고 신작도 쓰고 싶습니다. 그림을 그리는 것은 신작을 쓰거나 본 작품을 다 쓴 후가 되지 않을까요? 다양한 작품을 만들어서 여러분께 전해드릴 수 있기를 바랍니다.

그리고 새로운 것…… 중에 지금 가장 핫한 화제는 역시 AI가 아닐까 싶습니다.

AI로 일러스트를 만드는 것이 여러모로 문제가 되고 있지만, 글에 대해서도 AI가 엄청난 기세로 진화하고 있습니다.

앞으로 이런 것들에 어떻게 대처해 나갈지가 매우 큰 과제라고 할 수 있겠죠.

저의 경우는 이해할 수 없다고 AI를 거절할 것이 아니라 적극적으로 접해 보면서, 어떻게 하면 AI를 능숙하게 다룰 수 있을까…… 를 생각해 나갈 것 같습니다.

물론 현재 AI에 기피감을 가진 사람의 마음도 이해합니다. 그래도 세상에 나와 버린 이상은 더는 취소할 수 없고, 없는 상태로 만들 수는 없습니다.

여러 시대의 과도기에 있다는 것은 매우 감사한 일입니다. 제가 살아있는 동안 어떤 신기술이 세상에 나올지 궁금합니다.

우선 이번 작품 7권을 받아보실 수 있도록 노력하겠습니다.

그렇습니다, 아마 권말에 7권 예고가 나왔을 거라 생각하긴 하지만, 감사하게도 7권도 낼 수 있을 것 같습니다.

사실 매 권마다 해당 권으로 끝날 수 있도록 마지막 결말 패턴은 2가지를 만들고 있는데, 6권에서는 일찍 연락을 주신 덕분에 이번 라스트는 1개로 마무리할 수 있었습니다.

이 결과는 독자분들 덕분입니다. 감사드립니다.

프로필에도 적었지만, 현재는 완전 새로운 내용을 쓰고 있고, 웹과는 다른 루트로 들어와 있습니다. 사실 5권도 완전히 새로운 내용이었습니다.

7권 이외에도 알려드리고 싶은 것이 여러 가지가 있습니다만, 그것들에 대해서는 공개할 수 있게 되면 트위터 등에 공지할 테니 기대해 주세요.

신기술을 말하기 이전에 트위터도 능숙하게 사용하고 있다고는 말할 수 없지만…… 트위터에서 여러 가지 것들을 말하고 있으니 말을 걸어 주신다면 기쁘겠습니다.

그런 식으로 여러 좋은 일도 많았습니다만, 실은 올해는 액년이기도 해서 액막이를 해 두고 싶습니다……. 이것도 첫 체험입니다. 어떤 느낌일까요……?

마지막으로는 감사를 드리고 싶습니다.

6권도 계속해서 카가치 사쿠 선생님께서 일러스트를 그려주셨습니다. 실은 이번 하복에 관해서는 담당자와 카가치 사쿠 선생님이 미팅을 했을 때 "의상 변경은 없나요?"라는 말이 나와 그러고 보니 그런가…… 해서 나오게 된 것이 계기이기도 합니다.

멋진 하복이나 사복, 유카타 일러스트…… 정말 감사합

니다.

만화화를 담당하고 계신 칸나 나고미 선생님, 매번 네임을 받을 때마다 그 장면이 이렇게 되는구나 하고, 저도 새로운 발견을 하고 있습니다. 복장에 관해서도 계속 원하시는 대로 그려주시면 감사하겠습니다.

만화판은 1권도 발매되었으니 그쪽도 잘 부탁드립니다.

담당 편집자 코바야시 님. 늘 미팅에 힘써주셔서 감사합니다. 업계에 익숙하지 않은 저로 인해 불편을 끼치고 있는 점도 있겠지만, 계속해서 잘 부탁드립니다.

그리고 마지막으로 이 작품을 읽어주시는 분들. 여러분 덕분에 시리즈 7권을 낼 수 있었습니다. 앞으로도 잘 부탁드립니다.

이대로 순조롭게 진행된다면 2학년의 끝, 3학년, 대학생 편…… 그렇게 요신과 나나미 두 사람을 계속 행복하게 해줄 수 있을 것 같습니다.

읽어주시는 분들은 어떤 두 사람을 보고 싶으신가요?

보고 싶은 두 사람의 모습을 앞으로도 전해드릴 수 있기를 바랍니다.

그럼 또 7권에서 뵙겠습니다.

2022년 6월 7권을 앞으로 쓸 예정인 유이시로부터.

Inkya no Boku ni Batsu Game de Kokuhaku site kita hazuno Gyaru ga dou mitemo
Boku ni Betabore desu 6
©Yuishi
Originally published in Japan in 2023 by HOBBY JAPAN CO., Ltd.
Korean translation rights ©2023 by Somy Media, Inc.

아싸인 내게 벌칙 게임으로 고백해 온 갸루가
아무리 봐도 나한테 반한 것 같다 6

2024년 1월 15일 1판 1쇄 발행

저　　　　자	유이시
일 러 스 트	카가치 사쿠
옮　 긴　 이	이소정
발　 행　 인	유재옥
이　　　　사	조병권
출판본부장	박광운
편 집　1 팀	박광운
편 집　2 팀	정영길 조찬희 박치우 정지원
편 집　3 팀	오준영 이해빈 이소의
디자인랩팀	김보라 박민솔
디지털사업팀	박상섭 김지연 윤희진
라이츠사업팀	김정미 맹미영 이윤서
영업마케팅팀	최원석 박수진 박소연
물　 류　 팀	허석용 백철기
경영지원팀	최정연
인쇄제작처	㈜코리아피엔피
발　 행　 처	㈜소미미디어
등　　　　록	제2015-000008호
주　　　　소	서울시 마포구 토정로222, 403호 (신수동, 한국출판콘텐츠센터)
판매 및 마케팅	(070) 8822-2301

ISBN 979-11-384-8141-0
ISBN 979-11-384-1250-6 (세트)